구운몽

九雲夢

세계문학전집 72

구운몽

九雲夢

김만중

송성욱 옮김

민음사

차례

권지일(券之一)

노존사(老尊師)는 남악(南岳)에서 묘법(妙法)을 강론하고 소사미(小沙彌)[1]는 석교(石橋)에서 선녀를 만나다.

천하에 이름난 산이 다섯 있으니, 동쪽의 태산(泰山), 서쪽의 화산(華山), 가운데의 숭산(崇山), 북쪽의 항산(恒山), 남쪽의 형산(衡山)이 그것이니 이를 일컬어 오악(五岳)이라 한다. 오악 중에는 형산이 세상에서 가장 멀리 떨어져 있는데, 그 남쪽에 구의산이 있고 북쪽에 동정호가 있으며 상강(湘江)[2]이 삼면을 두르고 있다. 형산의 일흔두 봉우리 가운데 오직 다섯 봉우리가 가장 높으니 축융봉, 자개봉, 천주봉, 석름봉, 연

---

1) '어린 중'을 뜻한다.
2) 소상강(瀟湘江).

화봉이 그것이다. 항상 구름 속에 묻혀 있어 청명한 날이 아니면 이곳을 볼 수가 없었다. 태조[3]께서 홍수를 다스리고 나서 형산에 올라 비석을 세워 공덕을 기록하였는데, 하늘 글[4]의 구름 전자(篆字)가 완연히 남아 없어지지 않았다. 또 진나라 때 선녀 위 부인(魏夫人)[5]이 도를 얻어 승천하고는 하늘에서 벼슬을 하여 선관옥녀(仙官玉女)를 거느리고 내려와 이곳 형산을 진정(鎭定)[6]하였으니 이를 일컬어 남악 위 부인이라 하였다. 이 밖에 예로부터 전해져 오는 신령한 자취와 기이한 일을 이루 기록할 수 없다.

당나라 시절에 서역의 중이 천축국(天竺國)에서 중국으로 들어와 형산의 빼어남을 사랑하여 연화봉 아래에 초암(草庵)을 짓고 대승법을 강론하여 사람을 가르치고 귀신을 제도하였으니 교화가 크게 일어났다. 세상 사람들이 모두 이를 두고 "산부처 세상에 나왔다." 하고, 부유한 사람은 재물을 내놓고 가난한 사람은 노력 봉사하여 큰 절을 지었다. 이 절의 웅장함이 남북에서 으뜸이니 두보(杜甫)의 시에 표현한 모습과 같다.

절문은 동정호 뜰을 향해 열었고
법당의 기둥은 적사호(赤沙湖)에 박히었다.

---

3) 한문본에 따르면 우임금을 지칭한다.
4) 한문본에 따르면 '천서(天書)'이다.
5) 진(晉)나라의 사도(司徒) 위서(魏舒)의 딸로 신선이 되어 승천하였다고 한다.
6) 반대 세력이나 기세 따위를 힘으로 억눌러서 평정한다는 뜻이다.

오월의 찬 바람은 부처의 뼈를 시리게 하고
여섯 시각 하늘 풍류7)는 향로에서 피어나는구나

이 화상은 항상 금강경 한 권만을 지니고 있으니 그를 두고
육여화상(六如和尙)이라고도 하고 혹은 육관대사(六觀大師)라
고도 하였다. 대사의 문하에는 제자 수백 명이 있었는데 계행
(戒行)이 높고 신통함을 얻은 사람은 삼백여 명이었다. 그중에
성진(性眞)이라는 젊은 제자가 있었으니 얼굴이 백설(白雪)같
이 희고 정신이 추수(秋水)같이 맑아서 나이 스무 살에 삼장
경문(三藏經文)을 통하지 못할 것이 없었다. 총명과 지혜가 무
리 중에 단연 빼어나니 대사가 크게 소중히 여겨 도를 전수할
그릇으로 기대하였다.

대사가 제자와 더불어 큰 법을 강론할 때, 동정호의 용왕이
흰 옷 입은 노인의 모습으로 법석에 참여하여 경(經)을 들었
다. 하루는 대사가 제자에게 말하기를,

"동정 용왕이 여러 번 경을 들었는데 아직 답례를 못하였
다. 내 늙고 병들어 산문을 나지 않은 지 십여 년이라. 내 몸
은 산문 밖에 가벼이 움직이지 못할 것이니 너희 중 누가 수
부(水府)에 들어가 나를 대신하여 용왕에게 사례할꼬?"

성진이 가기를 청하거늘 대사가 기뻐하며 허락하였다. 이에
성진이 가사를 단정하게 입고 육환장을 이끌고 동정호를 향
하여 가니라.

---

7) 육시천락(六時天樂).

성진이 간 후에 문을 지키는 군사가 대사께 아뢰었다.

"남악 위진군 낭랑(娘娘)[8]이 시녀 여덟 명을 보내 문에 이르렀나이다."

대사가 들어오라 하니 팔 선녀 차례로 앞에 나와 신선의 꽃으로 대사의 주위를 세 번 둘러 흩은 후에 위 부인의 말씀을 전하였다.

"상인(上人)께서는 산의 서쪽에 처하고 나는 동쪽에 있어 사는 곳과 먹는 음식이 서로 접하여 있으되 천도(天道)의 일이 나를 수고롭게 하여 나아가 맑은 말씀을 듣지 못하였습니다. 이에 삼가 시비 여덟 명을 보내 대사의 안부를 묻고 겸하여 하늘 꽃과 신선의 과일과 칠보문금(七寶紋錦)으로 구구한 정을 이루나이다."

인하여 각각 가지고 온 화과(花菓)와 보물을 받들어 드리니 대사가 손수 받아 시자(侍者)에게 주어 부처께 공양하라 하고 합장 사례하여 왈,

"노승이 무슨 공덕이 있기에 상선(上仙)의 걱정하심을 입으리오?"

하고 여덟 선녀에게 재배하고 대접하여 보냈다.

선녀 여덟 명이 걸어서 산문을 나와 서로 의논하되,

"남악 형산은 한 물과 한 언덕도 우리 집 것이 아닌 것이 없지만, 이 화상이 절을 세운 뒤로는 홍구지분(鴻溝之分)[9]이 되

---

8) 천녀(天女), 여신(女神) 혹은 왕비나 귀족의 아내를 높여 부르는 말이다.
9) 초나라 항왕이 홍구로써 초나라와 한나라의 경계를 삼았다는 고사에서 유래된 말로 경계로 나누어진다는 뜻이다.

었는지라. 연화봉 경치를 지척에 두고 보지 못하였더니 우리 이제 다행히 낭랑의 명으로 이 땅에 왔으니 해 저물기 전에 연화봉 위에 옷을 떨치고 폭포수에 관(冠)끈을 씻고 글을 읊고 돌아가 궁중의 자매들에게 그 유람을 자랑하는 것이 어찌 즐겁지 아니하리오?"

하니, 모두 그 말이 마땅함을 일컫더라.

이에 날호여[10] 걸어 정상에 올라 폭포수의 근원을 굽어보고 물줄기를 조차 도로 내려와 한 석교(石橋)에 도착했다. 이때는 바야흐로 춘삼월이라. 온갖 꽃이 골짜기에 가득하였으니 붉은 안개가 끼인 듯하고 새들의 다채로운 소리는 생황을 연주하는 듯하여 봄기운이 사람의 마음을 들뜨게 하였다. 여덟 명이 다리 위에 앉아 물을 굽어보니 여러 골짜기의 물이 다리 밑에 모여 넓은 못을 이루었는데 그 맑음이 마치 광릉(廣陵)[11]의 보배인 거울을 새로 닦은 듯하였다. 푸른 눈썹과 붉은 단장이 물속에 떨어져 한 폭의 미인도 같았다. 여덟 명이 그림자를 희롱하며 반하여 그곳을 떠나지 못하여 날이 저무는 줄을 미처 깨닫지 못하더라.

이때 성진이 물결을 열고 수정궁에 나아가니 용왕이 매우 기뻐하며 친히 궁궐 밖에 나와 맞았다. 그리고 상좌에 앉히고 진수성찬을 갖추어 잔치하여 대접하고 손수 잔을 잡아 권하였다. 이에 성진이 말하되,

---

10) '천천히'의 고어식 표현이다.
11) 거울의 산지로 유명한 곳이다.

"술은 마음을 흐리게 하는 광약(狂藥)이라 불가(佛家)에서는 크게 경계하는 바이니 감히 파계를 할 수 없나이다."

용왕이 말하되,

"부처의 오계(五戒)[12]에 술을 경계하고 있음을 내 어찌 모르리오? 하나 궁중에서 쓰는 술은 인간 세상의 광약과는 달라 다만 사람의 기운을 화창하게 하고 마음을 어지럽게 하지는 않나이다."

왕이 계속 권하자 성진이 이를 거역하지 못하여 석 잔을 연거푸 마시고 용왕께 하직하고는 바람을 타고 연화봉으로 향했다. 산 아래에 이르자 술기운이 올라 얼굴이 달아올랐다. 마음으로 생각하되,

'만일 얼굴이 붉으면 사부께서 이상하게 여겨 나무라지 않으리오?'

하고 즉시 냇물에 나아가 웃옷을 벗고 두 손으로 물을 움켜 얼굴을 씻었다. 그때 갑자기 기이한 냄새가 코를 자극하는지라. 향로의 기운도 화초의 냄새도 아니로되 사람의 뼛속에 사무쳐 정신이 아득하여 가히 형언하지 못할 정도였다. 성진이 생각하되,

'이 물 상류에 무슨 꽃이 피었기에 이런 낯선 향기가 물에서 풍기는고?'

다시 의복을 단정하게 하고 물을 따라 내려왔다. 이때 여덟

---

12) 불살생(不殺生), 불투도(不偸盜), 불사음(不邪淫), 불망언(不妄言), 불음주(不飮酒)를 말한다.

선녀는 오히려 석교 위에서 담소를 즐기고 있었던지라 마침 성진과 만나게 되었다. 성진이 석장(錫杖)[13]을 놓고 예하여 말하되,

"여보살아! 빈승은 연화도량 육관대사의 제자인데 스승의 명을 받아 산하에 나갔다가 이제 절로 돌아가는 길이라. 석교는 심히 좁고 여보살이 다리 위에 앉아 있는 탓에 사나이와 계집이 길을 분별하지 못하게 되었으니 잠깐 연보(蓮步)[14]를 움직여 길을 빌리고자 하나이다."

여덟 선녀가 답례하고 말하되,

"우리는 위 부인 낭랑의 시녀인데, 부인 명으로 대사께 문안하고 돌아가는 길입니다. 첩 등은 듣건대 도로의 남자는 왼쪽으로 말미암고 부녀는 오른쪽으로 행한다 합니다. 이 다리가 심히 좁고 첩 등이 이미 밟았으니 도인의 말미암음이 마땅하지 않습니다. 청컨대 다른 길로 행하소서."

성진이 말하되,

"냇물이 깊고 다른 다리 없으니 빈승으로 하여금 어느 길로 가라 하시나뇨?"

선녀가 말하되,

"옛날 달마대사는 갈대의 잎을 타고 바다를 건넜다 하니 화상께서 육관대사에게 수학하셨으면 반드시 신통력이 있을 것입니다. 이렇게 작은 냇물을 건너지 못하여 아녀자와 길을

---

13) 중이 짚고 다니는 지팡이의 일종이다.
14) 연꽃 같은 발걸음이란 뜻으로 미인의 걸음걸이를 지칭한다.

다투시나뇨?"

성진이 웃고 대답하되,

"낭자의 뜻을 보니 행인의 길 사는 돈을 받고자 하는도다. 가난한 중에게 어찌 금전이 있으리오. 마침 명주 여덟 개가 있으니 이제 낭자께 드려 길을 사고자 하나이다."

손을 들어 도화(桃花) 한 가지를 꺾어 모든 선녀 앞에 던지니 여덟 봉오리 땅에 떨어져 변하여 명주가 되었다. 여덟 명이 각각 주워 손에 쥐고 성진을 돌아보며 찬연히 한 번 웃고 몸을 솟구쳐 바람을 타고 공중으로 올라갔다. 성진이 석교 위에서 선녀가 가는 곳을 한동안 바라보더니, 구름 그림자가 사라지고 향기로운 바람이 잦아지자 바야흐로 석교를 떠났다.

스승을 찾아뵈니 늦게 돌아온 사유를 묻거늘 성진이 대답했다.

"용왕이 관대히 대접하고 만류하니 능히 떨치고 일어나지 못하였사옵니다."

물러가 쉬라 하거늘 자기가 거처하던 선방으로 돌아오니 날이 이미 어둑해졌더라.

성진이 여덟 선녀를 본 후로는 정신이 자못 황홀하여 마음으로 생각하되,

'남자가 세상에 나서 어려서는 공맹(孔孟)의 글을 읽고 자라서는 요순(堯舜) 같은 임금을 만나, 나면 장수 되고 들면 정승이 되어 비단옷을 입고 옥대를 두르고 궁궐에 조회하고 눈으로 고운 색을 보고 귀로 좋은 소리를 듣고 은택(恩澤)이 백성에게 미치고 공명(功名)을 후세에 전함이 또한 대장부의 일

이라. 우리 부처의 법문은 한 바리 밥과 한 병 물과 두어 권 경문과 일백여덟 개 염주뿐이라. 도가 비록 높고 아름다우나 적막하기 심하도다.'

이런저런 생각을 하는 사이에 밤이 이미 깊었더니 문득 눈 앞에 여덟 선녀 서 있거늘 놀라서 다시 보니 이미 간 곳이 없 더라. 성진이 뉘우쳐 생각하되,

'부처의 가르침[15]에는 뜻을 바르게 함이 으뜸 행실이라. 내 출가한 지 십 년에 일찍이 조금도 이를 어기고 구차한 마음을 먹지 않았는데 이제 이렇게 생각을 잘못하면 어찌 나의 앞날 에 해롭지 아니하리오.'

향로에 향을 다시 피우고 의연히 도단(道團)[16]에 앉아 정신 을 가다듬어 염주를 고르며 일천 부처를 염송하였다. 홀연 창 밖에서 동자가 부르되,

"사형은 잠이 들었습니까? 사부께서 부르시나이다."

성진이 놀라 생각하되,

'깊은 밤에 나를 부르시니 반드시 연고가 있도다.'

동자와 함께 방장으로 나아가니 대사가 모든 제자를 모아 놓고 등불을 낮같이 밝히고 소리하여 꾸짖었다.

"성진아 네 죄를 아느냐?"

성진이 내려 꿇어 말하되,

"소자, 사부를 섬긴 지 십 년 동안 일찍이 한마디도 불손히

---

15) 국문본에는 '브텨 공부의 뉴로'와 같이 표기되어 있는데, 한문본에는 '석교공부(釋敎工夫)'로 되어 있다.
16) 한문본에는 '포단(蒲團)'으로 되어 있다.

한 적이 없으니 진실로 어리석고 아득하여 지은 죄를 알지 못하나이다."

대사가 이르되,

"중의 공부에는 세 가지 행실이 있으니 몸과 말씀과 뜻이라. 네 용궁에 가 술에 취하고 석교에서 여자를 만나 언어를 수작하고 꽃을 던져 희롱한 후에 돌아와 오히려 미색을 그리워하여 세상 부귀를 흠모하고 불가의 적막함을 싫어하였으니 이는 세 가지 행실을 한꺼번에 허물어버림이라. 이 땅에 머무를 수가 없다."[17]

성진이 머리를 조아리고 울며 말하기를,

"스승이시여! 성진이 진실로 죄 있거니와 주계(酒戒)를 파하기는 주인이 괴로이 권하기에 마지못함이고, 선녀와 더불어 언어를 수작하기는 길을 빌리고자 함이라. 각별 부정한 말을 한 바 없고 선방에 돌아온 후에 일시 마음을 잡지 못하였으나 마침내 스스로 뉘우쳐 뜻을 바르게 하였습니다. 제자 죄 있거든 종아리를 치실 일이지 어찌 차마 내치려 하시나이까? 사부 우러러보기를 부모같이 하여 성진이 열두 살에 부모를 버리고 스승님을 좇아 머리를 깎았으니 연화도량이 곧 성진의 집이라. 저더러 어디로 가라 하시나이까?"

대사가 이르되,

"네 스스로 가고자 하기에 가라 함이니 네 만일 있고자 하면 뉘 능히 가라 하리오? 네 또 이르되 어디로 가리오 하니

---

17) 대사의 이 말은 국문본에는 생략된 문장이다.

너의 가고자 하는 곳이 네가 갈 곳이라."

그러고 나서 대사 소리 질러 왈,

"황건역사는 어디 있느냐?"

홀연 공중에서 신장이 내려와 명을 기다리거늘 대사 분부하되,

"네 죄인을 데리고 풍도(豐都)[18]에 가서 염라대왕께 내어주고 오라."

하였다.

성진이 이 말을 듣고 눈물을 비 오듯 흘리며 울고 머리를 무수히 두드리며 말하되,

"사부는 성진의 말을 들으소서. 옛날 아난존자[19]는 창녀에게 가서 잠자리를 함께하며 살을 섞었지만 석가께서 죄주지 않으시고 다만 설법하여 가르쳤으니, 제자 비록 죄가 있으나 아난존자와 비교하면 중하지 않은 듯하옵니다. 어찌 풍도에 가라 하시나이까?"

대사 말하되,

"아난존자는 요술을 제어하지 못하여 창녀를 가까이 하였지만 마음은 어지럽지 않았는지라. 너는 속세의 부귀를 흠모하는 뜻을 두었으니 어찌 윤회의 괴로움을 면하리오?"

성진이 다만 울고 갈 뜻이 없거늘 대사 위로하여 말하되,

"마음이 깨끗하지 못하면 비록 산중에 있어도 도를 이루기

---

18) 지옥의 하나로 죽음을 관장하는 신이 사는 곳이다.
19) 석가모니의 사촌 동생.

어렵고, 근본을 잊지 아니하면 속세에 있어도 돌아올 길이 있는지라. 네 만일 오고자 하면 내 손수 데려올 것이니 의심 말고 행할지어다."

성진이 할 수 없어 불상과 사부에게 절하고 모든 동문들과 이별하고 황건역사와 같이 명사(冥司)로 향하니라. 유혼관(幽魂關)에 들렀다가 망향대(望鄕臺)를 지나 풍도성에 도달하니 성문을 지키는 귀졸(鬼卒)이 묻자, 역사가 말하기를,

"육관대사의 법지로 죄인을 데려온다."

하니 길을 열어주었다. 곧바로 삼라전(森羅殿)[20]에 이르니 염라대왕이 바빠 역사에게 맡겨 보냈다. 이에 성진이 전 아래에 무릎을 끓으니 염왕이 묻되,

"성진 상인아, 상인의 몸이 남악에 있으나 이름은 이미 지장왕[21]의 향안에 올라 있으니 머지않아 큰 도를 얻어 연좌(蓮座)에 오를 것이라. 그러면 중생들이 모두 큰 은덕을 입을까 하였더니 무슨 일로 이 땅에 왔는고?"

성진이 크게 부끄러워하다가 염왕께 아뢰되,

"성진이 무상하여 길 위에서 남악 선녀를 만나고 마음에 둔 까닭에 스승께 죄를 얻어 대왕의 명을 기다리나이다."

염왕이 좌우로 하여금 지장왕께 말씀을 올려 말하되,

"남악 육관대사가 제자 성진을 보내어 벌하라 하니, 여느 죄인과는 다른 까닭에 취품하나이다."

---

20) 염라대왕의 궁전.
21) 지장보살.

보살이 대답하되,

"수행하는 사람의 오고 감은 저의 원대로 할 것이니 어찌 구태여 물으리오?"

염왕이 성진의 죄를 결단하려 할 즈음에 두어 귀졸이 들어와 아뢰되,

"황건역사 또 육관대사의 명으로 여덟 죄인을 인솔하여 왔나이다."

성진이 이 말을 듣고 크게 놀랐더니 염왕이 죄인을 불러들이라 하니 남악 선녀 여덟 명이 청 아래에 들어와 무릎을 꿇거늘 염왕이 물어 말하되,

"남악 선녀야 선가(仙家)에 무궁한 경치와 쾌락이 있거늘 어찌 여기에 왔나뇨?"

여덟 명이 부끄러움을 머금고 대답했다.

"첩 등이 위 부인 명으로 육관대사께 문안하러 갔다가 길에서 젊은 화상을 만나 언어로 수작한 일이 있었습니다. 대사께서 부처의 깨끗한 땅을 더럽혔다 하여 우리 부중(府中)에 알려 첩 등을 잡아 이리로 보냈습니다. 첩 등의 승침(昇沈)²²⁾과 고락(苦樂)이 오로지 대왕의 손에 달렸으니 바라옵건대 자비를 베푸시어 좋은 땅에 돌아가게 하소서."

염왕이 저승사자 아홉 명을 불러 각각 은밀하게 분부하여 보내더니 홀연 궁전 앞에 큰 바람이 일어나 모든 사람을 공중으로 날려 사면팔방으로 흩어지게 하였다. 성진이 사자를 따

---

22) 오르고 내림. 고락과 비슷한 의미로 사용되었다.

라 표표탕탕(飄飄蕩蕩) 바람에 실려 한 곳에 도달하니 바람이 그치며 발이 땅에 닿았다. 정신을 차려보니 푸른 산이 사방에 둘러 있고 시냇물이 구비 지어 흐르는데 대발과 푸른 집[23]이 수풀 사이에 여러 채 있더라.

사자가 성진을 이끌고 한 집에 이르러 문밖에서 기다리라 하고 안으로 들어가거늘, 성진이 한동안 서서 들으니 이웃 사람이 서로 말하되,

"양 처사 부부 나이 쉰에 처음으로 잉태하니 세상에 드문 일이라. 임신한 지 오래되었는데 아이 울음소리 없으니 걱정이다."

하거늘 성진이 자기를 이르는 말 같으니, 분명히 양 처사의 자식이 되어 태어날 줄 알고 문득 생각하되,

'내 이미 인간 세상에 환도하게 되었으니 이곳에 와도 분명 정신만 왔을 것이라. 육신은 틀림없이 연화봉에서 화장(火葬)하는도다. 나이 젊어서 제자를 두지 못하였으니 어느 사람이 나의 사리를 거두리오?'

이같이 생각하며 마음이 자못 처창(悽愴)[24]하더니, 사자 나와 손을 저어 불러 말했다.

"이 땅은 대당국(大唐國) 회남도(淮南道) 수(壽) 땅이고 이 집은 양 처사의 집이라. 처사는 너의 부친이며 처사의 부인 유씨는 너의 모친이니 빨리 들어가 길한 시각을 놓치지 마라."

---

23) 대나무 울타리와 초가집.
24) '처량하다'는 뜻이다.

성진이 들어가 보니 처사가 갈건야복으로 당상(堂上)에 앉아 약탕을 곁에 놓았으니 향기가 코를 찌르고 방 안에는 여자의 신음하는 소리가 은은하게 나더라. 사자가 재촉하여 방에 들어가라 하거늘 성진이 마음에 꺼려 머뭇머뭇하니 사자 뒤에서 힘주어 밀치니 공중에 엎어져 정신이 아득하여 천지가 뒤바뀌는 듯하더라. 소리 질러 나를 구하라 하더니 소리가 목구멍에서 나오며 말을 이루지 못하고 다만 아기 울음소리를 할 뿐이라.

산파가 축하하며 왈,

"아기 울음소리 크니 작은 낭군이로소이다."

처사 약사발을 가지고 들어오고 부부가 매우 기뻐하더라.

이후에 성진이 배 고프면 울고 울면 젖 먹이니 처음에는 마음으로 남악 연화봉을 잊지 아니하더니 점점 자라 부모의 정을 알게 되니 전생의 일은 아득하게 잊고 기억하지 못하더라.

처사가 아들의 골격이 빼어남을 보고 머리를 쓰다듬어 말하되,

"이 아이 분명 천상의 사람으로 지상에 내려왔도다."

하고 이름을 소유라 하고 자를 천리라 하다.

인간 세상의 세월이 물 흐르듯 하여 소유의 나이 열 살이 되니 얼굴은 옥으로 다듬은 듯하고 눈은 새벽별 같고 문장을 크게 이루고 지혜가 어른보다 나으니 처사가 유 씨에게 왈,

"내 원래 세상 사람이 아니라. 그대와 같이 속세의 인연이 있는 까닭에 오래 이 땅에 있었는데, 봉래산 신선들이 자주 편지하여 오라 하지만 그대의 외로움을 염려하였더니 이제 아

들의 영특함이 이러하니 그대 길이 의지할 곳을 얻어 말년에 부귀영화를 누릴 것이라. 나를 생각하지 마라."

하더니 하루는 모든 도인들이 처사의 집에 모여 함께 백룡과 청학을 타고 깊은 산골로 들어가니 이후로는 비록 가끔 공중에서 편지를 보냈지만 마침내 집에 돌아오지는 않더라.

화음현(華陰縣)에서 규녀(閨女)와 소식을 전하고
남전산(藍田山)에서 도인이 거문고를 전하다.

양 처사 떠난 후에 모자 두 사람이 서로 의지하며 세월
을 보냈다. 수년이 지난 후 양소유의 재명(才名)이 크게 일어
나 본 고을 태수가 신동이라 하여 조정에 천거하였는데 소유
는 모친을 떠나기 어려워 나아가지 않았다. 소유가 열네다섯
살에 이르러서는 얼굴은 반악(潘岳)[25] 같고 기상은 청련(青
蓮)[26] 같고 문장은 연허(燕許)[27] 같고 시재(詩才)는 포사(襃

---

25) 중국 진(晋)나라의 문인. 미남으로 여인들의 사랑을 받았다.
26) 이백의 아호(雅號).
27) 당나라의 문인 연국공(燕國公) 장설(張說)과 허국공(許國公) 소정(蘇
頲)을 동시에 이른다.

姒)28) 같고 필법은 종왕(鍾王)29) 같고 제자백가와 육도삼략과 활쏘기와 칼쓰기를 정통하지 않을 것이 없으니 진실로 여러 대에 걸쳐 수행하는 사람이더라. 세상 사람들에게 비할 바가 아니었다.

소유가 하루는 모친께 아뢰되,

"부친이 천상으로 가실 때 저에게 문호를 맡기셨으니 이제 집이 가난하여 모친이 근심하시니 제가 만일 집 지키는 개가 되어 공명(功名)을 구하지 아니하면 부친께서 바라던 뜻이 아닐까 합니다. 이제 서울에서 과거를 베풀어 천하의 선비를 모집한다 하니 잠깐 슬하를 떠나 서유(西遊)30)를 할까 하나이다."

유 씨는 아들의 뜻과 기상이 녹록하지 않음을 보고 비록 먼 길 떠남을 걱정하나 마침내 막지 못하더라.

양생이 서동 한 명과 나귀 한 필로 모친께 하직하고 여러 날 행하여 화주 화음현에 이르니 장안이 점점 가까워오는지라. 산천(山川) 물색(物色)이 심히 화려하더라. 양생이 과거날이 멀리 있음을 알고 하루 수십 리씩 행하여 산수를 찾고 고적을 유람하니 길손의 행차가 적막하지 아니하더라. 멀리 바라보니 버드나무 수풀이 푸르고 푸른데, 작은 누각이 그 사이

---

28) 중국 서주(西周)의 마지막 왕인 유왕(幽王)의 총희. 뒤에 유왕의 왕비가 되었다.
29) 명필인 종요(鍾繇)와 왕희지(王羲之)를 같이 이른다.
30) 서쪽으로 유람한다는 뜻인데, 여기에서는 과거를 보러 간다는 뜻이다.

에 비치어 매우 유아(幽雅)[31]하였다. 채찍를 내리고 말을 끌며 천천히 나아가 보니 버들가지가 가늘고 길어 땅에 드리운 것이 마치 실을 풀어 바람에 나부끼는 듯하니 십분 구경할 만한지라. 양생이 생각하되,

'우리 초 땅에 비록 아름다운 나무 많으나 이런 버들은 보지 못하였노라.'

하고 양류사(楊柳詞)를 지어 읊으니 다음과 같았다.

버들이 푸르러 베를 짜는 듯하니	楊柳靑如織
긴 가지 그림 속 누각에 떨쳤도다	長條拂畵樓
원컨대 그대는 부지런히 심어라	願君勤栽植
이 나무 가장 풍류로우니라	此樹最風流
버들이 자못 푸르고 푸르나니	楊柳何靑靑
긴 가지 빛난 기둥에 떨쳤도다	長條拂綺楹
원컨대 그대는 부질없이 꺾지 마라	願君莫漫折
이 나무 가장 정이 많으니라.	此樹最多情

읊는 소리가 맑고 상쾌하여 금석(金石)에서 나는 듯한지라. 봄바람이 그 소리를 거두어 누각 위로 올려 보내니 누각 가운데 옥 같은 사람이 바야흐로 봄잠에 들었다가 글 소리에 깨어나 창을 열고 난간에 기대어 두루 바라보더라. 마침 양생과 두 눈을 맞추게 되었으니 구름 같은 머리털이 귀밑에 드리웠

---

31) '그윽하고 아름답다'는 뜻이다.

고 옥비녀는 반쯤 기울어졌는데 봄잠 부족한 듯한 모습이 천연히 수려하여 말로 표현하기 어렵고 그림을 그려도 이와 비슷하지 못할러라. 두 사람이 서로 보기만 하고 아무 말도 못하고 있더니 양생의 서동이 따라와 불렀다.

"낭군아 저녁밥을 올렸나이다."

미인이 문득 창문을 닫으니 천연(天然)한[32] 향내 바람에 날아올 뿐이라. 양생이 서동을 매우 원망했지만 다시 만나기 어려울 줄 짐작하고 서동을 따라 돌아왔다.

원래 이 미인의 성은 진(秦) 씨니 진 어사의 딸이요 이름은 채봉이라. 모친이 일찍 죽고 홀로 부친을 모시고 있으니 지금 혼인을 언약한 곳이 없더라. 이때 어사가 서울에 가고 소저 홀로 집에 있더니 천만뜻밖에 양생을 만나 보고 마음으로 생각하되,

'여자가 장부를 따름은 종신대사라, 일생 영욕(榮辱)과 고락(苦樂)이 달려 있다. 문군[33]은 과부라도 오히려 상여[34]를 따랐으니 이제 나는 처녀의 몸이니 비록 스스로 중매하는 혐의를 피할 수는 없지만 부녀의 정절에는 해롭지 아니한 듯하다. 하나 이 사람의 성명과 거처를 알지 못하니 부친께 취품하여 정한 후에 중매를 보내려 하면 시일이 걸릴 것이라. 그 후에는 동서남북 어디 가서 찾으리오?'

---

32) 국문본에는 '가만흔'이라고 표기되어 있다.
33) 탁문군(卓文君). 중국 한(漢)나라의 여류 문인.
34) 사마상여(司馬相如). 탁문군이 과부임을 알고 거문고를 타 유인하고, 탁문군이 이에 반하여 몰래 집을 빠져나와 두 사람이 혼인하였다.

다급하게 화전을 펴 두어 줄 글을 써 봉하여 유모에게 주며 왈,

"이것을 가지고 앞 객점에 가서 나귀 타고 내 집 누각 아래에 와 양류사를 읊던 상공을 찾아 전하고, 인연을 맺어 일생을 의탁하려 하는 줄을 알게 하라. 이는 나의 종신대사이니 삼가 신중하게 하라. 이 선비 얼굴의 아름다움이 옥 같아서 다른 사람들과 구별될 것이니 그대 부디 직접 보고 편지를 전하라."

유랑이 말하되,

"삼가 소저의 명대로 할 것이지만 다음에 노야께서 물으시면 무엇이라 하리이까?"

소저가 왈,

"그 일은 내가 감당할 것이니 너는 걱정 마라."

유랑이 나가다가 도로 들어와 말하되,

"만일 낭군이 이미 혼인을 하였거나 정혼(定婚)35) 한 곳이 있으면 어찌 하오리까?"

소저 말을 않고 있다가 말하되,

"불행히 혼인을 하였으면 내 남의 둘째 아내가 되기를 꺼리지 아니하거니와 이 사람의 나이가 매우 젊어 보이니 아내가 없을 듯하노라."

유랑이 객점에 가 양류사 읊던 상공을 찾으니 양생이 마침 문밖에 나섰다가 나이 많은 여자가 자기를 찾음을 보고 바삐

---

35) 혼인을 언약하는 일이다.

물었다.

"양류사 지은 총각은 곧 소생인데 노파가 찾음은 무슨 뜻이오?"

유랑이 양생의 얼굴을 보고 다시 의심이 없어 다만 말하기를,

"이곳이 말할 곳이 아니로소이다."

양생이 유랑에게 인사한 후 객방에 앉히고 온 뜻을 물으니 유랑이 되묻되,

"낭군이 양류사를 어디에 가서 읊으셨나이까?"

양생이 답하되,

"소생은 먼 곳에서 온 사람이라. 처음으로 제리(帝里)[36]에 와서 풍경을 두루 구경하더니 큰길 북쪽 누각 앞에 수양 숲이 극히 아름답거늘 우연히 글을 읊었거니와 노파가 물음은 어떤 까닭이오?"

유랑이 답하되,

"낭군은 그때 누군가를 보셨나이까?

"소생은 다행히 신선이 누각 위에서 강림한 때를 만나니 고운 빛이 누각에 있고 기이한 향기 내 옷에 풍겼나이다."

유랑이 말하되,

"낭군에게 바로 고하나니 그 집은 우리 진 노야 댁이고 그 여자는 우리 집 소저라. 이 소저 영민하고 총혜하지만 무엇보다 사람을 보는 능력이 있습니다. 낭군을 한 번 보고는 일생

---

36) 황제의 마을, 곧 서울을 지칭한다.

을 의탁하고자 하되, 어사 노야 경사에 계시니 알리고자 하면 낭군이 이미 이 땅을 떠날 것이니 큰 바다에 떠다니는 부평초(浮萍草)를 어디 가서 찾으리오. 이런 까닭에 부끄러움을 무릅쓰고 종신대사를 위하여 저를 보내 낭군의 성씨와 고향을 알고 아울러 혼인 여부를 알아 오라 하시더이다."

양생이 이 말을 듣고 기쁜 빛이 낯에 가득하여 사례했다.

"양소유 소저의 청안(靑眼)으로 돌아봄을 얻으니[37] 죽도록 이 은덕을 어찌 잊으리오. 소생은 초 사람이라 집에 노모 계시니 화촉의 예는 양가 부모께 고하여 행하려니와 혼인 언약은 이제 지금 한마디로 정할 것이니 화산(華山)의 길이 푸르고 위수(渭水) 끊어지지 아니하였나이다."[38]

유랑이 또한 소매에서 아주 작은 종이 봉한 것을 내어 주거늘 양생이 떼어 보니 양류사 한 수라. 내용은 다음과 같았다.

누각 앞에 버들을 심었으니	樓頭種楊柳
낭군의 말을 매어 머물게 하려 했더니	擬繫卽馬任
어찌 꺾어 채를 만들어	如何折作鞭
재촉하여 장대(章臺)[39] 길로 가려 하나뇨.	催下章臺路

양생이 본 후, 그 글의 맑고 새로우며 완곡함을 크게 감탄하여 칭찬하며 말하되,

---

37) '소저가 마음에 들어하니'라는 뜻이다.
38) 자신의 마음이 변하지 않을 것임을 뜻한다.
39) 진나라의 궁전 이름.

"비록 옛날 시를 잘하던 왕우승과 최학사라도 이보다 낫다 하지 못하리로다."

하고, 즉시 화전을 떨치고 한 수를 지어 유랑에게 주니 그 글의 내용은 다음과 같았다.

버들이 천만 가지나 하니　　　　　　　　　楊柳千萬絲

가지가지마다 마음이 구비구비 맺혔도다　　絲絲結心曲

원컨대 달 아래 노끈[40]을 만들어　　　　　願作月下繩

봄소식을 전하고자 하노라.　　　　　　　　係定春消息

유랑이 받아 몸에 감추고 객점 문을 나갈 즈음에 양생이 도로 불러 말했다.

"소저는 진나라 사람이고 나는 초에 있으니 한번 돌아간 후에는 산천이 만연하여 소식을 통하기 어렵고 하물며 어진 중매가 없으니 오늘 밤 달빛을 타 소저의 얼굴을 보랴? 소저의 시에 또한 이러한 뜻이 담겨 있으니 노파는 소저께 취품하라."

유랑이 가더니 즉시 돌아와 회답하되,

"우리 소저 낭군의 회답한 글을 보고 십분 감격하시며 낭군이 달 아래 만나려 하는 뜻을 전하니 소저 이르기를 '남녀 혼인 전에 서로 만남이 예 아닌 줄을 알지만 바야흐로 사람에게 의탁하려 하였으니 어찌 그 뜻을 따르지 아니하리오. 하지만 밤에 서로 만나면 사람의 의심이 있을 것이고 부친이 들으시

---

40) '중매'를 뜻한다.

면 더욱 그릇되게 여기실 것이니 낮에 중당에서 잠깐 만나 언약을 정하사이다.' 하시더이다."

양생이 감탄하여 말하되,

"소저의 밝은 소견과 정다운 뜻은 소생이 미칠 바 아니로소이다."

유랑이 재삼 당부함을 듣고 가니라.

이날 객점에서 머물러 자면서 삼월 밤이 괴로울 정도로 긴 것을 한하더니, 새벽녘에 문득 수많은 사람의 말소리가 물 끓듯하며 서쪽에서 들렸다. 놀라 일어나 길에 나가보니 어지러운 군마와 피난하는 사람이 길에 모여 울음소리가 진동하였다. 이에 사람에게 물어보니 '서울에 변이 나 신책장군 구사량이 황제라 칭하고, 천자는 양주로 피난하시니 관중(關中)이 매우 어지러워 적병들이 사방으로 흩어져 인가를 겁략(劫掠)한다.' 하였다. 또 이윽고 말하기를 '함곡관을 닫아 사람이 다니지 못하게 하고 신분을 가리지 않고 징병한다.' 하거늘 양생이 매우 놀라 급히 서동을 데리고 남전산을 바라보며 깊은 산골로 들어가니 정상에 한 초가집이 있었다. 흰 구름이 자욱하게 끼어 있고, 학의 울음소리 심히 맑아 분명 높은 사람이 있는 곳인 줄 알고 찾아 올라가니 한 도인이 앉아 있다가 생을 보고 말하되,

"그대는 필경 피난하는 사람이로다."

양생이 왈,

"옳습니다."

도인이 또 묻되,

"회남 양 처사의 아들이냐? 얼굴이 매우 닮았도다."

생이 눈물을 머금고 바른대로 대답하니, 도인이 웃고 말하되,

"존공이 나와 더불어 자각봉에서 바둑을 두고 갔거니와 아주 평안하니 그대는 슬퍼하지 마라. 그대 이미 이곳에 왔으니 머물러 자고 내일 길이 트이거든 가도 늦지 아니하리라."

양생이 사례하고 모시고 앉았더니 도인이 벽 위에 걸린 거문고를 돌아보면서 말하되,

"능히 이것을 탈 수 있는가?"

생이 겸손하게 대답하되,

"비록 좋아하지만 스승을 만나지 못하여 높은 경지를 얻지 못하였나이다."

도인이 동자를 불러 거문고를 가져다주며 타 보라고 하거늘 생이 풍입송(風入松)이란 곡조를 연주하니 도인이 웃으면서 말하되,

"손 쓰는 법이 활발하니 가히 가르칠 만하도다."

하고는 거문고는 옮겨 스스로 세상에 전하지 않는 옛 곡조를 차례로 연주하니 맑고 그윽하여 세상 사람이 듣지 못하던 바라. 생이 음률을 좋아하고 총명함이 뛰어난 탓에 한번 듣고 일일이 따라하니 도인이 크게 기뻐하였다. 이에 또 벽옥통소를 내어 한 곡조를 불러 생을 가르치고 말하되,

"지었다(知音)[41]을 만나는 것은 옛사람이 어려워하던 바라.

---

41) 음률을 잘 아는 사람으로 서로의 마음이 통하는 친한 친구 사이를 지칭하는 말이다.

이제 거문고와 퉁소를 주나니 후일에 필연 쓸 곳이 있으리라."

생이 절하여 받고 말하되,

"소자가 선생을 만남은 분명 부친의 인도하심이로다. 원컨대 궤장(机杖)[42]을 뫼셔 제자가 되어지이다."

도사가 웃고 말하되,

"인간 부귀를 그대 면하지 못하리니 어찌 능히 노부를 따라 암혈(巖穴)에 깃들리오? 하물며 나중에 돌아갈 곳이 있으니 나의 무리 아니라. 비록 그렇지만 은근한 뜻을 저버리지는 못하리라."

하고 팽조(彭祖)[43]의 방서(方書)[44] 한 권을 내어주며 말하되,

"이를 익히면 비록 목숨을 연장하지는 못하나 병이 없고 늙음을 물리치리라."

생이 다시 절하여 받고 묻기를,

"선생이 소자의 인간 부귀를 예언하셨는데 이에 인간 세상의 일을 여쭙나이다. 소자가 화음현 진 씨 여자를 만나 혼인을 의논하였는데 난병(亂兵)에 쫓겨 이곳에 와 있으니 알지 못할 일입니다. 이 혼사가 이루어지리이까?"

도사 크게 웃고 이르되,

"이 혼인 길이 어둡기가 밤 같으니 천기를 어찌 미리 누설하리오? 비록 그러하나 그대의 아름다운 인연이 여러 곳에 있으니 모름지기 진 씨 여자에게만 연연하지 말지어다."

---

42) 작은 책상과 지팡이를 뜻한다.
43) 중국 상고 시대에 살았다는 전설적인 신선. 칠백 년을 살았다고 한다.
44) 점술, 천문, 의술 등 방술을 기록한 책이다.

이날 도인을 모시고 석실(石室)에서 자더니 하늘이 채 밝지 않아서 도인이 생을 깨워 말하되,

"길이 이미 트였고 과거를 내년 봄으로 물렸다. 모친이 문을 의지하여 기다리나니 돌아갈지어다."

인하여 노비(路費)를 차려주거늘 생이 백배사례하고 거문고 과 방서를 수습하여 산에서 내려오며 돌아보니, 도인의 집이 간 곳이 없더라.

생이 어제 산에 들어올 때 버들꽃이 지지 않았더니 하룻밤 사이에 물색이 변하여 바위 사이에 국화가 만발하였거늘 생 이 이상하게 여겨 사람을 만나 물어보니 이미 팔월이 되었더 라. 전에 묵었던 객점을 찾아오니 난리를 겪은 후에 인가가 쓸 쓸하여 옛날과 다르고, 소식을 물어보니 천자가 여러 병력을 모와 다섯 달 만에 비로소 역적을 평정하고 과거를 내년 봄으 로 연기하였더라.

양생이 진 어사의 집을 찾아가니 버들 수풀은 완연하되 그 림 그린 누각과 분 칠한 담이 불붙어 무너졌고, 사방 마을에 닭 소리도 없거늘 오래도록 버들가지를 붙들고 진 소저의 양 류사를 읊으며 눈물을 흘렸다. 하는 수 없어 다시 객점에 가 주인에게 묻되,

"길 건너 진 어사 집 사람이 어디로 갔나뇨?"

주인이 혀를 차며 말하기를,

"상공이 알지 못하는도다. 진 어사는 서울에 가고 소저는 시비를 거느리고 집에 있었는데, 어사는 역적이 내린 벼슬을 받았다는 이유로 관군이 서울을 회복한 후에 형벌을 받아 죽

었습니다. 소저의 몸은 서울로 잡혀갔으니 사람들이 말하기를 적몰(籍沒)[45]하여 액정(掖庭)[46]에 들었다고도 합니다. 오늘 아침에 죄입은 가속들이 영남 땅의 노비가 되어 이 앞으로 많이 지나갔으니 혹시 진 소저도 그중에 들어 있었을지도 모르겠습니다."

양생이 이 말을 듣고 눈물을 비 오듯 흘리며 생각하되,

'남전산 도인이 진가 혼사를 두고 어둡기 밤 같다 하더니 소저 이미 죽었을 가능성이 높다.'

이날 저물도록 방황하다가 밤에 한잠도 이루지 못하고 다시 수소문할 곳이 없어 행장을 차려 수주로 돌아갔다. 유 씨는 집에 있으면서 서울이 요란함을 듣고 아들이 죽었을 것이라 생각하다가 서로 만나 붙들고 우는 모습이 마치 재생(再生)한 사람 같이 여기더라.

그해가 다하고 새해 봄이 되니 양소유가 다시 서울에 나아가 공명(功名)을 구하려 하거늘 유 씨 이르되,

"작년에 갔다가 위태한 지경을 겪고 네 나이 아직 젊으니 공명은 실로 바쁘지 않다. 이제 너의 행차를 말리지 못함은 내가 생각하는 바가 있는 까닭이다. 네 나이 열여섯에 정혼한 곳이 없고 우리 수주는 궁벽한 고을이라. 어찌 너의 배필이 될 만한 아름다운 처녀가 있으리오? 내 외사촌 누이 한 사람이 있는데 성은 두 씨라. 서울 자청관에 출가하여 도사가 되

---

45) 죄인의 가족들을 모두 처벌하는 일이다.
46) 궁중. 여기에서는 궁중으로 잡혀가서 궁녀가 되었다는 뜻이다.

었으니 나이를 따지면 생존하였을 듯하다. 아주 생각이 깊은 사람이고 재상가(宰相家)에 다니지 않은 곳이 없으니 내 편지를 보여 주면 분명 정성을 다해 도와줄 것이니 모름지기 유념하라.”

생이 화음현 진 씨 여자의 말을 전하고 슬픈 빛을 보이거늘 유 씨 혀를 차며 말하되,

“비록 아름다우나 인연이 없으니 죽었기 쉽도다. 살아 있어도 만날 길이 없으니 생각을 끊어 버리고 아름다운 인연을 맺어 나의 바람을 위로하라.”

생이 절하여 명을 받고 길을 나서 여러 날 행하여 낙양에 도착하여 갑작스러운 비를 만나 남문 밖 주점에 들게 되었다. 그러자 객점 주인이 묻되,

“상공은 술을 자시려 하나이까?”

생이 왈,

“좋은 술을 가져오라.”

주인이 술을 가져오거늘 생이 연거푸 여러 잔을 기울여 마시고 이르되,

“너의 술이 비록 좋으나 상품은 아니로다.”

주인이 왈,

“이 가게에는 이보다 좋은 술이 없습니다. 상공이 만일 상품의 술을 구할진대, 성안 진교[47] 머리에 있는 주점에서 파는 낙양춘(洛陽春)이란 술이 있는데 한 말 값이 일만 전이나 되니

---

47) 한문본에는 '천진교(天津橋)'로 되어 있다.

이다."

양생이 생각하되,

'낙양은 예로부터 제왕의 도읍이요, 천하에 번화한 곳이라. 내 작년에 다른 길로 가는 바람에 이곳 경치를 보지 못하였으니 이번에는 그냥 지나지 않으리라.'

하고 술값을 계산하여 주고 나귀를 타고 천진교로 향하여 가니라.

양천리(楊千里) 주루(酒樓)에서 계섬월(桂蟾月)을 선택하고
계섬월은 침상(寢牀)에서 어진 사람을 천거하다.

양생이 낙양성으로 들어가니 번화하고 화려함이 과연 듣
던 바와 같은지라. 낙수(洛水)는 도성을 꿰뚫어 흰 깁을 펼친
듯하고, 천진교는 물에 걸치고 앉아 무지개를 비껴놓은 듯하
고, 붉은 용마루와 푸른 기와[48]가 공중에 솟구쳐 그림자 물
속에 떨어졌으니 진실로 천하제일 경치라. 이전 객점 주인이
말하던 주루(酒樓)인 줄 알고 나귀를 재촉하여 누 앞에 나아
가니 금안준마(金鞍駿馬)[49] 길을 메웠고, 누상에 온갖 풍류

48) 한글본에는 '블근 박공과 프른 디애'로 되어 있다. 여기에 대해서는 정
규복과 진경환의 역주를 따른다.
49) 금으로 장식한 안장과 빠른 말. 여기서는 지체 높거나 부유한 사람들을

40

소리 공중에서 내려왔다. 양생은 하남부윤(河南府尹)이 손님을 모셔놓고 잔치하는가 여겨 서동을 시켜 알아 오게 했다. 서동이 말하기를, 성안의 여러 공자들이 이름난 창기를 모아놓고 봄 경치를 구경한다 하거늘 생이 취흥(醉興)을 띠고 누 앞에서 나귀에서 내려 곧장 위로 올라갔다. 소년 십여 명이 미녀 수십 명과 더불어 앉아 높은 말을 하고 큰 잔을 기울이고 의관이 선명하고 의기가 양양하더라. 소년들이 양생의 얼굴이 빼어남을 보고 모두 일어나 인사하고 자리를 나누어 앉았다. 각각 성명을 통한 후에 윗자리에 앉은 노생이라 하는 자가 생에게 물었다.

"양생의 행색을 보니 분명 과거를 보러 가는도다."

생이 말하되,

"실로 형의 말과 같다."

또 왕생이라 하는 자가 말하되,

"양 형이 과거를 보려 하면 비록 청하지 않은 손님이지만 오늘 모꼬지[50]에 참여함이 또한 해롭지 아니하다."

양생이 말하되,

"두 형의 말로 볼작시면 여러 형들의 오늘 모꼬지는 한갓 술잔 나누는 자리는 아니라. 분명 시사(詩社)를 결성하여 문장을 비교함이라. 소자 같은 사람은 초나라 미천한 선비로 나이 어리고 소견이 좁으니 비록 다행스럽게도 향공(鄕貢)[51]에

지칭하며, 주루의 번성하고 화려함을 표현하고 있다.

50) 모임 혹은 잔치의 고어식 표현이다.

51) 과거의 일종.

는 참여하였으나 형들의 화려한 모꼬지에 참여함이 외람될까 하노라."

모인 사람들이 양생의 말이 공손함과 나이 어림을 업신여겨 웃고 이르되,

"우리 각별 시사를 결성함이 아니라. 양 형의 말한바 '문장을 비교한다.' 함은 비슷하거니와 형은 이미 밀려온 사람이니 시를 지어도 좋고 아니 지어도 좋으니 함께 술을 먹을 것이라."

술잔을 재촉하니 모든 풍류가 일시에 울렸다. 양생이 눈을 돌려 창기들을 보니 이십여 명이 각각 잡은 것이 있으되 오직 한 사람이 홀로 단정히 앉아 있었다. 풍류도 아니하고 말도 아니하되 용모의 아름다움이 국색(國色)이라. 완연히 하늘의 선녀가 인간 세상에 내려온 듯하더라. 양생이 정신이 어지러워 술잔 잡은 줄을 잊고 그 미인을 자주 돌아보다가 다시 자세히 보니 그 미인 앞에 화전에 글 쓴 것이 수북하게 쌓였거늘 생이 좌중을 보며 말하되,

"화전이 필연 제형의 아름다운 글이라. 가히 한번 구경함을 얻으랴?"

사람들이 미처 답하지 못하여 그 미인이 몸을 일으켜 화전을 가져다가 생 앞에 놓거늘 생이 십여 장 글을 뒤적거리며 내려보니 그중에 우열과 생숙(生熟)[52]이 없지 않았지만 대개 평이하여 좋은 글이 없었다. 생이 가만히 생각하되,

'낙양에 재주 있는 선비 많다 하더니 이것으로 볼작시면 허

---

52) 미숙한 것과 무르익은 것.

언(虛言)이로다.'

글을 도로 미인에게 보내고 모두를 향하여 손을 받들어 모아 말하되,

"하토(下土)의 천한 선비가 상국문풍(上國文風)을 보지 못하였더니 여러 형들의 주옥같은 글을 구경하니 쾌활함을 어찌 다 이르리오?"

이때 사람들이 다 취하였는지라 흐뭇하게 대소(大笑)하고 이르되,

"양 형이 다만 글 묘한 줄만 알고 그중에 더욱 묘한 일이 있는 줄은 알지 못하는도다."

양생이 말하되,

"모든 형들의 사랑함을 입어 술잔을 나누는 사이에 격의없는 벗이 되었으니 묘한 일을 소제에게 이르지 아니하나뇨?"

왕생이 대소하고 이르되,

"형에게 말함이 해롭지 아니하다. 우리 낙양은 인재가 모인 곳이라. 예로부터 과거에서 낙양 사람이 장원이 아니면 방안(榜眼)[53]이나 탐화(探花)[54]를 하는지라. 우리 모인 사람이 잠깐 헛된 문명(文名)을 들었으나 스스로 우열을 정하지 못했소. 저 낭자의 이름은 섬월이고 성은 계니 자색과 가무가 천하에 독보할 뿐 아니라 고금시문(古今詩文)을 모르는 것이 없고 나아가 글을 보는 눈이 신령 같아서 무릇 낙양 선비 과거에 임

---

53) 장원의 다음 자리.
54) 방안의 다음 자리.

하여 그 지은 글을 보고 당락을 정하되 틀린 적이 없었소. 이런 까닭에 우리 무리 각각 시를 지어 섬월에게 보내어 그중에 눈에 드는 글을 노래 불러 풍류와 맞추어 모두의 우열을 정하려 하오. 하물며 섬월의 이름이 달 가운데 계수를 응하였으니 신임 장원할 길조가 있으니 양 형은 들어 보라. 이 아니 묘하냐?"

두생이라 하는 자가 말하되,

"이 외에도 더 묘한 일이 있으니 섬월의 노래 부르는 글 임자를 그녀의 집으로 보내 오늘 밤 꽃다운 인연을 맺을 것이니 이 아니 묘한 일인가? 양 형이 또한 남자의 몸이라 흥이 있다면 한 수 시를 지어 우리와 더불어 우열을 다투지 아니하나뇨?"

양생이 말하되,

"형들의 아름다운 글이 이루어진 지 오래되었으니 알지 못할 일이로다. 섬월이 어느 글을 노래하였나뇨?"

왕생이 말하되,

"섬월이 오히려 맑은 소리를 아끼니 생각건대 부끄러워하는가 하노라."

양생이 말하되,

"소제는 외지 사람이라 설사 두어 수 지어 보았으나 어찌 감히 형들과 더불어 재주를 다투리오?"

왕생이 큰 소리로 말하되,

"양생이 얼굴 고운 여자 같더니 어찌 이렇게 대장부의 뜻이 없나뇨? 성인이 말하시기를 '어진 일을 당해서는 스승에게도 사양하지 않고 그것을 다투는 것이 군자'라 하시니 다만 양 형이 지을 재주 없을까 두려워할지언정 실로 재주가 있을진대 어찌 겸양하리오?"

양생이 원래 겉으로 사양하는 척하나 섬월의 얼굴을 본 후는 시흥(詩興)을 이기지 못하는지라. 눈을 들어 보니 사람들이 앉은 곁에 빈 화전이 많이 있거늘 한 봉을 빼어 내서 붓을 날려 시를 썼다. 모두들 시의 뜻이 민첩하고 필세(筆勢)가 살아 움직이는 것을 보고 크게 놀랐다. 양생이 붓을 던지고 모두에게 이르되,

"원래 형들의 가르침을 청해야 마땅하지만 오늘 일은 곧 섬월이 시관(詩官)이니 마감 시간이 지났을까 두려워하노라."

하고 글을 섬월에게 보내니 섬월이 추파를 들어 한 번 내려 보더니 문득 맑은 노래를 빼어 냈다. 그 소리가 하늘로 올라가 여운이 공중에 머뭇거리니 진나라의 쟁과 조나라의 거문고 소리를 빼앗고, 좌중의 사람들이 얼굴색을 씻은 듯이 바꾸더라.

그 시는 다음과 같다.

향기로운 티끌이 일고자 하고 저녁 구름이 많으니	香塵欲起暮雲多
고운 계집의 한 곡조 노래를 함께 기다리는도다	共待妙姬一曲歌
열두 거리 위에 봄이 늦었고	十二街頭春晼晚
버들꽃이 눈 같으니 근심을 어찌하리오	楊花如雪奈愁何
꽃가지가 미인의 단장을 부끄러워하니	花枝愁殺玉人粧

가는 노랫소리 부르지도 않았는데 입의	未發纖歌氣已香
기운이 향기롭도다	
하채와 양성은 거리끼지 아니하되	下蔡陽城渾不管
다만 쇠 같은 애를 얻기가 어려울까	只恐粧得鐵爲腸
근심하노라	
주점 저문 눈에 양주자사를 부르니	旗亭暮雪按涼州
이것이 곧 수재(秀才)가 득의한	最是王郎得意秋
때로구나	
아득한 옛날부터 이 글은 원래 한	千古斯文元一脈
맥이니	
선비로 하여금 풍류를 일삼게 하지 마라	莫教前輩擅風流
초나라 손이 서쪽에서 노니다가 길이	楚客西遊路入晉
진나라에 들었으니	
주점에 와서 낙양의 봄을 취하였도다	酒樓來取洛陽春
달 가운데 계수나무를 누가 먼저	月中丹桂樹斷折
꺾을손가	
오늘 문장은 주인이 있을 것이로다.	今代文章自有人[55]

　사람들이 처음은 양생의 나이가 젊음을 보고 시를 못 지을
것으로 짐작하고 권하여 두고, 이 지경에 이르러서는 양생의
글이 빼어나 섬월의 눈에 드는 것을 보고 십분 흥이 달아났

55) 한문본에는 없는 구절이다. 한문본에는 12행까지만 있고 나머지 4행은
없다.

다. 양생에게 사양하기도 어렵고 약속을 어기기도 어려워 서로 보며 아무 말도 못하고 앉았거늘, 생이 이 거동을 보고 몸을 일으켜 하직하여 말하되,

"소제 우연히 여러 형들의 사랑을 입어 성한 모꼬지에 참여하니 다행함을 어찌 이르리오. 길이 바쁘니 종일토록 놀지 못하니 다른 날 곡강(曲江)의 잔치[56]에서 남은 정을 다하리이다."

하고 태연히 내려가니 굳이 잡지 않더라. 생이 나귀를 타려고 하니 섬월이 따라나와 이르되,

"다리 남쪽에 분 칠한 담 밖에 앵두꽃이 무성하게 핀 집이 곧 첩의 집이라. 낭군이 먼저 가서 기다리소서."

하고 누각에 올라 사람들에게 묻되,

"모든 상공이 첩을 더럽다 아니하시고 노래 곡조로 오늘 밤 인연을 점쳤었는데 이제 어찌 하오리까?"

모인 사람들이 서로 의논하되,

"양가는 원래 구경꾼이니 어찌 글에 구애받음이 있으리오?"

이렇게 말하나 모두가 섬월을 사랑하는 마음을 두어 마땅한 의논이 없으니 섬월이 말하되,

"사람이 신의가 없으면 좋은 줄을 알지 못합니다. 좌상에 창악(唱樂)이 부족하지 않으니 여러 상공은 남은 흥을 다하소서. 첩은 마침 병이 발하여 능히 모시고 즐기지 못하나이다."

---

56) 곡강연(曲江宴). 당나라 때 과거에 급제한 선비들이 곡강에 모여 잔치를 열었다.

사람들이 이미 약속을 한지라, 만류하지 못하더라.

양생이 성 남쪽 주점에 들렀다가 발걸음을 옮겨 저녁을 틈타 섬월의 집을 찾아가니 섬월이 돌아와 당상에 등불을 밝히고 양생을 기다리다가 두 사람이 서로 만나게 되니 그 기쁜 뜻을 이루 말할 수가 없더라.

섬월이 옥술잔에 술을 가득 붓고 금루의(金縷衣)란 곡조를 노래 부르며 술을 권하니 아름다운 태도와 부드러운 정이 사람의 간장을 끊을 듯하였다. 서로 이끌어 잠자리에 나아가니 무산(巫山)의 꿈과 낙수(洛水)의 만남도 이보다 낫지 못할러라. 밤이 반쯤 흘러가자 섬월이 침상에서 생에게 말하기를,

"첩의 종신대사를 낭군께 의탁하였으니 낭군은 첩의 사정을 들으소서. 첩은 원래 소주(蘇州) 사람이라. 아비가 이 땅에서 역승직을 맡았다가 불행하게도 타향에서 객사하였습니다. 집이 가난하고 고향이 멀어 반장(返葬)[57]할 길이 없어 계모가 나를 창가(娼家)에 팔았습니다. 욕을 참고 지금까지 살아온 것은 하늘이 가엾게 여기시어 어느 날 군자를 만나 밝은 하늘을 볼까 함이옵니다. 첩의 집 누각 앞은 장안으로 가는 큰 길 거리라, 거마(車馬) 소리가 밤낮 끊일 적이 없으니 어느 사람이 첩의 문밖에서 채찍을 내리지 아니하리오. 삼사 년 사이에 사람이 지나가기를 구름같이 하였으되 낭군과 비교할 만한 사람은 없었습니다. 낭군이 첩을 더럽다고 여기지 않으실진대

---

57) 객사한 사람의 시체를 원래 살던 곳으로 옮겨 장사를 지내는 것을 뜻한다.

낭군의 물 긷고 밥 짓는 종이 되어도 부디 따를 것이니 뜻이 어떠하십니까?"

양생이 말하되,

"나의 뜻이 어찌 그대와 다르리오마는 다만 몸이 가난한 서생이고 위로 노친이 계시니 그대와 해로함은 노친의 뜻을 어길 듯하고, 처첩을 갖춤은 그대가 즐거워하지 아니할 것이고 또한 백방으로 구하여도 그대의 여군(女君)[58] 될 여자를 얻기 어려울까 하노라."

섬월이 말하되,

"낭군께서는 무슨 말씀을 하시나이까? 이제 천하 재인(才人) 중 낭군 위에 오를 사람이 없을 것이니 신임 장원은 말하지도 말고 승상과 대장 벼슬이 또한 오래 걸리지 않을 것입니다. 천하 미인이 뉘 아니 낭군을 좇고자 않으리오. 섬월이 잠시나마 낭군의 사랑을 독차지할 마음을 두리이까? 오직 낭군은 높은 가문의 어진 부인을 취한 후에 천한 첩을 버리지 마소서. 청컨대 오늘로부터 몸을 정결히 하여 명을 기다리리이다."

양생이 말하되,

"작년에 내 일찍이 화주를 지날 적에 우연히 진 씨 여자를 만나 보니 용모와 재기가 응당 그대와 더불어 형제 될 만하되 그 사람이 이미 없으니 어디 가서 또 숙녀를 구하랴 하느뇨?"

섬월이 말하되,

---

58) 정실이라는 뜻이다.

"낭군의 말하는 바가 분명 진 어사의 딸이로다. 어사 이곳에서 벼슬하였으니 진 낭자는 첩과 매우 절친하였나이다. 낭자는 탁문군의 재모를 두었으니 낭군께서 정을 둠이 마땅하거니와 이미 허사가 되었으니 청컨대 다른 데를 구하소서."

양생이 말하되,

"예로부터 절색(絶色)은 한 시절에 나지 못하였으니 진 소저와 섬월이 동시에 있으니 천지의 신령한 기운이 이미 다하였는가 하노라."

섬월이 크게 웃고 말하되,

"낭군의 말이 우물 안 개구리 같도다. 첩이 우리 창기(娼妓) 중에 떠도는 말을 낭군께 아뢰리이다. 이제 천하에 청루삼절(青樓三絶)[59]이 있으니, 강남의 만옥연과 하북의 적경홍과 낙양의 계섬월이라. 섬월은 곧 첩이니 첩이 스스로 헛된 명성을 얻었거니와 경홍과 옥연은 당대의 절색이라. 어찌 천하에 미색이 없을 것이라 하시나뇨?"

양생이 말하되,

"내 뜻에는 저 두 사람이 외람되게도 그대와 더불어 이름을 나란히 하는가 하노라."

이에 섬월이 말했다.

"옥연은 땅이 멀어 서로 보지 못하였으나 남쪽에서 오는 사람 중 칭찬하지 않는 이가 없으니 결단코 허명이 아니요, 경홍은 첩과 더불어 형제 같은 벗이니 그녀의 모든 사정을 낭군께

---

59) 뛰어난 기생 세 명을 지칭한다.

서 알게 하리이다. 경홍은 패주(貝州)의 양가(良家) 여자라 부모 일찍 죽고 숙모에게 의지하였는데, 열넷의 나이에 용모의 아름다움이 하북에서 유명하였습니다. 이로 인해 근처 사람이 처첩을 삼기 위해 중매가 문을 메우더니 경홍이 제 숙모에게 말하기를 '모두 물리치라.' 하였는데, 매파가 경홍에게 묻되 '낭자가 이곳 저곳 모두 물리치고 거절하여 아무 데도 허락하지 않으니 어찌 하여야 낭자의 뜻에 맞으리오? 재상이 첩이 되고자 하는가 명사를 좇고자 하는가 절도사의 첩이 되고자 하는가 서생을 좇고자 하는가.' 하였습니다. 이에 경홍이 대답하기를 '만일 진나라 시절 기생을 이끌던 사안석(謝安石) 같으면 재상의 첩이 될 것이요, 삼국 시절 곡조를 돌아보던 주공근(周公瑾) 같으면 장수의 첩이 될 것이요, 현종 시절에 술에 취해 청평조를 바치던 이태백 같으면 명사를 좇을 것이요, 한나라 시절 녹기금(綠綺琴)[60]으로 봉황곡을 치던 사마상여(司馬相如)[61] 같으면 선비를 좇을 것이니 어찌 미리 정하리오?' 하니 매파가 크게 웃고 물러났다 하옵니다. 경홍이 스스로 생각하기를 '시골 여자로서는 스스로 사람을 듣보기 어렵다. 오직 창녀는 영웅호걸을 많이 보니 가히 마음대로 고를 것이라.' 하여 자원하여 창가에 팔렸습니다. 한두 해 안 되어서 명성

---

60) 사마상여가 가지고 있었다고 알려진 거문고.
61) 중국 한나라 시절의 문인으로, 탁문군을 유혹하기 위해 봉황곡을 지어 연주하였다. 탁문군은 동시대의 여류 문인. 사마상여와 탁문군은 이 일로 서로 부부가 되었다.

이 크게 일어나 작년 가을 하복 열두 자사들이 업도(業都)[62]에 모여 크게 잔치를 열 때 경홍이 예상무(霓裳舞) 한 곡조를 연주하며 춤추니 좌중 미녀 수백 명이 빛을 잃었다 합니다. 잔치가 끝난 후 홀로 동작대에 올라 월색을 맞아 배회하며 옛사람을 조문하니 보는 사람이 모두 선녀로 여기니 어찌 규중이라고 사람이 없으리이까? 경홍이 일찍 첩과 더불어 변주(卞州) 상국사(相國寺)에 모여 회포를 풀 때 피차 두 사람이 마음에 차는 군자를 만나거든 서로 천거하여 같이 살자고 하였습니다. 첩은 이제 낭군을 만나 소망이 족하였으나 불행히도 경홍이 산동 제후의 궁중에 들어 있으니 비록 부귀하나 저의 바람이 아니옵니다."

양생이 왈,

"청루 중에는 허다한 인재가 있으나 규중에는 없는가 하노라."

섬월이 왈,

"첩의 눈으로 본 바는 진실로 낭군만 한 사람은 없으니 감히 낭군께 천거하지 못하거니와 항상 장안 사람의 말을 들으면 정 사도의 딸이 용모와 재덕이 당대 여자 중 제일이라 하니 낭군이 서울에 가면 모름지기 유의하여 들보소서."

이와 같이 문답을 주고받는 사이에 날이 이미 밝았더라. 두 사람이 일어나 몸단장을 마치자 섬월이 양생에게 말하되,

"이곳은 낭군이 오래 머물 땅이 아니라. 어제 여러 공자들

---

62) 위나라 때의 수도.

의 기분이 자못 앙앙불락하여 보이니 이롭지 않은 일이 있을
까 두려우니 일찍 떠남이 좋을 듯합니다. 앞으로 뵈실 날이
많으니 어찌 구태여 아녀자 같은 태도를 보이리오?"

양생이 사례하여 말하되,

"가르치는 말이 금석 같으니 마음에 새기리라."

두 사람이 눈물을 뿌리고 손을 나누어[63] 떠나니라.

---

63) '헤어진다'는 뜻이다.

가짜 여자 도사가 정 씨 집안에서 지음(知音)을 만나고
늙은 사도는 과거 합격자 명단에서 어진 사위를 택하다.

양생이 여러 날 행하여 서울에 도착하여 있을 곳을 정했다. 과거 날이 아직 많이 남았거늘 사람에게 자청관을 물으니 춘명문 밖이라 하기에 예단을 갖추고 모친의 외사촌 두련사를 찾았다. 가서 보니 나이는 예순쯤 되었고 수행이 높아 자청관의 으뜸가는 여관(女冠)이 되었더라. 양생이 절하여 뵙고 모친 유 씨의 서찰을 드리니 연사가 안부를 묻고는 기뻐하면서도 슬픈 기색을 보이며 말하되,

"내 그대의 모친과 이별한 지 이십 년이라. 그 후에 태어난 사람이 이렇듯 훤칠하니 인간 세월은 실로 흐르는 물 같도다. 내 나이 늙어 번잡하고 시끄러운 것을 피하여 요사이는 공동

산(空峒山)에 들어가 신선을 찾으려 하였더니 저저(姐姐)[64]의 편지 가운데 내게 부탁한 말이 있으니 양랑(楊郎)[65]을 위하여 머물겠지만 그대의 풍채가 신선 같으니 지금 여자 중에 배필될 사람을 찾기 어려울까 하노라. 그러나 노신이 가만히 생각하여 볼 것이니 양랑이 겨를이 있거든 다시 오라."

하더라.

양생이 과거가 닥쳤지만 과거에는 마음이 없어 수일 후에 또 두련사를 찾아보니 연사가 말하되,

"한 처자가 있으니 재모를 의논하면 분명 양랑의 짝이로되 다만 가문이 너무 높아 공후의 벼슬을 여섯 대에 걸쳐 지냈고 대대로 정승을 한 집안이라. 양랑이 만일 신방 급제를 하면 이 혼사를 의논하려니와 그 전에는 부질없으니 구태여 노신을 자주 찾아와 보지 말고 과거에 힘쓸지어다."

양생이 왈,

"어떤 집 여자니이까?"

연사가 왈,

"춘명문 안에 사는 정 사도 집이니 붉은 칠한 문이 길에 닿아 있고 위에 계극(棨戟)[66]을 배설한 집이라."

양생이 심중에 섬월이 말하던 여자인 줄 알고 가만히 생각하되,

'어떤 여자기에 두 서울 사이에 이렇듯 이름을 얻었는고?'

---

64) 언니 혹은 상대방 여인을 높여 부르는 말이다.
65) 양소유를 지칭한다.
66) 적흑적의 비단을 싼 나무창을 뜻한다.

하고 묻기를,

"정 씨 여자를 사부께서 일찍이 보신 적이 있으니이까?"

연사가 왈,

"어찌 보지 못하였으리오. 정 소저는 하늘 사람이니 어찌 언어로 형용하리오?"

양생이 왈,

"소자 감히 자랑하는 것이 아니라 이번 과거는 소자의 주머니 가운데 있는 것이나 다름이 없습니다. 다만 평생 바라는 바가 있어 처자의 얼굴을 보지 못하면 구혼을 하지 않으려 하나니 사부는 자비를 베풀어 소자로 하여금 한번 보게 하소서."

연사가 크게 웃고 이르되,

"재상가 처자를 어찌 서로 볼 수 있으리오. 양랑이 노신의 말이 믿음직하지 않은가 의심하느냐?"

양생이 왈,

"소자가 어찌 감히 의심하리이까? 그러나 사람의 마음이 다 각각 다르니 사부의 눈이 어찌 소자와 같겠사옵니까?"

연사가 왈,

"그렇지 않다. 봉황과 기린은 사람마다 상서로운 줄 알고 청천백일은 사람마다 그 청명함을 우러러보나니 만일 눈 없는 사람이 아니면 어찌 자도가 고운 줄을 모르리오?"

생이 오히려 기분이 좋지 못하여 돌아왔다가 이튿날 일찍 자청관에 오니 연사가 웃고 이르되,

"양랑이 일찍 오니 분명 까닭이 있도다."

양생이 말하되,

"정 소저를 보지 못하고는 소자 끝내 의심이 있으니 사부는 우리 모친이 정성을 다해 부탁한 것을 생각하여 계교를 베풀어 무슨 수를 써서라도 잠깐 바라보게 하소서."

연사가 머리를 흔들고 말하되,

"쉽지 아니한고, 쉽지 아니한고."

한동안 생각하다가 이르되,

"양랑의 총명이 출중하지만 글공부하는 여가에 음률을 통하였는가?"

양생이 답하되,

"소자 일찍이 기이한 사람을 만나 풍류 곡조를 전수받아 자못 묘처를 아나이다."

연사가 말하되,

"재상집 깊은 문이 다섯 층이요, 화원 담이 두어 길이니 볼 길이 없고, 정 소저 시를 외우고 예를 익혀 한 번 움직이고 한 번 그치기를 구차히 하지 않아 도관(道觀)과 이원(尼院)에 분향하지 아니하고 상원일에도 관등하지 않고 삼월 삼일에도 곡강에 가서 놀지 아니하니 외간 사람이 어찌 만날 길이 있으리오. 오직 한 가지 방도가 있으니 양랑이 즐겨 듣지 않을까 하노라."

양생이 말하되,

"정말 정 소저를 볼 것이면 어찌 따르지 않으리이까?"

연사가 말하되,

"정 사도가 요사이 병 때문에 벼슬을 하지 않고 정원의 숲과 음악에 재미를 붙였고 사도 부인 최 씨는 성품이 풍류를 극히 좋아하고, 소저는 나면서부터 천성이 총명하여 천하의 일을 모를 것이 없지만 더욱이 음률에 정통하여 사양(師襄)[67]과 종자기(鍾子期)[68]라도 이보다 뛰어나지 못하리니 문희(文姬)[69]의 끊어진 줄을 알기는 오히려 신기하지도 않은지라. 최 부인이 어느 곳이고 새 곡조를 하는 사람이 있다 하면 부디 청하여 소저로 하여금 그 곡조의 높고 낮음과 공교로움과 기묘한 기법을 두루 평론하라 하고 책상에 기대어 듣는 일로 노후를 즐긴다. 내 생각에는 양랑이 진실로 음률을 통할진대 거문고 한 곡조를 익혀 두었다가, 나흘 후 이월 그믐날은 곧 영보도인[70]의 탄신일이니, 정부(鄭府)에서 해마다 사람을 시켜 우리 관중에 향촉을 보내나니 양랑이 이때 잠깐 여관(女官)의 복색을 하고 거문고를 타서 저로 하여금 듣게 하면 분명히 돌아가 부인께 고할 것이고, 부인이 들으면 서로 청하여 볼 듯하니 정부(鄭府)에 들어간 후 소저를 보고 못 보고는 인연에 달렸으니 미리 확언하지 못하거니와 이 밖에 다른 계교는 없다. 하물며 양랑은 얼굴이 곱고 입 위에 수염이 나지 않았고, 우리 출가한 사람 중에는 귀를 뚫지 않은 사람도 있으니 변장하

---

67) 춘추 시대 노나라의 음악가.
68) 춘추 시대 초나라의 음악가. 백아(佰牙)의 거문고 소리를 듣고 곧바로 그의 뜻을 알아차렸다고 한다. 종자기가 죽자 백아는 지었다(知音)이 사라졌다고 하여 거문고를 더 이상 연주하지 않았다고 한다.
69) 동한(東漢) 사람으로 성이 채(蔡) 씨인 여자. 음악을 잘하였다고 한다.
70) 신선 중의 한 사람.

기 어렵지 않을까 하노라."

양생이 크게 사례하고 이르되,

"삼가 명대로 하리이다."

하더라.

원래 정 사도는 다른 딸이 없고 다만 소저 한 사람을 길렀는데, 최 부인이 해산할 때 정신이 혼미한 중에 바라보니 한 선녀가 손에 명주 한 개를 가지고 들어오거늘 보았더니 소저를 낳은지라. 어릴 적 이름은 경패라. 용모와 재덕이 세상 사람 같지 않으니 배필을 구하기 어려워 비녀 꽂을 나이지만 정혼한 곳이 없더라.

하루는 부인이 소저의 유모 전 노파를 불러 이르되,

"오늘이 도군 탄신일이니 네 향촉을 가지고 자청관에 다녀오되, 의복감과 다과를 가지고 가서 두련사에게 주라."

전 노파가 교자를 타고 여러 물건을 가지고 자청관으로 가니 연사가 향촉을 받아 삼청전에 공양하고 의복과 다과를 받은 후 전 노파를 대접하여 산문 밖에서 전송하였다. 전 노파가 교자를 타려 하다가 문득 들으니 삼청전 동쪽 정당 앞에서 거문고 소리가 나는데 매우 맑았다. 이에 방황하며 차마 가지 못하고 귀를 기울여 듣자 그 소리가 더욱 묘한지라. 연사에게 이르되,

"내 부인을 뫼셔 유명하고 잘 타는 거문고를 많이 들었으되 이 곡조는 듣지 못하였으니 대관절 어떤 사람이니이까?"

연사 대답하되,

"수일 전에 초 땅에서 나이 젊은 여관이 서울 구경차 이곳

에 와 머물며 이따금 거문고를 타되 나는 곡조를 알지 못하더니 그대가 칭찬하니 필연 잘 타는 솜씨로다."

전 노파가 말하되,

"우리 부인이 들으시면 부르실 법하니 연사는 저 사람을 머물러 두소서"

재삼 당부하고 가더라.

연사가 전 노파를 보내고 양생에게 이 말을 전하고 좋은 소식이 오기를 초조하게 기다리더니 다음 날 정부에서 작은 교자와 시비 한 사람을 보내 거문고 타는 여자를 청하였다. 양생이 여사도의 복장으로 거문고를 안고 나서니 마고선자(麻姑仙子)[71]와 사자연(謝自然)[72] 같더라. 양생이 교자에 올라 정부에 가니 부인이 당상에 앉았으니 위의가 매우 단엄하더라.

양생이 거문고를 놓고 당 아래에서 머리를 숙이자 부인이 당으로 올라오라 하여 자리를 주고 말하되,

"어제 집안 시비가 관중에 갔다가 신선의 풍류를 듣고 왔다 말하기에 한번 보고자 하였더니 이제 도사의 맑은 거동을 서로 대하니 돈연히 더러운 마음을 사라지게 하는도다."

양생이 자리를 피하며 대답하되,

"빈도는 본래 오초의 사람이라. 구름 같은 자취가 정처 없이 다니더니 천한 재주를 인연하여 부인을 뵐 줄은 뜻밖이니이다."

---

71) 선녀의 이름.
72) 당나라 때의 여도사의 이름.

부인이 이르되,

"사부께서 타던 바는 무슨 곡조인고?"

양생이 대답하여 말하기를,

"빈도가 일찍이 남전산에서 이인(異人)을 만나 여러 가지 곡조를 전수받았지만 다 옛사람의 소리라. 오늘날 사람의 귀에는 맞지 않을까 하나이다."

부인이 시비로 하여금 양생의 거문고를 가져오라 하여 이르되,

"아주 좋은 재목이라."

양생이 말하되,

"이는 용문산 위 절벽에 있는 꺾어진 백 년 묵은 오동이라. 나무의 성질이 다 없어지고 단단하기가 금석 같으니 비록 천금이라도 바꾸지 못하리이다."

이처럼 문답하되, 소저가 나오지 않으니 양생이 다급하여 부인께 여쭙되,

"빈도가 비록 옛 소리를 배웠으나 스스로 좋고 나쁨을 알지 못하더니 자청관에서 듣자오니 소저께서 매우 총명하여 곡조를 아는 것이 문희보다 나으시다 하오니 원컨대 천한 재주를 시험하여 소저의 가르치심을 바라나이다."

부인이 시비를 시켜 소저를 나오라 하니 향기로운 바람이 패옥(佩玉) 소리를 끌더니 소저가 나와 부인 곁에 모로 앉았다. 생이 예하여 뵙고 눈을 바로 하여 보니 눈이 부시고 정신이 요란하여 가히 측양하지 못할 지경이었다.

앉은 자리가 소저와 거리가 먼 것을 꺼려 부인께 청하여 말

하되,

"빈도가 소저의 가르침을 들으려 하는데 당이 너무 넓어 자세히 듣지 못하실까 하나이다."

부인이 시녀를 명하여 자리를 가져오라 하니 시녀가 자리를 옮겨 부인 곁에 가까이 놓았다. 소저의 앉은 곳과 멀지 아니하되 옆 자리라. 도리어 앞에서 바라볼 때만 못했다. 안타깝지만 감히 다시 청하지 못하더라.

시녀가 양생 앞에 상을 배설하고 금향로에 향을 피워놓자 생이 거문고를 안고 예상우의곡을 연주하니 소저가 칭찬하여 말하되,

"아름답다 이 곡조여! 완연히 천보(天寶)⁷³⁾ 시절 태평한 기상을 보리라. 비록 사람마다 이 곡조를 타지만 이처럼 진선진미(盡善盡美)함을 보지 못하였나이다. 그러나 이는 세속의 소리니 다른 곡조를 듣고자 하나이다."

양생이 한 곡조를 타니 소저가 이르되,

"이 곡조 비록 아름다우나 즐거우면서 음란하고 슬픔이 과도하니 진후주(陳後主)⁷⁴⁾의 옥수후정화(玉樹後庭花)⁷⁵⁾라. 이는 망국의 소리니 다른 것을 듣고자 하나이다."

생이 다시 한 곡조를 타니 소저가 이르되,

"아름답다 이 곡조여! 기뻐하는 듯하고 감격하는 듯하고 생각하는 듯하니 옛날 최문희가 오랑캐에게 잡혀 아들을 낳았

---

73) 당나라 현종(玄宗)의 연호.
74) 남북조 시대 진(陳)나라 선제(宣帝)의 아들.
75) 노래 제목.

는데 조조가 몸값을 치러 주고 고향으로 돌아갈 때 그 아들과 이별하면서 호가십팔박(胡笳十八拍)이란 곡조를 지었으니 이 정히 그 곡조로소이다. 소리는 비록 들을 만하오나 실절(失節)한 부인이 부끄러우니 청컨대 다른 곡조를 타소서."

양생이 또 한 곡조를 타니 소저가 왈,

"이는 왕소군(王昭君)의 출새곡(出塞曲)[76]이라. 임금을 그리워하며 고향을 생각하고, 신세를 슬퍼하며 화공(畵工)에게 아첨하지 않은 것을 원망하여 온갖 불평하는 뜻이 이 곡조에 모여 있으니 비록 아름다우나 오랑캐 계집의 변방 소리니 올바른 소리가 아닌가 하나이다."

생이 또 한 곡조를 타니 소저가 얼굴색을 고치며 말하되,

"내 귀에 일찍이 이런 소리를 듣지 못하였더니 사부는 진실로 보통 사람이 아니로다. 이 곡조는 영웅이 때를 만나지 못하여 마음을 세상 밖에 보내고 방탕한 가운데 충의의 기운을 머금었으니 이것이 바로 계중산(嵇中散)[77]의 광릉산(廣陵散) 아니오이까? 계강(嵇康)이 화를 만나 동쪽 시장에서 죽을 때 햇빛을 돌아보며 한 곡조를 탔는데, '원효니(袁孝尼)[78]가 나에게 광릉산을 가르치라 하거늘 아껴서 전하지 않았더니 이제는 광릉산이 끊어졌도다.' 하니 사부 벅벅이[79] 계강의 넋을 보

---

76) 전한(前漢) 시절 원제(元帝)의 부인이었던 왕소군이 오랑캐에게 끌려가면서 지은 곡이다.

77) 진나라 죽림칠현의 한 사람. 본명은 계강(嵇康).

78) 계강의 제자.

79) '분명히', '틀림없이'의 고어식 표현이다.

셨도다."

양생이 자리를 피하며 대답하되,

"소저의 밝고 총명하심은 사양(師襄)이라도 미치지 못하리이다. 빈도가 스승에게 들으니 또한 이처럼 이르더이다."

생이 또 한 곡조를 타니 소저가 이르되,

"아름답다 이 곡조여! 높은 산이 아아(峨峨)[80]하고, 흐르는 물이 양양(洋洋)[81]하여 신선의 종적이 속세에 빼어났으니 이 아니 백아의 수선조(水仙操)니이까? 백아의 넋이 이 사실을 안다면 종자기가 죽음을 한하지 않을소이다."

생이 또 한 곡조를 타니 소저 옷깃을 여미고 자리를 고쳐 앉아 이르되,

"성인(聖人)이 난세를 당하여 천하가 어수선해 백성을 구하려 하니 공자가 아니면 이 곡조를 뉘 능히 지으리오? 이 분명 의란조(猗蘭操)로소이다."

양생이 향로에 향을 고쳐 피우고 다시 한 곡조를 타니 소저가 이르되,

"의란조는 비록 대 성인이 천하를 건지는 지극한 성덕을 담았으나 오히려 때를 만나지 못하였지만 이 곡조는 천지만물과 더불어 함께 봄이 되었는지라. 이 필연 순임금의 남훈(南薰)이로소이다. 지극히 높고 아름다우니 이보다 나은 소리는 없는지라. 비록 다른 곡조가 있다 해도 그만 듣고자 하나이다."

---

80) 우뚝 선 모습을 뜻한다.
81) 넓고 넓은 모습을 뜻한다.

생이 자리를 고쳐 앉아 이르되,

"빈도가 들으니 풍류 곡조 아홉 번 변하면 하늘에서 신령이 내린다 하니 조금 전에 연주한 것이 겨우 여덟이니 한 곡조가 남았나니이다."

다시 거문고를 떨쳐 시울을 연주하니 곡조가 그윽하고 기운을 흥분시켜 뜰 앞의 온갖 꽃에 봉오리가 벌어지고 제비와 꾀꼬리는 쌍으로 춤추는지라. 소저 푸른 눈썹을 내리깔고 추파를 거두지 않더니 문득 양생을 두어 번 쳐다보고는 옥 같은 보조개에 붉은 기운이 올라 봄술에 취한 듯하더니 몸을 일으켜 안으로 들어갔다. 이에 생이 심히 놀라 거문고를 밀치고 일어나서 오랫동안 정신을 수습하지 못하더니 최 부인이 명하여 앉으라 하여 묻기를,

"사부가 탄 소리는 무슨 곡조인고?"

생이 대답하기를,

"비록 사부에게 소리를 배웠으나 이름을 듣지 못하였으니 소저의 지시하심을 바라나이다."

소저가 한동안 나오지 아니하거늘 부인이 시녀를 시켜 물으니 '마침 감기 기운이 있어 불편하여 못 나온다.' 하더라.

양생이 소저가 자기 정체를 알아차린 줄 알고 마음을 졸여 감히 오래 앉아 있지 못하여 하직하여 말했다.

"소저의 귀한 몸이 불편하시다 하니 빈도 물러감을 바라나이다."

부인이 금백을 내어 상 주거늘 받지 않고 말하되,

"출가한 사람이 우연히 음률을 잡들었는데 감히 악공의 연

주 값을 받으리이까?"

머리를 숙여 하직하고 거문고를 끼고 표연히 가니라.

부인이 소저의 병을 물으니 "이미 좋아졌나이다." 하고, 소저는 침실로 돌아가 시녀에게 묻기를,

"춘랑의 병은 오늘 어떠하였나뇨?"

시녀가 대답하기를,

"병이 나아 소저께서 중당에서 거문고를 들으려 하심을 듣고 처음으로 몸단장을 하였나이다."

원래 춘랑의 성은 가(賈) 씨고 서촉 사람이라. 그 아비 서울 아전이 되었다가 정 사도 집에 공(功)이 많았다. 병들어 죽은 후에 딸의 나이 열 살에 의지할 곳이 없으니 사도 부부 가엽게 여겨 집안에 두어 소저와 같이 놀게 하였다. 나이는 소저보다 몇 달 아래고 용모 수려하여 온갖 고운 태도를 갖추었으니 단정하며 존귀한 상이 소저에게는 미치지 못하나 또한 절세가인이고, 시와 필법과 여공(女工)의 공교함이 소저와 더불어 서로 경쟁할 만한지라. 소저가 사랑하기를 형제같이 하여 잠깐도 떠나지 못하니 명분이 비록 주인과 시녀나 실은 규중의 붕우라. 이 여자의 이름을 초운이라 했는데 소저가 그 재주 많음을 보고 한유(韓愈)의 글귀를 따서 이름을 고쳐 춘운(春雲)이라 하였다. 이에 집안 사람들이 부르기를 춘랑이라 하더라. 이날 춘랑이 소저에게 와서 이르되,

"시녀들이 말하기를, 거문고 타는 여관이 중당에 왔는데 얼굴이 신선 같고 풍류곡조를 소저께서 극히 칭찬하시더라 하니 아픈 것을 잊고 가서 보려 하더니 어찌 그렇게 빨리 가니

이까?"

소저가 낯빛을 붉히고 이르되,

"내 일생 몸 아끼기를 옥같이 하여 발자취 중문에도 이르지 않고 친척이라도 얼굴 본 사람이 적음은 춘랑이 아는 바라. 하루아침에 간사한 사람에게 속아 반나절을 수작하여 씻기 어려운 욕을 보았으니 어찌 낯을 들고 사람을 대하리오?"

춘랑이 놀라 말하되,

"소저야 이 어인 말씀이니이까?"

소저가 왈,

"아까 왔던 여관이 얼굴도 과연 빼어나고 하는 곡조가 다 세상에 없는 곡조로되, 다만……."

하고 말을 그치거늘 춘운이 묻되,

"다만 어떠하더니이까?"

소저가 왈,

"이 여도사가 처음은 예상곡을 연주하고 차차 올려 순임금의 남풍가를 타거늘 내 하나하나 평론하고 계찰(季札)[82]의 말을 인용하여 그만 듣고자 하니 제 말하되 또 한 곡조 있다 하고 새 소리를 연주하니 이는 사마상여가 탁문군을 유혹하던 봉구황(鳳求凰)이라. 내 그제야 유의하여 살펴보니 용모와 몸가짐이 여자와 다르니 분명 간사한 사람이 춘색(春色)을 엿보려 변장하였으니 춘랑이 만일 병이 없었더라면 처음부터 알았을 것이라. 규중 처자의 몸으로 천하 남자를 대하여 반일을

---

82) 춘추 시대 오(吳)나라 사람.

말로 수작하였으니 어찌 이런 일이 있으리오? 차마 모친께도 이 말을 못하나니 춘랑이 아니었다면 이 괴로운 회포를 뉘에게 풀리오?"

춘운이 웃고 말하되,

"상여의 봉황곡을 여자는 못하리이까? 소저는 잔 가운데 활 그림자를 보시도다."

소저가 왈,

"그렇지 않다. 이 사람이 곡조를 연주함에 다 곡절이 있으되, 아무 뜻 없이 연주하였다면 어찌 구태여 봉황곡을 맨 뒤에 타리오? 하물며 여자 중에도 용모가 고운 이도 있고 우람한 이도 있거니와 이 사람처럼 기운이 호탕한 이는 보지 못하였으니 내 생각에는 이번 과거 날에 다다라 사방 재사(才士)들이 모두 서울에 모였으니 그중 한 사람이 나의 명성을 그릇 듣고 망령된 의사를 내었는가 하노라."

춘운이 왈,

"이 사람이 남자라면 얼굴이 이미 아름답고 기상이 호방하고 음률을 정통하니 가히 그 재주가 없지 아니한 줄 알리로소이다."

소저가 왈,

"만약 사마상여라고 하더라도 나는 결단코 탁문군이 되지 아니하리라."

춘운이 왈,

"소저야 우스운 말 마소서. 문군은 과부고 소저는 처녀라. 문군은 뜻을 두고 상여를 좇았고 소저는 우연히 들었으니 소저가 어찌 문군과 서로 비교하시리이까?"

날이 저물도록 두 사람의 담소가 자약하더라.

하루는 정 사도가 밖에서 들어와 새로 난 급제자 명단을 부인에게 보이면서 말하되,

"여아의 혼사를 지금까지 정하지 못하였으니 내 뜻에는 신방 급제자 중에 아름다운 사람이 있을까 하였더니 장원 급제한 양소유는 회남 사람이라. 나이 열여섯에 지은 글을 모든 시관(試官)들이 칭찬 않는 사람이 없으니 이 필연 당대의 재사라. 내 또한 들으니 얼굴이 빼어나고 혼인을 하지 않았다 하니 이 사람을 얻어 나의 사위로 삼으면 뜻에 족할까 하노라."

부인이 왈,

"비록 그렇지만 부디 얼굴을 보고 정할 것이니이다."

사도가 왈,

"그 또한 어렵지 않은 일이다."

하더라.

권지이(券之二)

꽃신을 시로 읊어 사랑을 고백하고
거짓 신선을 꾸며 첩의 인연을 맺다.

소저가 방에 돌아와 사도가 하던 말을 춘운에게 전하며 이르되,

"지난번 거문고 타던 여도사가 스스로 초나라 사람이라 하고 나이 분명 열예닐곱쯤 되어 보이더니 회남이 또한 초나라 땅이고 나이가 비슷하니 내 실로 의심이 없지 않구나. 이 사람이 만일 그 사람이면 네 모름지기 자세히 보게 하라."

춘운이 왈,

"첩이 그 사람을 보지 못하였으니 본들 어찌 알리이까? 저의 생각에는 소저께서 문 안에서 몸소 엿보는 것이 묘책일까 하나이다."

두 사람이 마주 보고 웃더라.

이때 양소유가 회시(會試), 전시(殿試) 장원을 연거푸 하여 한림원에 드니 명성이 공후(公侯)[1]를 기울였다. 공후의 명문가 중 딸을 둔 집에서 구혼하는 사람이 구름 같았지만 양생이 다 물리쳤다. 예부의 권 시랑을 찾아가 보고 정 사도 집에서 구혼하는 편지를 받아 소매에 넣고 사도를 찾았다. 화려한 관복에 어사화를 꽂고 신선의 풍류 좌우에 옹위하며 정 사도 집 앞에 이르니, 사도가 부인을 돌아보아 이르되 "양 장원이 왔다." 하고 후당에 청하여 서로 보는데 집안 사람이 소저 한 사람 외에는 아니 보는 사람이 없더라.

춘운이 최 부인을 모시고 있는 사람에게 말하기를,

"우리 노야께서 부인과 하시는 말씀을 들으니 전일 부중에 와서 거문고 타던 여도사가 곧 신방 장원의 외사촌이라 하니 얼굴이 비슷한 곳이 있는가?"

시비가 이르되,

"과연 옳다. 용모 거동이 완연히 다른 곳이 없으니 세상에 외사촌 형제가 이렇게 닮은 이도 있다."

춘운이 즉시 소저에게 이르되,

"소저의 보는 눈이 과연 틀리지 아니하도소이다."

소저가 왈,

"또 가서 무슨 말을 하는가 듣고 오라."

---

1) 다섯 등급으로 나눈 귀족 계급 중에서 공작과 후작을 아울러 관작이 매우 높은 사람을 통틀어 이른다.

춘운이 한참 후에 들어와 이르되,

"우리 노야께서 소저를 위하여 구혼하는 말을 하니 양 장원이 일어나 답하시되, '소생이 서울에 와서 귀댁 소저의 요조한 기품을 듣고 문득 망령된 뜻을 내어 권 시랑의 편지를 받아 왔습니다. 돌아보건대 문호가 맞지 않음이 맑은 구름과 흐린 물 같고 인품이 서로 다름이 봉황과 까마귀 같은지라. 부끄럽고 두려워 감히 드리지 못하였더니이다.' 하고 편지를 내어 노야 앞에 나아가 드리니, 노야 편지를 보시고 매우 기뻐하시며 주안상을 지금 재촉하시나이다."

소저가 놀라 이르되,

"이런 대사를 어찌 그렇게 쉽사리 정하시는고?"

하더니, 별안간 시녀가 들어와서 "부인이 부르신다." 하거늘 소저가 명을 받아 나아가니 부인이 왈,

"양 장원이 정말 재주 있는 사람이라. 너의 부친이 이미 혼사를 허락하여 계시니 우리 늙은 부부가 길이 의탁할 곳을 얻어서 다시 근심이 없도다."

소저가 왈,

"시비의 말을 들으니 양 장원의 얼굴이 전일 거문고 타던 여도사와 방불하더라 하니 맞사옵니까?"

부인이 말하되,

"옳다. 그 여도사의 선풍도골(仙風道骨)[2]이 세상에 빼어나니 내 잊지 못하여 다시 사람에게 청하고자 하되 일이 많아

---

2) 신선의 풍채와 도사의 골격을 뜻한다.

못하였더니 양 장원의 얼굴이 완연히 다름이 없으니 이것으
로도 양 장원의 아름다움을 스쳐 알지라."

소저가 왈,

"양 장원이 비록 아름다우나 소녀에게는 꺼리는 바가 있으
니 혼인이 마땅치 않을까 하나이다."

부인이 왈,

"이 가장 괴이한 말이로다. 너는 깊은 규방 처녀고 양 장원은
회남 사람이라. 서로 관계함이 없으니 무슨 꺼림이 있으리오?"

소저가 왈,

"소녀의 일이 참으로 부끄러워 차마 모친께 고하지 못하였
더이다. 전일 여도사가 곧 양 장원이니 변장하고 거문고를 탐
은 소녀의 얼굴을 보려 함이라. 소녀는 간사한 속임수에 빠져
반일을 언어로 수작하였으니 어찌 꺼림이 없으리이까?"

부인이 놀라더니 사도가 양 장원을 보내고 두 눈썹 사이에
희색(喜色)이 가득하여 들어오며 이르되,

"경패야 오늘 사위를 얻는 기쁨이 있으니 매우 기쁘도다."

부인이 말하되,

"여아의 뜻은 우리 부부와 다르이다."

하고 소저의 말을 전했는데, 다시 물어 봉황곡 연주하던 얘
기를 듣고는 더욱 기뻐 크게 웃고 말하되,

"양랑은 진실로 풍류재자로다. 옛날 왕유(王維) 학사는 악
사의 복장으로 태평공주의 집에 가서 비파를 타면서 장원 급
제를 구했지만 그것이 지금까지 아름다운 일로 전하니 양랑
은 숙녀를 위하여 잠깐 여복을 입었으니 이는 재주 있고 정

많은 사람의 자상함이라. 무슨 해로움이 있으리오? 하물며 여
아는 저를 여자로 알고 보았으니 탁문군이 문 안에서 엿본 것
과는 차이가 있는지라. 더욱이 무슨 혐의가 있으리오?"

소저가 왈,

"소녀의 마음에는 부끄러움이 없지만 다른 사람에게 그토
록 속은 줄을 애달아 하나이다."

사도가 크게 웃고 왈,

"이것은 나의 알 바 아니니라. 후일 양랑에게 물어라."

부인이 말하되,

"양랑이 혼기(婚期)를 언제 정하더이까?"

사도가 왈,

"납채(納采)는 관습을 따라서 하려 하고 친영(親迎)은 가을
이후 대부인 뫼셔 오기를 기다리고자 하더이다."

사도가 길일(吉日)을 가려 장원의 채례(采禮)를 받고, 이후
로부터 양한림이 사도 집 화원 별당에 거처를 정하고 사도 부
부에게 사위의 예를 행하더라.

정 소저가 우연히 춘운의 침실을 지나다가 눈을 들어보니
춘운이 비단신에 모란꽃을 수놓다가 봄기운을 이기지 못하고
수틀에 기대어 졸거늘 소저가 방에 들어가 수놓은 것을 보고
그 정치하고 묘함에 감탄하였다. 작은 종이에 글을 써서 접은
것이 있거늘 펴 보니 춘운이 꽃신을 두고 지은 글이더라. 그
글의 내용은 다음과 같았다.

옥 같은 사람과 친함을 안타까워하나니 憐渠最得玉人親

걸음마다 서로 따라 잠시도 버리지 않는도다	步步相隨不斬捨
촛불을 끄고 옷을 벗고 띠를 풀 때	燭滅羅帷解帶時
마침내는 상아 침상 아래 버릴 것이로다.	終須抛擲象牀下

소저가 보기를 마치고 생각하되,

'운랑의 글이 더욱 발전하였도다. 자기 몸을 신에 비유하고 옥 같은 사람이라 함은 나를 가리킴이니 매일 떠나지 않다가 내가 사람을 따라갈 때 저를 버릴까 슬퍼하니 춘랑이 나를 사랑하는도다.'

다시 보고 웃으며 이르되,

"춘랑이 나의 침상에 같이 오르고자 하였으니 나와 더불어 한 사람을 섬기고자 하는도다. 이 아이 마음이 변하였다."

하고 춘랑을 깨우지 아니하고 당상에 올라 부인을 보니 마침 시비를 데리고 양 한림의 음식을 준비하거늘, 소저가 말하되,

"양 한림이 우리 집에 온 후로 모친이 의복이며 음식을 손수 장만하여 정신을 허비하시니 소녀 마땅히 수고를 대신할 것이로되 도리에 맞지 않습니다. 춘운이 나이 장성하여 아무 일이라도 족히 잘할 것이니 제 뜻에는 춘운을 화원에 보내 양 한림의 안일을 보살피게 함이 마땅할까 하나이다."

부인이 말하되,

"춘운의 기질이 어찌 마땅하지 않으리오마는 제 아비 우리 집에 공이 있고 제 또한 인물이 남보다 뛰어나니 상공이 항상

어진 배필을 구하려고 하시니 너를 따라감이 저의 원이 아닐까 하노라."

소저가 왈,

"춘운의 뜻은 소녀를 떠나지 않고자 하나니이다."

부인이 왈,

"시비의 종가지사(從嫁之事)[3]는 예사로 있는 일이지만 춘운의 재주가 출중하니 같이 행함이 마땅치 않을까 하노라."

소저가 왈,

"양생이 멀리서 온 열여섯 먹은 서생으로 석자 거문고를 이끌고 재상집 깊고 깊은 중당에 들어와 구중 처자를 내어 앉히고 거문고 곡조로 희롱하였으니 이런 기상으로 어찌 즐겨 한 여자의 손에서 늙으리오? 양생이 장차 승상부(丞相府)를 호령하게 되면 몇이나 되는 여자를 거느릴 줄 알리이까?"

이처럼 문답할 때, 사도 들어와 앉거늘 부인이 소저의 말을 전하고 또 이르되,

"내 뜻에는 십분 마땅한 줄 알지 못하고 혼인 전에 비첩을 보냄이 더욱이 옳지 않은가 하나이다."

사도가 말하되,

"춘운이 여아와 더불어 재모가 방불하고 또 서로 사랑하니 떠나지 않게 함이 마땅하고, 필경 함께 돌아갈 것이니[4] 혼인의 선후가 문제될 것이 없고 춘운을 보내 양랑의 적막함을 위

---

3) 신행길에 따라가는 일이다.
4) 함께 혼인한다는 뜻이다.

로하는 것이 가하지 않음이 없도다. 다만 그냥 보내기는 너무 초라하고 잠깐 예를 차리고자 하면 혼인 전이라 마땅하지 않으니 어찌 하면 좋을꼬?"

소저가 왈,

"소녀의 뜻에는 춘운의 몸을 빌려 소녀의 분을 풀고자 하니 십삼 형에게 이리이리하라 하소서."

사도가 크게 웃고 이르되,

"이 계교 가장 좋다."

하더라.

사도의 여러 조카 중에 십삼랑이라 하는 이는 어질고 호방하여 익살을 잘하는지라. 양 한림이 가장 사랑하더라. 소저가 방에 가서 춘운에게 이르되,

"춘랑아, 내 춘랑과 더불어 머리털이 이마를 덮었을 때 꽃가지를 다투며 날이 저물도록 놀더니 내 이제 남의 집에 시집가게 되었다. 춘랑이 또한 어리지 않음을 아는지라. 종신대사를 생각한 지 오래되었을 것이니 어떤 사람을 따르고자 하나뇨?"

춘운이 대답하되,

"천첩이 낭자의 은혜를 갚을 길이 없으니 죽을 때까지 낭자를 뫼셔 떠나지 말고자 하나이다."

소저가 왈,

"내 애초에 춘랑이 내 마음과 같은 줄을 알리로다. 내 이제 춘랑과 같이 의논할 일이 있구나. 양랑이 거문고 곡조로 나를 속였음은 씻기 어려운 부끄러운 일이라. 춘랑 곧 아니면 분을 풀 길이 없다. 우리 집 산장이 종남산 깊은 골짜기에 있어

비록 서울에서 가깝지만 경치 그윽함이 인간 세상 같지 않다. 이 땅을 빌려 춘랑의 화촉을 배설하고 십삼 형으로 하여금 이리이리 하면 가히 양랑을 속일 것이니 나를 위하여 수고를 피하지 마라."

춘운이 말하되,

"소저의 말씀을 어찌 순종하지 않으리이까. 하지만 다음에 낯을 들기 어려울까 하나이다."

소저가 왈,

"사람을 속이고 부끄럽기가 오히려 사람에게 속고 부끄럽기보다 나을까 하노라."

춘운이 "그렇게 하리이다." 하더라.

한림 벼슬이 원래 한가한지라. 일이 없을 때는 주루(酒樓)에 가 취할 때도 있고 성밖에 가서 꽃을 구경할 적도 있더니 하루는 정십삼이 양생에게 이르되,

"성 남쪽에서 멀지 아니한 곳에 산수가 빼어난 곳이 있으니 우리 함께 볼 것이라."

하고 술병을 차고 십여 리를 행하여 맑은 시냇물을 끼고 솔숲을 헤치고 들어가 술잔을 주고받았다. 이때는 봄과 여름 사이니 산꽃이 어지럽게 널려 물결을 따라 내려오니 완연히 무릉도원이라 경치 매우 아름답더라.

정생이 이르되,

"여기에서 십여 리를 가면 괴이한 땅이 있어 꽃 피고 달 밝은 밤이면 신선의 풍류소리 난다 하니 내 일찍이 보지 못하였더니 형과 같이 당당하게 따를 것이라."

하니 양생이 원래 성품이 신기한 일을 좋아하는지라. 이 말을 듣고 아주 신기하게 여겨 행했다. 갑자기 정십삼 집의 종이 급히 와서 이르되,

"우리 낭자 병환이 계셔 낭군을 청하시나이다."

정생이 황급하게 일어나며 이르되,

"형과 더불어 신선의 경치를 찾으려 했는데 집안일로 인하여 이루지 못하고 돌아가니 소제의 신선 인연 없음을 알겠노라."

하고 총총히 가더라.

양생이 비록 외로웠지만 흥이 달아나지 않아 흐르는 물을 따라 점점 들어가니 경치 더욱 절묘하였다. 물 위에서 계수나무 잎이 떠 내려오는데 글 쓴 것이 있거늘 서동을 시켜 건져오라 하여 보니 한 글귀가 쓰였는데,

"신선의 개가 구름 밖에서 짖으니 이 아니 양랑이 왔는가."

하였더라.

생이 매우 괴이하게 여겨 생각하되,

'이 뒤에 어떤 마을이 있으며 이 글이 어찌 평범한 사람의 글이리오?'

하여 더욱 깊숙이 찾아가더니 서동이 이르되,

"날이 늦었으니 성안으로 가지 못하게 되었나이다."

생이 듣지 않고 또 십 리쯤 행하니 해는 이미 지고 산에 달이 떠오르거늘 달빛을 따라가는데 잘 곳을 구하지 못해 비로소 당황해하였다. 문득 보니 열 살 남짓 되어 보이는 청의여동(靑衣女童)이 물가에서 옷을 씻다가 생을 보고 급급히 달려가

며 불러 말하기를,

"낭자야 낭군이 오시나이다."

양생이 그 말을 듣고 아주 이상하게 여겨 수십 걸음을 가니 산을 돌아 한 작은 집이 있었는데 계수나무에 임하여 극히 정결하였고 한 여자가 달빛을 띠고 푸른 복숭아꽃 아래에 있었다. 생이 오는 것을 보고 정중하게 맞아 이르되,

"양랑이시여 어찌 이렇게 늦게 오나뇨?"

양생이 그 여자를 보니 몸에 홍초의(紅綃衣)를 입고 머리에 비취 비녀를 꽂고 허리에 백옥패(白玉珮)를 찼으니 날씬하고 하늘거려 정말 신선 같았다.

양생이 황망히 답례하고 말하되,

"소생은 속세의 사람이라. 애초 월하(月下)에 기약이 없었는데 선녀께서 늦게 온 것을 나무람은 어찌 된 일이니이까?"

미인이 왈,

"청컨대 정자 위에 가서 말씀을 베풀어지이다."

생을 데리고 정자 위에 가서 자리를 정해 앉고 여동자가 주안상을 들여오니 미인이 탄식하고 이르되,

"옛일을 말하려 함에 사람의 슬픔이 마음을 돕는도다. 첩은 원래 요지왕모(瑤池王母)[5]의 시녀였는데 낭군의 전생이 곧 하늘의 신선이라. 옥황상제의 명으로 왕모께 조회하던 길에 첩을 보고 신선의 과일로써 희롱하니 왕모께서 노하시어 옥황상제께 아뢰어 낭군은 인간 세상에 떨어지고 첩은 산중에 귀양

---

5) 요지(瑤池)에 살았다는 신선으로 서왕모(西王母)를 지칭한다.

왔더니 이제 기한이 다 되었습니다. 다시 요지로 갈 것이로되 부디 낭군을 한 번 보고 옛정을 펴고자 하는 연유로 선관에게 빌어 한 달 기한을 얻었으니 첩은 실로 낭군이 오늘 오실 줄 알았나이다."

이때 달이 높고 은하수 기울어졌으니 밤이 깊었는지라. 서로 이끌어 침석에 나아가니 마치 유완(劉阮)[6]이 천태산에서 선녀를 만난 것처럼 황홀하여 가히 형언치 못할러라. 두 사람의 다정한 정을 충분히 풀지도 못하여 산새가 지저귀고 동쪽 하늘에 햇살이 오르니 미인이 일어나 양생에게 이르되,

"금일은 첩이 요지로 갈 기한이라. 선관이 와서 데려갈 것이니 낭군이 먼저 가지 않으면 피차 다 허물이 있으리라. 낭군이 만일 옛정을 잊지 아니하면 서로 만날 기약이 있으리라."

하고 비단 수건에 이별하는 글을 써서 생에게 주니 그 글의 내용은 다음과 같았다.

서로 만나니 꽃이 하늘에 가득하고	相逢花滿天
서로 이별하니 꽃이 물에 떠 있도다	相別花在水
봄빛은 꿈 가운데 있고	春光如夢中
흐르는 물은 천 리에 아득하도다.	流水杳千里

이에 양생이 한삼(汗衫) 소매를 찢어 시를 써 주었다.

---

6) 동한 사람인 유신과 완조. 천태산에서 약초를 캐다가 선녀를 만나 놀았다고 한다.

하늘의 바람이 패옥을 불어 날리니	天風吹玉佩
흰 구름이 무슨 일로 흩어지는고	白雲何離離
무산 다른 날 밤 비에	巫山他夜雨
양왕의 옷을 적시고자 하노라.	願濕襄王衣

　미인이 재삼 재촉하여 가라 하거늘 서로 눈물을 뿌리고 헤어졌다. 산을 내려오며 머리를 돌려 자던 곳을 바라보니 새벽 구름이 골짜기에 잦았으니 황연히 요지의 꿈같이 희미하더라.

　양 한림이 돌아온 후에 생각하되,

　'선녀 비록 기한이 다 되어 천상으로 돌아간다고 하지만 반드시 오늘 올라갈 줄 어찌 알리오? 내 잠깐 산중에 머물러 몸을 숨겼다가 선관이 데려간 후에 내려와도 늦지 아니하리라.'

　하고 이날 밤이 새도록 잠을 이루지 못하고 일찍 일어나 다른 사람에게 말하지 않고 서동만 데리고 자각봉으로 길을 따라 선녀와 만났던 곳에 갔다. 도화유수(桃花流水)의 경치는 완연하되 빈 누각이 적막하여 사람의 자취도 없는지라. 종일토록 배회하며 눈물을 뿌리고 왔다.

　수일 후 정십삼이 양생에게 와 보고 말하되,

　"지난번 집사람의 병으로 인하여 형과 같이 놀지 못하였으니 지금 생각하니 남은 한이 있는지라. 비록 도화가 떨어졌다 하지만 남쪽의 버들 그림자는 바야흐로 좋으니 형과 같이 가서 꾀꼬리 소리를 듣고 싶소."

　두 사람이 말을 타고 성을 나와 깊은 곳을 찾아 풀을 깔고 앉아 잔을 권했다. 생이 눈을 들어 보니 거친 언덕 위에 옛 무

덤이 있는데 반은 무너졌고 좌우로 둘러 꽃을 많이 심었거늘 혀를 차며 말하되,

"인생이 한번은 저 땅에 나아갈 것이니 살았을 때 어찌 취하지 아니하리오?"

정생이 말하되,

"형이 저 무덤을 알지 못하느냐? 저것은 장여랑의 무덤이라. 살았을 때 용모 절세하더니 스무 살에 죽어서 사람들이 슬피 여겨 이곳에 묻고 꽃을 심었으니 우리 마땅히 술을 가져다 여랑의 무덤에 부어 꽃다운 넋을 위로하리라."

양생은 원래 다정한 사람이라. 정생을 데리고 무덤에 나아가 술을 뿌리고 옛일을 조문하여 각각 시를 지어 맑게 읊었다. 정생이 갑자기 무덤 무너진 구멍에서 흰 깁에 쓴 글을 주워 읽으며 말하되,

"어떤 부질없는 문인이 시를 지어 여랑의 무덤에 넣었는고?"

양생이 보니 자기가 한삼 소매에 써 준 글이라. 매우 놀라 생각하기를,

'원래 장여랑의 영혼이 선녀로다. 나와 더불어 만나 보도다.'

하고 자못 마음이 편하지 못하고 머리털이 송연하더니 다시 생각하되,

'얼굴 고운 미녀 저렇듯 하고 정이 많은 미녀 저렇듯 하니 신선과 귀신을 분변하여 무엇하리오?'

정생이 잠깐 멀리 간 사이에 술을 들어 다시 뿌리고 가만히 빌어 말하되,

"유명이 비록 다르나 정은 막히지 않았으니 꽃다운 영혼은 나의 정성을 살펴 오늘 밤 서로 만나기를 바라노라."

빌기를 마치고 정생과 함께 돌아오니라.

이날 양 한림이 화원에서 밤이 들도록 선녀를 생각하여 잠을 이루지 못했다. 나무 그림자 창에 가득하고 달빛이 몽롱한 가운데 사람의 발소리 있거늘 창을 열어보니 수풀 사이에 한 고운 계집이 엷은 소복으로 달 아래 서 있거늘 자세히 보니 자각봉에서 만났던 선녀라. 정을 참지 못하여 나아가 손을 이끌어 함께 방에 들어감을 청하자 여자가 사양하며 말하기를,

"첩의 근본을 낭군이 벌써 알아 계시니 낭군은 어찌 꺼리는 마음이 없으니이까? 첩이 처음 만났을 때 마땅히 바른 대로 고할 것이로되 낭군이 두려워할까 하여 신선이라고 속여 하룻밤 잠자리를 모셨습니다. 이로써 첩의 영화가 극하고 마른 뼈가 썩지 않을 것입니다. 오늘 낭군이 첩의 집을 돌아보고 술을 뿌려 외로운 넋을 위로하니 감격을 이기지 못하여 한번 얼굴을 마주하여 사례할지언정 어찌 감히 귀신의 더러운 몸으로 군자를 가까이 하리오? 한 번이 이미 심하니 어찌 감히 가까이 뫼시리이까?"

생이 말하되,

"귀신을 꺼리는 자는 세속의 어리석은 사람이라. 사람이 귀신 되고 귀신이 사람 되니 피차를 어찌 분변하리오? 나의 정이 이렇듯 크거늘 그대 차마 어찌 버리리오?"

여자가 대답하기를,

"낭군이 첩의 눈썹이 푸르고 뺨이 붉은 모습을 보고 그리

운 마음을 내거니와 이것이 다 거짓 것을 꾸며 살아 있는 사람과 서로 마주함이라. 낭군이 첩의 진짜 모습을 알고자 하신다면 백골 두어 조각에 푸른 이끼가 끼어 있을 뿐이라. 차마 어찌 귀한 몸에 가까이 하려 하시니이까?"

양생이 왈,

"부처가 말하되, 사람의 몸이 흙과 물과 불과 바람으로 거짓 것을 만들었다 하니 누가 진짜이며 누가 거짓인 줄 알리오?"

여자를 이끌어 침석에 나아가 밤을 함께 지내니 두터운 사랑의 정이 전보다 더하더라.

생이 왈,

"이후 밤마다 만나랴?"

여자가 왈,

"귀신과 사람이 서로 만남은 오직 정성으로 가능하니 낭군이 만일 첩을 생각하면 첩이 어찌 낭군께 몸을 기대지 않으리이까?"

갑자기 새벽 북소리를 듣고 몸을 일으켜 천연스럽게 꽃 수풀 깊은 곳으로 들어가더라.

춘운이 거짓으로 신선도 되고 귀신도 되며
적경홍이 잠시 여자도 되고 남자도 되다.

생이 선녀를 만난 후에는 친구를 찾지 아니하고 고요히 화
원에 머물러 오로지 선녀 만나는 데 전념하였는데, 화원 문밖
에서 말소리 나며 두 사람이 연이어 들어오니 앞에 선 자는 정
십삼이니 뒤에 선 사람을 데리고 와서 생에게 보이며 말하되,

"이 사부는 태극궁 두 진인이라. 상법(相法)[7]이 옛 원천강
(袁天綱),[8] 이순풍(李淳風)[9]과 더불어 제일이라. 양 형의 관상
을 보이러 데려왔노라."

---

7) 관상을 보는 일을 뜻한다.
8) 당나라의 관상가.
9) 당나라의 점술가.

양생이 진인을 대하여 말하되,

"높은 이름을 들은 지 오래되었지만 인연이 없어 늦게 만났도다. 선생이 정 형의 글을 자세히 보았을 것이니 과연 어떠하더뇨?"

정생이 말하되,

"선생이 소자를 보고 말하기를 삼 년 안에 급제하여 여덟 고을 자사를 하고 잘살리라 하니 소자에게는 족한지라. 이 선생이 일찍이 틀린 적이 없으니 시험 삼아 물어보라."

양생이 왈,

"군자는 복을 묻지 아니하고 재앙을 묻는다 하니 선생은 바른대로 말하라."

진인이 오랫동안 보다가 말하되,

"양 선생이 눈썹이 빼어나고 봉황을 닮은 눈이 귀밑을 향해 있으니 분명 벼슬이 정승에 오를 것이요, 귓불이 진주 같고 분칠을 한 것처럼 희니 이름이 천하에 진동할 것이요, 권세의 골격이 낯에 가득하였으니 병권(兵權)을 잡아 그 위엄이 사방 오랑캐를 평정하고 만 리의 땅에 봉후할 것이니 모든 일에 하나도 흠이 없지만 단지 목전에 비명횡사할 액운이 있으니 나를 만나지 않았다면 위태하리로다."

양생이 말하되,

"사람의 길흉화복은 각각 그 행하는 바에 달렸거니와 오직 질병은 마음대로 할 수 없는 일이니 무슨 중병으로 궂길 일이 있으랴?"

진인이 왈,

"이는 심상한 재액(災厄)이 아니라. 푸른빛이 양미간을 꿰뚫었고 사악한 기운이 두 눈 밑을 침범하였으니 상공이 혹 내력이 심상치 않은 시비(侍婢)를 집안에 두어 계시니이까?"

양생이 마음에 장 여랑으로 말미암은 것임을 짐작하였으나 사랑하는 정에 가리어 조금도 놀라는 기색이 없이 대답하되,

"그런 일은 없는지라."

진인이 말하되,

"그렇다면 오래된 신묘(神廟)[10]에 들어가 감동함이 있거나 아니면 꿈속에서 귀신과 더불어 서로 만남이 있나니이까?"

양생이 왈,

"그런 일도 없나니라."

정생이 왈,

"두 선생이 일찍이 틀린 말을 한 적이 없으니 모름지기 자세히 생각해 보라."

하더라.

양생이 답하지 않거늘 진인이 이르되,

"사람은 양명(陽明)으로 몸을 이루었고, 귀신은 유음(幽陰)으로 그 기운이 일어났으니 불과 물이 서로를 물리침과 같은지라. 이제 계집 귀신의 기운이 상공 몸에 들었으니 그것이 사흘 후 골수에 들면 구하지 못할 것이니 그때 가서 빈도가 말하지 않았다고 하지 마라."

양생이 생각하되,

---

10) 죽은 사람을 넋을 모시는 사당이다.

'진인의 말이 일리가 있지만 장 여랑과의 사이에 사랑이 그토록 깊으니 그녀가 어찌 나를 해할 리 있으리오? 초나라 양왕이 신녀를 만나고 노충(盧充)[11]이 귀신에게서 자식을 낳았으니 무슨 화가 있으리오?'

진인에게 이르되,

"사람의 생사와 화복(禍福)은 이미 정해진 바니 만일 부귀영화를 누릴 상이면 귀신이 내게 어찌하리오?"

진인이 낯빛을 고치고 말하되,

"이는 나의 알 바 아니로다."

하고 소매를 떨치고 가니 양생이 굳이 잡지 아니하더라.

진인이 돌아간 후 정생이 이르되,

"양 형은 길하고 귀하게 될 상이니 자연히 하늘이 도울 것이니 무슨 귀신이 있으리오? 왕왕 거짓말하여 사람을 속이니 싫도다."

하고 술을 내와서 날이 저물도록 먹더니 양생이 취한 후에야 비로소 가니라.

이날 밤에 양생이 방에 향을 피우고 장 여랑 오기를 기다렸지만 밤이 새도록 흔적이 없는지라. 오지 않을 것이라 생각하고 침상에 나아가 자려 하더니 갑자기 창밖에서 여랑이 소리 내어 울며 이르되,

"낭군이 요괴로운 도사의 부적을 머리에 감추었으니 첩이 어찌 가까이 하리오? 낭군의 뜻이 아닌 줄 알거니와 이 또한

---

11) 당나라 정분(鄭賁)의 '재귀기(才鬼記)'라는 이야기에 나오는 주인공.

인연이 다함이라. 낭군은 보중(保重)[12]하소서. 이제 영원히 이
별하나이다."

양생이 놀라 일어나 문을 열고 보니 그 간 곳을 알지 못할
러라. 양생이 매우 이상하게 여겨 머리를 만져 보니 상투 사이
에 넣은 것이 있거늘 내어 보니 붉은 글씨로 쓴 부적이었다.
크게 화를 내며 꾸짖어 말하되,

"요괴 같은 놈이 내 일을 망쳤도다."

부적을 찢어버리고 원망하기를 마지 아니하더니 다시 생각
하되,

'어제 정십삼이 술을 괴롭게 권하여 내 취한 후에 갔으니
필연 십삼의 짓이라. 제 비록 나쁜 뜻은 아니지만 나의 좋은
인연을 망쳐 버렸으니 내 반드시 욕하리라.'

하고 날이 밝기를 기다려 십삼에게 가 보니 나가고 없었다.
사흘 동안 연이어 찾았지만 만나지 못하고 장 여랑의 소식은
더욱 묘연한지라. 생이 한편으로는 분하고 한편으로는 여랑을
사랑하여 침식을 다 폐하였다. 정 사도와 부인이 중당에 주안
상을 차려놓고 양생을 청하여 말하더니 사도가 왈,

"양랑의 몸이 어찌 저렇게 초췌하였나요?"

양생이 왈,

"십삼 형과 같이 과음한 때문이로소이다."

문득 정십삼이 밖에서 들어오거늘 양생이 화난 눈으로 보
고 말을 않더니 부인이 양생에게 말하되,

---

12) 몸을 잘 돌본다는 뜻이다.

"양랑이 한 여자와 같이 화원에서 말하더라 하니 이 말이 옳으냐?"

양생이 왈,

"화원에 어떤 사람이 다니리이까? 말한 사람이 잘못 보도 소이다."

정생이 말하되,

"형은 구태여 속이지 마라. 형이 두 진인의 말을 거역하였으나 거동이 수상하거늘 내 과연 진인의 부적을 형의 상투에 감추고 밤에 화원 수풀에 숨어 보니 한 귀신이 형의 창밖에서 울고 가는 것을 보았으니 형이 내게 사례는 아니하고 노색이 있으니 어찌 된 까닭이뇨?"

양생이 속이지 못할 줄 헤아리고 사도를 향하여 말하되,

"이 일이 사실인즉 실로 기괴하니 악장(岳丈)[13])께 고하리이다."

하고 전후 여자 만난 이야기를 다 전하며 또 말하되,

"십삼 형이 나를 생각하여 한 일인 줄 알지만 장 여랑이 비록 귀신이나 유순하고 정이 많으니 사람을 해할 리 없거늘 괴이한 부적을 만들어 오지 못하게 하니 실로 원망하는 마음이 없지 아니하이다."

사도가 크게 웃고 왈,

"양랑의 풍채가 송옥(宋玉)[14])과 같으니 분명 「신녀부(神女

---

13) 장인을 뜻한다.
14) 전국 시대 초나라 사람으로, 양왕이 명을 받아 「신녀부」를 지었다.

賦)」를 지었을 것이다. 노부가 양랑을 위하여 속이지 않으리라. 젊었을 적에 도사를 만나 소옹(小翁)[15]의 도술을 배워 일찍이 귀신을 부릴 줄 알더니 이제 양랑을 위하여 장 여랑의 영혼을 오게 하여 내 조카의 죄를 씻고자 하니 어떠하뇨?"

양생이 말하되,

"악장이 사위를 희롱하시나이까? 어찌 그런 일이 있으리이까?"

사도가 말하되,

"보라."

파리채로 병풍을 한 번 치며 말하되,

"장 여랑이 어디 있나뇨?"

홀연 병풍 뒤에서 한 여자가 표연히 나오며 웃음을 머금고 부인 뒤에 서거늘 생이 보니 완연히 장 여랑이라. 눈을 높이 뜨고 사도와 정생을 보며 한참 만에 이르되,

"사람이냐 귀신이냐? 어찌 귀신이 대낮에 보이나뇨?"

사도와 부인이 웃음을 참지 못하고 정생은 웃다 쓰러져 일어나지 못하더라. 사도가 말하되,

"노부(老父) 이제야 진실을 말하리라. 이 여자는 신선도 아니고 귀신도 아니라. 내 집에서 양육한 가 씨 여자니 이름은 춘운이라. 요사이 양랑이 노부의 화원에서 자못 고적할 것이니 가 씨로 하여금 뫼시게 하였다. 이 원래 우리 부부의 좋은 뜻이거늘 젊은 사람이 오랑캐 풍습을 좇아 서로 희롱하여 양

---

15) 한나라 때의 도술가.

랑의 마음을 힘겹게 하도다."

정생이 크게 웃고 이르되,

"중매에게 사례하지 않고 도리어 원수를 삼으니 정말 어리석은 사람이로다."

양생이 크게 웃고 말하되,

"악장이 내게 보내시거늘 정 형은 중간에서 조롱한 죄 있을 뿐이라. 무슨 공이 있으리오?"

정생이 말하되,

"내 실로 조롱은 하였거니와 계교를 낸 사람이 있으니 어찌 유독 내 죄라 하나요?"

양생이 사도를 향하여 이르되,

"원래 악장이 생각한 것이도다."

사도가 웃으며 왈,

"내 머리털이 이미 누르렀으니 어찌 아이 적 장난을 하리오? 양랑이 억지 짐작을 하는도다"

양생이 정생에게 이르되,

"형이 일이 아니면 또 어떤 사람이 소제를 속이리오?"

정생이 왈,

"성인(聖人)이 이르기를 '너에게서 말미암은 것은 너에게로 돌아오다.' 하였으니 양 형이 스스로 생각하여 보라. 일찍이 어떤 사람을 속였나뇨? 남자가 변하여 여자가 되는데 사람이 귀신 됨이 어찌 괴이하리오?"

양생이 황연히 깨달아 "옳다 옳다." 하고 부인을 향하여 이르되,

"소자가 영아 소저께 죄를 얻은 일이 있더니 애자지원(睚眦
之怨)[16]을 잊지 아니하도소이다."

사도와 부인이 크게 웃더라.

양생이 춘운을 돌아보며 말하되,

"춘랑이 실로 교활하거니와 사람을 섬기려 하고서 먼저 속
임이 부녀의 도리에 어떠하뇨?"

춘운이 꿇어 대답하되,

"다만 장군의 호령을 듣고 천자의 조서를 듣지 못하였나
이다."

양생이 은근히 감탄하며 말하되,

"옛날 신녀(神女)는 아침에 구름이 되고 낮에 비가 되더니
춘랑은 아침에 신선이 되고 저녁에 귀신이 되니 족히 대적하
리로다. 강한 장수의 군대에 약한 사람이 없다 하니 부하가 저
러하니 대장을 알리로다."

이날 모든 사람들이 크게 즐기며 종일토록 취하니 춘운이
새 신부로 말석에 참여하여 날이 저물도록 있다가 초롱을 들
고 양생을 모시고 화원으로 돌아가니라.

양 한림이 조정에 말미를 얻어 모친을 모셔 오려 했는데 이
때 나라에 일이 많고 토번이 자주 변방을 노략질했다. 하북의
세 절도사가 스스로 연왕, 위왕, 조왕이라 칭하고 조정을 배반
하니 천자께서 근심하시어 모든 신하들을 모아 놓고 이 일을
의논하셨다. 뜰에 가득한 신하들이 마땅한 묘책이 없더니 한

_____

16) 아주 작은 원망이라는 뜻이다.

림학사 양소유가 아뢰되,

"마땅히 조서를 내려 한무제(漢武帝)가 남월(南越)을 제어하듯이 하시고 만약 항복하지 않으면 칠 것이니이다."

천자께서 옳다 하시고 양 한림으로 하여금 조서의 초를 잡게 하시니 그 내용이 샘물이 붙고 솟는 듯하고, 붓 휘두르기는 바람 같아 경각 사이에 받들어 드리니 용안이 크게 기뻐하시며 이르되,

"이 글이 은혜와 위엄을 두루 갖추어 왕언(王言)의 모습을 크게 얻었으니 미친 적이 필연 굴복하리로다."

조서가 각 도에 내리자 순식간에 조나라와 위나라가 굴복하여 왕호(王號)를 없애고 표를 올려 사죄하고 깁[17] 일만 필과 말 이천 필을 조공으로 바쳤는데 오직 연왕은 땅이 멀고 군대가 강성함을 믿어 항복하지 않더라.

천자가 양 한림을 불러 포장(襃獎)[18]하여 이르되,

"하북의 삼진이 조정에 순종하지 않은 지 무려 백 년이라. 덕종 황제께서 십만 병사를 거느려 정벌하셨지만 조금도 기운이 꺾이지 않았더니 경이 한 종이와 글로 두 나라에게 항복을 받으니 십만 군보다 낫지 아니랴?"

깁 삼천 필과 말 오십 필을 상으로 주시고 장차 높은 벼슬을 제수하려 하시더니 양 한림이 사양하여 이르되,

"연나라가 아직 복종하지 않으니 무슨 공으로 승탁(陞擢)[19]

---

17) 명주로 거칠게 짠 비단.
18) 공을 기려 칭찬한다는 뜻이다.
19) 벼슬을 높이 올리는 것을 뜻한다.

하시는 명을 받으리이까? 원컨대 한 무리 병사를 얻어 진영에 나아가 죽기로써 나라의 은혜를 갚아지이다."

천자께서 그 뜻을 장하게 여기시어 대신에게 뜻을 묻고 병사을 주려 하자 신하들이 모두 아뢰되,

"마땅히 양소유를 연나라에 보내 이해(利害)로써 설득하시고 그래도 듣지 않으면 칠 것이니이다."

천자께서 옳다고 여기시어 양소유를 사신으로 정하여 절월(節鉞)20)을 가지고 연나라에 나아가라 하셨다.

한림이 물러와 정 사도를 보니 사도가 말하되,

"번진이 교만하여 조정을 거역한 지 오랜지라. 양랑이 한낱 서생으로 불측(不測)한 땅에 들어가니 만일 의외의 일이 있으면 어찌 혼자만의 근심이리오? 내 비록 조정 논의에는 참여하지 않았으나 상소하여 다투고자 하노라."

양생이 말리며 왈,

"악장은 염려 마소서. 번진이 난을 일으킨 연유가 조정의 정사가 어지러운 때를 타 방자한 탓이라. 이제 천자께서 진무(鎭撫)21)하시고 도정이 맑고 밝아 조와 위 두 나라가 이미 귀순하였으니 외로운 연나라가 무슨 일을 하리이까? 소자 이제 행함에 결단코 나라를 욕보이지 아니하리이다."

바로 행장을 다스려 떠날새 춘운이 한림의 옷을 잡고 울며 이르되,

---

20) 임금의 위엄을 상징하는 것으로 명령을 어기는 자에 대한 생살(生殺) 의 권한을 상징한다.
21) 난리를 평정하고 백성을 편안하게 한다는 뜻이다.

"상공이 옥당에서 숙직하실 때 첩이 일찍 일어나 자리를 싸고 관복을 받들어 상공을 입힐 때 첩을 자주 돌아보며 사랑하시는 뜻이 계시더니 이제 만 리 이별을 당하여 어찌 한 말도 아니하시나이까?"

생이 크게 웃고 왈,

"대장부가 나랏일을 당하여 어찌 사사로운 정을 돌아보리오? 춘랑은 부질없이 상심하여 고운 얼굴을 상하게 하지 말고 소저를 잘 모시고 있다가 내가 공을 이루고 말만 한 황금인을 차고 오는 모습을 보라."

하더라.

한림이 여러 날을 행하여 낙양에 이르렀다. 생이 열여섯 살 서생으로 베옷과 초라한 나귀로 이 땅을 지나더니 일 년 사이에 옥절(玉節)²²)을 잡고 사마(駟馬)²³)를 몰아, 낙양 현령이 길을 정비하고 하남 부윤이 인도하여 광채가 온 길에 비치니 구경하는 사람들이 신선같이 여기더라. 한림이 먼저 서동을 시켜 섬월의 소식을 물으니 그 집 문을 잠근 지 오래고 마을 사람들이 말하기를 "섬랑이 지난 봄에 멀리서 온 어떤 상공이 자고 간 후 병들어 손님 접대를 하지 않고 누각 잔치에 여러 번 불렀으나 가지 않고 거짓으로 미친 척하고 도사의 복색을 입고 정처 없이 다니니 있는 곳을 알지 못한다." 하거늘 서동이 이대로 전하니 한림이 침통하기를 마지아니하더라.

---

22) 옥으로 만든 표식으로 관직을 증명하는 것이다.
23) 네 필의 말이 끄는 수레이다.

이날 객관에서 자더니 부윤이 창녀 십여 명을 극히 잘 골라 주옥으로 장식하여 접대하게 하니 천진 주루에서 보았던 자도 그중에 있더라. 한림이 아예 돌아보지 아니하고 떠나면서 벽 위에 시 한 수를 써 놓았다.

비가 천진을 지남에 버들꽃이 새로우니	雨過天津柳色新
풍광은 완연히 지난 봄과 같도다	風光宛似去年春
가엾도다. 네 마리 말로 돌아옴이 늦었으니	可憐駟馬歸來遲
누각에서 옥인과 같은 사람을 보지	不見當樓如玉人
못하는구나.	

붓을 던지고 수레에 올라가니 모든 창기들이 심히 부끄러워하여 그 글을 베껴 부윤에게 보였다. 부윤이 황공하여 창녀들에게 물어 한림의 뜻 둔 곳을 알고는 방을 부쳐 섬월을 찾아 한림이 돌아올 때에 대령하려 하더라.

한림이 연나라에 가니 먼 땅 사람들이 일찍이 이런 풍채를 보지 못하였는지라. 지나는 곳마다 수레를 끼고 길을 메우니 위풍이 진동했다. 연왕을 접견함에 대 당나라의 위엄과 덕을 앞세우고 이해로 설득하는 데 말씀이 도도하고 물결을 뒤집는 듯하니 연왕이 기운을 낮추고 마음으로 항복하여 즉시 표문을 올려 왕호를 없애고 귀순함을 청하더라. 연왕이 특별히 군중에 잔치를 배설(排設)하여 전송하고 황금 천 냥과 병마 열 필을 주거늘 받지 않고 연나라를 떠나 서쪽으로 돌아왔다.

십여 일을 행하여 한단(邯鄲)24)에 다다르니 길가에 한 소년이 필마로 가다가 사신의 행차가 오는 것을 보고 말에서 내려서거늘 한림이 멀리서 보고 이르되,

"저 말이 분명 준마로다."

미조차 소년을 보니 용모의 빼어남이 옥 같고 꽃 같아 위개(衛玠)25)와 반악(潘岳)26)이라도 미치지 못할 듯하였다. 한림이 생각하되, '내 두 서울을 두루 다녔지만 이런 미소년을 보지 못하였으니 필연 재주 있는 사람이로다.' 하고 종자를 시켜 소년을 청하여 앞으로 오라 했다. 한림이 역관(驛館)에 도착하니 소년이 뒤쫓아 와서 뵈거늘 한림이 크게 기뻐하며 묻되,

"길에서 우연히 반악의 풍채를 보고 문득 사랑하는 마음을 품었지만 나를 돌아보지 않을까 걱정했소. 지금 버리지 않음을 보니 다행함을 어찌 다 말하리오? 원컨대 형의 성명을 듣고 싶소."

소년이 대답하되,

"소생은 북방 사람이니 성은 적이오 이름은 백란이니 궁벽한 시골에서 자라나서 스승과 벗이 없어 글과 칼을 다 배우지 못했지만, 나를 알아주는 사람을 위하여 죽고자 하는 마음이 있는지라. 이제 상공이 하북을 지나시니 위엄이 천둥과 벼락 같고 은혜가 따뜻한 봄 같으니 염치없지만 문하에 의탁하여

---

24) 전국 시절 조(趙)나라의 도읍지.
25) 진나라의 미남자.
26) 진나라의 미남자.

'닭 울음과 개 도적하는 수'[27]를 채우려 했는데, 상공의 굽어 살피심을 보고 욕되이 부르심을 입으니 다행함을 이기지 못할 소이다."

한림이 크게 기뻐 이르되,

"같은 소리는 서로 응하고 같은 기운은 서로 구하는 법이니 아주 기쁜 일이로다."

이후로는 적생으로 더불어 고삐를 나란히 하여 함께 행하니 먼 길의 괴로움을 잊어 이내 낙양에 다다랐다. 천진 주루를 지날 때 옛일을 생각하고 정을 이기지 못하더니, 한 여자가 누상의 주렴을 걷으며 난간을 의지하여 바라보거늘 한림이 자세히 보니 분명 섬월이라. 반가웠지만 말을 못하고 객관으로 가니 섬월이 이미 대령하였더라. 기쁘고 슬퍼 이별 후 겪은 일을 한림에게 말하되,

"상공이 떠나간 후에 공자왕손(公子王孫)의 모임과 태수 현령의 잔치에 동(東)으로 보채이는 한편 서(西)로 거역하였지만 시달림을 많이 당하였고 욕먹기 적지 않아 머리털을 베고 약한 몸을 핑계로 겨우 찾음을 면하였사옵니다. 성동으로 피하고 산골에 깃들었더니 전일 상공이 이곳을 지나시며 첩을 생각하는 글을 지으셨다며 현령 상공이 친히 첩의 집에 들어오니 첩이 비로소 여자의 몸이 귀중한 줄 알겠더이다. 천진루에서 상공의 모습을 바라볼 때, 어느 누가 계섬월의 팔자를 일컫지 아니하리이까? 상공이 장원 급제하여 한림학사하신 줄

---

27) 문하생이 되고 싶다는 뜻이다.

은 첩이 즉시 알았거니와 부인을 얻어 계시니이까?"

한림이 정 소저와 정혼한 것을 말하고 또 이르되,

"비록 화촉 아래에서 서로 보지 못하였으나 소저의 재모는 진실로 섬랑의 말과 같은지라. 어진 중매의 은혜를 어찌 다 갚으리오?"

이날 섬월로 더불어 옛정을 베풀고 즉시 떠나가지 못하여 이틀을 머물더라. 한림이 섬랑을 만난 탓으로 적생을 보지 않았더니 서동이 가만히 한림에게 말하되,

"적생 수재 쓸 만한 사람이 아니라. 소인이 우연히 보니 섬 낭자로 더불어 은밀한 곳에서 서로 희롱하니 섬 낭자가 상공을 좇은 후에는 몸가짐이 전일과 다르거늘 제 어찌 감히 무례하리이까?"

한림이 이르되,

"적생은 그렇지 않을 것이며 섬랑은 더욱 의심이 없으니 네 그릇 보았도다."

서동이 앙앙하여 돌아갔다가 오래지 않아 다시 와 말하되,

"상공이 소인을 두고 거짓말한다 하시거니와 두 사람이 시방 희롱하니 친히 보면 아시리이다."

한림이 서동을 따라 객관 서쪽 행랑채를 지나가 보니 두 사람이 낮은 담을 사이에 두고 서서 웃고 말하며 손을 잡고 희롱하거늘, 한림이 점점 가까이 나아가 말소리를 들으려 했는데 신 끄는 소리가 들려 적생은 놀라 달아나고 섬월은 한림을 보고 자못 민망스러운 기색이 있더라. 한림이 묻되,

"일찍이 적생과 친함이 있더냐?"

섬월이 답하되,

"친한 까닭에 소식을 묻더니이다. 첩이 창루에서 천하게 자라 남녀 사이를 꺼릴 줄 몰라 손을 이끌고 은밀한 말을 하여 상공이 의심하시게 하니 첩의 죄 일만 번 죽어도 족하니이다."

한림이 왈,

"내 마음에는 섬랑을 의심함이 없으니 모름지기 꺼리지 마라."

하고 생각하되,

'적생이 나이 어려 분명 나를 보기 어려워할 것이니 불러 위로할 것이라.'

하고 사람을 시켜 청하니 두루 찾았지만 간 바를 모를러라.

한림이 크게 뉘우쳐 말하되,

"옛날 초나라 장왕(莊王)은 갓끈을 떼어 내 신하의 죄를 감추었거늘[28] 나는 분명하지도 않은 일을 살피다가 아름다운 선비를 잃었으니 스스로 탓한들 무엇하겠는가?"

이날 밤에 섬랑과 함께 촛불 아래에서 옛말을 하며 연거푸 여러 잔을 마셨다. 촛불을 끄고 침석에 나아가니 사랑이 더욱 두텁더니 아침 해가 창에 비친 후 한림이 바야흐로 머리를 들어 보니 섬랑이 먼저 일어나 거울을 대하여 분을 바르고 있었다. 놀라 일어나 자세히 보니 푸른 눈썹과 맑은 눈과 구름 같은 귀밑과 꽃 같은 보조개며 가는 허리와 연약한 모습은 대체

---

28) 장왕이 신하들과 술을 마시는 자리에서 한 신하가 왕후의 옷을 잡아당겼는데, 이 신하의 죄를 감추기 위해 자기의 갓끈을 끊었다는 일.

로 섬랑과 같았지만 다만 섬랑은 아닌지라. 한림이 크게 놀랐
지만 짐작하지 못하더라.

금란직(金鸞直) 학사(學士)가 옥퉁소를 불고
봉래전의 궁녀가 아름다운 시를 빌다.

한림이 급히 묻기를,

"미인은 어떤 사람인고?"

미인이 대답하되,

"첩은 태주 사람이라. 성명은 적경홍이니 원래 섬랑과 형제
되었더니 어젯밤에 섬랑이 첩에게 말하기를 '마침 병이 생겨
상공을 모시지 못하니 내 몸을 대신하여 나로 하여금 죄를 입
게 하지 마라.' 하거늘 섬랑에게 속아 이에 이르렀나이다."

갑자기 섬랑이 밖에서 들어와 한림에게 말하되,

"상공이 신부 얻으심을 하례하나이다. 첩이 전일 하북 적경
홍을 천거하였더니 첩의 말이 어떠하니이까?"

한림이 말하되,

"얼굴을 보니 듣던 것보다 낫도다."

문득 경홍의 얼굴이 적생과 같음을 깨닫고 말하되,

"원래 적생이 홍랑의 형이로다. 어제 내 적형에게 죄를 얻음이 많으니 이제 어디 있나뇨?"

경홍이 대답하여 말하되,

"첩은 본디 형제가 없나이다."

한림이 다시 홍랑을 보고 황연히 깨달아 크게 웃고 말하되,

"한단 길에서 나를 따라온 자가 바로 홍랑이고 서쪽 행랑에서 섬랑과 같이 담소하던 자도 홍랑이로다. 남복(男服)을 입고 변장하여 나를 속임은 어찌 된 일이뇨?"

홍랑이 말하되,

"천한 첩이 감히 상공을 속이리이까? 첩이 비록 누추하나 항상 군자 섬김을 원했는데 연왕이 첩의 명성을 그릇 듣고 명주 한 섬으로 첩을 궁중에 오게 하였습니다. 입에 맛있는 음식을 싫어하고 몸에 고운 비단옷을 천하게 여겼으니 그것들은 모두 첩의 원하는 바가 아니라. 괴로운 마음은 새장에 갇힌 외로운 새와 같더니, 저번에 연왕이 상공을 청하여 궁중에서 잔치를 열 때 첩이 우연히 엿보았습니다. 일생을 좇아 놀기를 원하는 바라, 상공이 연을 떠나신 후 즉시 도망하여 따르고자 하더니 연왕이 알아차리고 쫓을까 두려웠습니다. 상공이 떠나신 후 열흘을 기다려 연왕의 천리마를 훔쳐 타고 이틀 만에 한단에 도달하여 즉시 상공께 실상을 고하려고 하였습니다. 하지만 도중에 번잡할 것 같아서 이곳에 오기까지 부질

없이 한(漢) 시절 당희(唐姬)²⁹)의 일을 본받아 상공의 한번 웃으심을 돕나이다. 이제는 첩의 소원을 이루었으니 섬랑과 같이 있다가 상공이 부인 얻으심을 기다려 함께 서울에 나아가 하례하리이다."

한림이 이르되,

"홍랑의 높은 뜻은 양월공(楊越公)의 홍불기(紅拂妓)³⁰)라도 미치지 못하리로다. 다만 내 자신이 이위공(李衛公)³¹)의 재주가 없음을 부끄러워하노라."

이날 두 미인과 같이 밤을 지내고 떠날새 두 사람에게 이르되,

"이목이 있어 같이 못 가니 가정을 꾸린 연후에 찾으리라."

하고 길을 나서 행하여 서울에 도착하여 복명(復命)하니, 연국의 표문과 조정에 바치는 금은채단이 함께 당도하였는지라. 천자가 한림의 공을 표창하여 제후에 봉하려 하자 한림이 힘써 사양하였다. 이에 예부상서를 제수하여 한림학사를 겸직하게 하시고 후한 상을 주셨다.

상이 한림의 문학을 중하게 여기시어 불시에 불러 경사(經史)를 토론하시니 양 상서가 숙직하는 날이 많더라. 하루는 야대(夜對)를 파하고, 마을에 돌아오니 밝은 달이 대궐 동산에 떠오르고 물시계의 눈금이 침침하였다. 양 상서가 높은 누

---

29) 후한(後漢) 홍농왕의 첩으로 정절을 지킨 여인.
30) 양월공의 시녀였는데 기생이 되었으며, 후에 이정(李靖)에게 반하여 같이 살았다.
31) 당나라의 이정.

각에 올라 난간에 기대어 월색을 바라보더니 홀연 바람결에
어렴풋이 퉁소 소리 불어오거늘 귀를 기울여 들었지만 희미
하여 곡조를 분변하지 못했다. 상서가 관리를 불러 술을 따르
게 하고 벽옥 퉁소를 내어 두어 곡조를 부니 맑은 소리 하늘
에 올라 마치 봉황이 우는 듯한지라. 청학 한 쌍이 대궐에 내
려와 배회하며 춤추니 모든 관리들이 서로 전하여 말하되,

"왕자 진(晉)[32]이 인간 세상에 내려왔다."

하더라.

원래 양 상서가 들은 퉁소 소리는 보통 사람의 곡조가 아
니라. 이때 황후가 두 아들과 한 딸을 두어 계시니 지금의 임
금인 황상과 월왕과 난양공주라. 공주를 낳을 때, 태후가 꿈
에서 신선의 꽃과 붉은 진주를 보았더니, 성장함에 용모와 기
질이 완연히 신선 같아서 세속의 태도가 조금도 없고 문장과
여공(女工)이 세상 사람을 능가하더라. 또한 기이한 일이 있으
니 측천황후 시절에 서역 대진국(大秦國)에서 백옥 퉁소를 조
공으로 바쳤는데, 만든 모습이 극히 묘하되 아무도 그 소리를
들은 사람이 없었다. 공주가 꿈에서 선녀를 만나 곡조를 전
수받으니 세상 사람은 아는 자가 없었다. 공주가 퉁소를 불면
항상 모든 학이 내려와 춤추니 태후와 황상이 이상하게 여겨
진나라 목공(穆公)의 딸 농옥(弄玉)의 일을 생각하여 부디 소
사(蕭史)[33] 같은 부마를 얻으려 하시는 까닭에 공주가 이미

---

32) 주(周)나라 영왕(靈王)의 태자.
33) 농옥의 남편. 퉁소의 달인. 퉁소로 백학을 불러 마당에서 춤추게 했다
고 한다.

장성하였지만 혼처를 구하지 못했다. 이날 우연히 달 아래에
서 한 곡조를 불러 청학 한 쌍을 길들이더니 곡조 그치며 그
학이 옥당으로 날아간 것이라. 궐 안 사람들이 전하기를 '양상
서 통소를 불어 선학을 내려오게 한다.' 하니 천자께서 이 말
을 들으시고 공주의 인연이 이곳에 있는 줄 아시고 태후께 문
안하며 아뢰되,

"양소유의 나이가 누이와 더불어 잘 어울리고 문장 풍류가
신하 중 제일이라. 천하를 두고 구하여도 이보다 나은 사람이
없으리이다."

태후가 크게 기뻐 말하시되,

"소화(蕭和)의 혼사를 정할 곳이 없어 밤낮으로 꺼림칙했는
데 이 말로 본다면 양 상서는 하늘이 정한 배필이로다."

하시더라.

소화는 난양공주의 이름이니 백옥 통소에 '소화' 두 자(字)
를 새겼으므로 이름을 소화라 지으니라. 태후께서 말하시되,

"양 상서는 분명 풍류재사거니와 그 얼굴을 보고 정하고자
하노라."

상이 말하시되,

"이는 어렵지 않으니 후일 양소유를 별전에서 불러 조용히
문장을 강론할 것이니 휘장 안에서 볼 것이니이다."

태후가 말하시되,

"그렇게 하는 것이 가장 좋다."

하시더라.

천자가 봉래전에서 어명을 내려 양 상서를 부르라 하시니,

환관이 한림원에 가서 물으니 곧 나갔다 하거늘 정 사도의 집에 가서 찾았으나 또한 오지 않았더라. 이때 양 상서는 정십삼과 같이 장안 주루에서 술을 먹으며 이름난 기생 주랑과 옥로로 하여금 노래를 부르게 하고 있었다. 중사(中使)³⁴⁾가 명패를 가지고 불의에 들이닥치니 정십삼은 놀라 돌아가고 양 상서는 취한 눈을 몽롱하게 뜨고 천천히 일어나 두 기생으로 하여금 관복을 입히라 하고 중사를 따라 천자께 뵈니 천자가 자리를 내주시고 역대 제왕들의 치란흥망(治亂興亡)을 조용히 의논하셨다. 상서가 일일이 옛일을 들추면서 논증하여 밝게 고하니 천자가 크게 기뻐하시며 말하시되,

"시 짓기는 제왕의 일이 아니라고 하지만 우리 조종(朝宗)³⁵⁾은 모두 이에 뜻을 두시어 제왕이 지은 시문(詩文)이 천하에 진동하니 경이 시험 삼아 고금 시인의 우열을 논하라. 제왕의 시는 누가 으뜸이며, 신하의 시는 누가 제일이 되나뇨?"

상서가 고하되,

"군신(君臣)이 시가(詩歌)를 서로 부르고 화답한 것은 순임금과 고요(皐陶)³⁶⁾로부터 시작하니 이는 지금 의논할 바가 아닙니다. 한 고제의 「대풍가」와 한 무제의 「추풍사」와 위 무제의 「월명성희」는 제왕 중에서 으뜸이고, 위나라의 조자건과 진나라의 육기, 남조의 도연명과 사령운 등이 시로 유명하거니와 근래 문장의 왕성함이 우리 조정만 한 때가 없고 그중에서

---

34) 내시를 뜻한다.
35) 임금의 조상을 뜻한다.
36) 순임금의 신하.

도 개원(開元) 천보(天寶)[37] 같은 때가 없습니다. 이에 제왕의 문장은 현종 황제가 으뜸이시고, 시인의 시는 이백을 대적할 사람이 없으리이다."

상이 이르시되,

"경의 생각이 짐의 뜻과 같도다. 짐이 항상 태백학사의 「청평조(清平調)」와 「행악사(行樂詞)」를 보면 때를 같이 못한 것을 한탄했는데 이제 경을 얻었으니 어찌 태백을 부러워하리오?"

이때 궁녀 십여 명이 좌우로 나누어 천자를 모셨더니 상이 가르쳐 이르시되,

"이 무리들이 궁중에서 문서와 글씨를 관리하니 이른바 여중서(女中書)라. 자못 글짓기를 알고 학사의 아름다운 글씨를 얻어 보배를 삼으려 하나니 모름지기 두어 수를 지어 저들의 사모하는 뜻을 저버리지 마라. 짐이 또한 경의 붓 놀리는 솜씨를 보고자 하노라."

궁녀를 시켜 어전의 유리 연갑과 백옥 필통과 옥으로 된 두꺼비 연적을 양 상서 앞에 옮겨 놓고 모든 궁인이 미리 대령하였는지라. 각각 화전, 비단 수건, 부채 등을 앞에 내놓자 상서가 술기운을 타고 붓을 떨치니 바람과 비가 놀라고 구름과 안개가 이는 듯한지라. 절수도 지으며 사운도 지으며, 한 수를 쓰기고 하고 두 수를 쓰기도 하니 필세(筆勢)가 휘동하여 용이 울며 봉황이 나는 듯하여 나무 그림자가 옮겨지지도 않았

---

37) 당나라 현종의 연호.

는데 이미 다 썼는지라. 궁녀가 차례로 어전에 글을 바치니 상이 칭찬하기를 그치지 아니하시고 모든 궁녀에게 이르시되,

"학사가 수고하였으니 모름지기 각각 잔을 바쳐라."

모든 궁녀들이 명을 받아 황금잔과 백옥상과 유리종과 앵무잔을 받들어 드리니 상서가 연거푸 열 잔 넘게 마셨다. 춘색이 낯에 가득하고 옥산(玉山)이 무너지고자 하거늘[38] 천자께서 명하여 술을 그치라 하시고 궁녀에게 이르시되,

"학사의 글이 한 자에 천금이 오히려 싸니 세상에 없는 보배라. 모시(毛詩)[39]에 말하되, '나무 과실을 던지면 보배 구슬로 갚는다.' 했으니 너희는 장차 무엇으로 보답하려 하나뇨?"

모든 궁녀 금비녀도 빼고 패옥도 풀며, 물고기 모양 귀걸이, 금팔찌, 향주머니 등을 어지럽게 던졌다. 상이 어린 내관을 시켜 상서가 쓰던 어전의 필연과 궁녀들의 답례품을 거두어 상서와 함께 돌려보내시니 상서가 하직하고 내관에게 붙들려 궁문을 나와 말에 오르니 이미 크게 취하였더라.

정 사도의 화원에 돌아오니 춘운이 옷을 벗기고 묻되,

"상공이 어디에 가서 이렇게 취하여 계시니이까?"

상서가 대답하지 않고 상사하신 모든 어전 필연과 장신구들을 들여놓으며 춘운에게 말하되,

"이것은 천자가 춘랑에게 주신 것이거니와 나의 소득이 동방삭과 비교하여 어떠하뇨?"

---

38) 술에 취해 넘어지는 모양을 표현한 것이다.
39) 시전(詩傳)의 별칭.

춘운이 다시 물으니 이미 취하여 코 고는 소리 우레 같더라.

다음 날 늦게야 일어나 세수를 하였더니 동자가 급히 들어와 고하되,

"월왕 전하가 오시나이다."

상서가 놀라 생각하되,

'월왕이 오는 것은 필연 연고가 있도다.'

황망히 맞아 들어오니 월왕의 나이 스무 살에 얼굴이 하늘 사람 같더라. 상서가 말하되,

"더러운 곳에 이르러 계시니 무슨 가르침이 계시니이까?"

왕이 이르되,

"항상 상서의 성덕을 흠모하였지만 다니는 길이 달라 정성을 이루지 못하였더니 오늘은 천자의 명을 받자와 이렇게 온 것이오. 천자께서 누이를 두어 계셔 나이 장성하였지만 혼인하지 못하였더니, 천자가 상서의 재덕을 공경하고 사랑하여 혼인을 맺어 형제 되고자 하실새 먼저 와서 고하나이다. 곧 존명이 계시리이다."

상서가 매우 놀라 대답하되,

"황은이 이렇듯 크시니 천한 선비로서 복(福)이 줄어들까 두렵나이다. 불행하여 정 사도의 여자에게 이미 폐백을 드렸으니 이 뜻을 황상께 상달하시기 바라나이다."

월왕이 이르되,

"삼가 황상께 고하려니와 안타깝다! 황상의 인재 사랑하시는 마음을 저버리는도다."

상서가 말하기를,

"인륜에 관계된 일이라 마지못함이니 곧 궐에 나아가 죄를 청하려 하나이다."

월왕이 하직하고 일어나 가니라.

상서가 정 사도를 보고 이 말을 전하니 춘운이 벌써 들어가 말한지라. 온 집안이 당황하여 어찌할 줄을 모르거늘 상서가 말하되,

"악장은 마음을 놓으소서. 비록 불초하나 송홍(宋弘)[40]의 죄인이 되지 아니하리이다. 천자가 성스럽고 밝으시며 법도를 지키고 예를 숭상하시니 신하 된 자의 윤기(倫紀)[41]를 어지럽게 하실 리 없으니 설마 무슨 일이 있으리이까?"

이때 태후 봉래전에서 양 상서를 보신 후 기쁨이 가득하여 상께 이르되,

"이 진정 난양의 배필이니 다시 의심할 일이 없다."

하시고 먼저 월왕을 보내 뜻을 통하였더니 상이 별전에 계시다가 갑자기 양 상서의 글과 필법의 기묘함을 생각하시어 다시 보고자 태감을 시켜 여중서들이 받은 글을 모아서 가져오라 하셨다. 모든 궁녀의 글을 모아 새 글을 심히 사랑하여 상자에 감추었는데, 한 궁인이 글 쓴 부채를 가지고 자기 방으로 돌아가 가슴에 품고 종일토록 울고 침식마저 폐하니 이 궁인은 다른 사람이 아니라 바로 화주 진 어사의 딸이라. 어사가 비명에 죽고 궁궐에 들어가 종이 되었더니 궁중 사람이 진

---

40) 후한 광 무제가 사위로 삼으려 했지만 거절한 사람이다.
41) 윤리와 기강을 뜻한다.

씨의 얼굴이 고움을 두고 수군거리거늘 천자께서 불러 보시고 첩여(婕妤)⁴²⁾를 봉하고자 하였다. 이때 황후가 극히 총애하시는지라. 진녀가 너무 고움을 꺼려 상께 고하되,

"진 씨 여자의 재주와 용모가 무쌍하니 마땅히 폐하를 모실 만하지만 폐하께서 사람의 아비를 죽이고⁴³⁾ 그 자식을 가까이 하심은 '제왕이 형벌을 준 사람을 가까이 하지 않는 뜻'에 맞지 않은가 하나이다."

상이 황후의 말씀을 옳게 여기시어 진 씨에게 묻되,

"글을 배웠는가?"

대답하기를,

"약간 배웠나이다."

상이 명하여 여중서 벼슬을 주시어 궁중 문서를 맡게 하시고 겸하여 황태후 궁중에 가서 난양공주를 모시게 하였다. 공주가 진 씨의 재모를 매우 사랑하여 정이 친형제 같아서 잠시라도 서로 떨어지지 않더니, 이날 태후를 모시고 봉래전에 가서 천자의 좌우에 있다가 양 상서를 보았다. 상서의 얼굴과 이름이 진 씨의 뼈에 박혔는지라 어찌 몰라보리오? 다만 양상서는 진 씨의 생존 여부를 몰랐고 또 어전에서 눈을 치뜨지 못한 까닭에 진 씨는 두 사람의 마음이 서로 같지 않음을 슬퍼하고 과거의 인연 이을 길이 없음을 슬퍼하여 부채를 가지고 글을 다시 읽었다.

---

42) 여관(女官)의 이름. 여기에서는 후궁을 뜻한다.
43) 천자가 진 소저의 부친을 역적으로 몰아 처형한 일을 말한다.

집으로 만든 부채 둥글어 명월과 같으니　紈扇團團如明月
아름다운 사람의 옥 같은 손처럼　　　　佳人玉手並皎潔
정갈하구나
오현금 속에 더운 바람이 많으니　　　　五絃琴裏薰風多
품과 소매 속에 드나들어 그칠 적이　　　出入懷裏無時歇
없도다.

또 한 글의 내용은 다음과 같았다.

집으로 만든 부채 둥글어 달을 에운　　　紈扇團團月一團
듯하니
아름다운 사람의 옥 같은 손을 서로　　　佳人玉手正相隨
따르는구나
꽃 같은 얼굴을 수고로이 가리지 마라　　無路將却如花面
봄빛은 인간 세상에서도 알지　　　　　　春色人間摠不知
못하나니……

진 씨가 첫 번째 글을 보고 이르되,
"양랑이 내 일을 알지 못하는도다. 내 어찌 궁중에 들어와
천자의 총애를 받을 뜻이 있으리오?"
두 번째 글을 읽고 말하되,
"글의 뜻이 이렇게 다르니 진실로 천 리 같다."
하고는 전일 양 상서와 같이 양류사 화답하던 일을 생각하
고 정을 이기지 못하여 시 한 수를 부채에 이어 쓰고 다시 읊

어 보았다. 갑자기 태감이 천자의 명으로 부채를 가지러 왔다 하거늘 크게 놀라 말하되,

"내 이제는 죽으리로다."

하더라.

시첩(侍妾)이 의리를 지켜 주인과 하직하고
여협객(女俠客)이 칼을 들고 신방에 나아가다.

태감이 진 씨에게 묻기를,

"천자께서 양 상서의 시를 다시 보고자 하시니 가지러 왔는데 어찌 된 연유로 놀라뇨?"

진 씨가 울며 대답하기를,

"박명한 사람이 죽을 때가 다 되어 양 상서의 글 아래 잡말을 더해 죽을 죄를 지었으니 황상이 보시면 죽음을 면하지 못할 것이라. 차라리 내 손으로 죽으려 하나니 죽은 후 매장은 태감께 부탁하노라."

태감이 이르되,

"여중서는 어찌 이런 말을 하나뇨? 성상께서 인자하시니 혹

죄를 아니 주실 듯하고 설사 진노하실지라도 내 힘써 구하리
니 중서는 나를 따라오라."

진 씨가 울며 태감을 따라가니 태감이 진 씨를 어전 문밖
에서 기다리게 하고 모든 글을 상께 드렸다. 상이 글을 내리
보다가 진 씨의 부채에 다다라서는 아래에 다른 사람의 글이
쓰였거늘 태감에게 물으시자 태감이 고하되,

"진 씨가 신에게 말하기를 '상께서 찾으실 줄 모르고 어지
러운 말을 아래에 썼더라.' 하고 황공하여 죽으려 하거늘 신이
죽기를 말리고 데려왔나이다."

하니 상이 그 글을 다시 보시니 다음과 같았다.

집으로 만든 부채 둥글어 가을 달 같으니　紈扇團女秋月團
일찍이 누상에서 부끄러워하던 일을　　　憶曾樓上障羞顏
생각하노라
지척에서 서로 알아보지 못할 줄을　　　　早知咫尺不相識
알았던들
그대로 하여금 자세히 못 보게 함을　　　悔不從君仔細看
뉘우치노라

상께서 이르시기를,

"진 씨 필연 사정이 있도다. 어느 땅에서 누구를 보았다는
말인고?"

다시 보시고 이르되,

"진녀의 재주는 도리어 볼 만하도다."

태감을 시켜 진 씨를 불러오도록 하시니 진 씨 들어와 계단 아래에서 머리를 조아리고 죽기를 청하자 상이 말하시되,

"바른대로 고하면 죽을 죄를 사할 것이니 어떤 사람과 사정이 있더뇨?"

진 씨가 고하여 말하기를,

"신첩이 어찌 감히 숨기리이까? 첩의 집이 망하지 않았을 적 양 상서가 과거 보러 서울에 올 때 첩의 집 앞을 지나다가 마침 서로 만나게 되어 양류사를 지어 마음을 통하고 언약을 하였사옵니다. 상께서 봉래전에서 양 상서를 만나실 때 첩은 양 상서를 보았지만 상서는 첩을 모르는 까닭에 옛일을 생각하고 신세를 슬퍼하여 우연히 미친 글을 써서 성상께서 보시게 하였으니 첩의 죄 일만 번 죽어 마땅하나이다."

상이 자못 가엽게 여기시어 말하기를,

"양류사를 지어 혼인 언약을 하였다 하였으니 가히 기록할 수 있느냐?"

진 씨가 지필을 청하여 써 드리니 상이 보시고 놀라 이르시되,

"진 씨의 죄는 비록 중하지만 재모가 아깝다."

하시고 이르시되,

"원래 너를 용서하지 못할 것이로되, 어매(御妹)가 너를 사랑하는 탓에 용서하나니 너는 마땅히 나라의 은혜를 생각하여 어매를 모셔 정성을 다하여 섬기라."

하시고 부채를 도로 주시니 진 씨가 머리를 숙여 사은하고 물러나리라.

월왕이 돌아와 보고하자 상이 태후를 모시고 함께 계시더니 태후가 들으시고 좋아하지 않으면서 말하시기를,

"양소유 벼슬이 상서에 이르렀으니 마땅히 조정 돌아가는 것을 알 것이거늘 어찌 이토록 앞뒤가 막혔나뇨?"

상이 이르시되,

"제 비록 폐백을 받았으나 혼인한 사람과는 다르니 친히 보고 설득하면 듣지 않을 이유가 없나이다."

다음 날 예부상서를 불러 말하시되,

"짐의 누이가 재주가 보통 사람과 달라 오직 경의 배필이 되기에 합당하니 어제(御弟)를 시켜 뜻을 전달하였더니 폐백 받은 곳이 있다 하여 사양했다니 이는 경이 생각하지 못함이라. 전대의 제왕이 부마를 택하면 전처를 내보냈다. 이 까닭에 왕헌지(王獻之)[44] 같은 사람은 죽을 때까지 뉘우쳤고, 송홍 같은 사람은 임금의 명을 받지 않았거니와 짐이 천하 사람의 아비 되었으니 그릇된 일로 아랫사람을 가르칠 리 있으리오? 이제 경이 정가(鄭家)와의 혼인을 물린다 해도 정 씨 여자 자연히 다른 혼처가 있을 것이니 경이 조강지처를 버리는 일은 없을 것이라. 윤리에 구애될 일이 뭐가 있나뇨?"

상서가 머리를 조아리고 고하되,

"성상께서 신에게 죄를 주지 않으시고 이렇게 깨우치시니 천은이 망극하도소이다. 다만 신의 처지는 타인과 다르옵니다. 신이 젊은 서생으로 서울에 와 즉시 정가에 의지하여 납

_____

44) 왕희지의 아들. 전처를 버리고 부마가 되었다.

폐를 하였을 뿐 아니라 정 사도와 장인과 사위의 관계를 맺은 지 오래되었고, 남녀가 또한 서로 보았으니 지금 혼인을 못하였다 하지만 나랏일이 바빠 어미를 데려오지 못했기에 후일을 기다림이라. 신이 이제 황명을 순종하면 정 씨 여자 다른 집과 혼인할 리 없으니 한 여자가 혼인할 곳을 얻지 못하면 어찌 왕정(王政)에 흠이 되지 않으리이까?"

상이 말하시되,

"경의 처지 비록 그러하나 대의(大義)로 결단하자면 경이 정 씨 여자와 부부의 도리가 없으니 정 씨 여자 어찌 다른 혼처를 의논하지 아니하리오? 이제 경과 혼인을 하려 함은 짐이 다만 경을 중하게 여겨 형제 되고자 할 뿐 아니라 태후께서 경의 재덕을 들으시고 힘써 혼인을 주장하시니 경이 이렇게 고사하면 태후께서 분명 노하실 것이라. 짐이 또한 마음대로 못할까 하노라."

상서가 머리를 조아리고 힘을 다해 사양하자 상이 다시 말하시되,

"혼인은 큰일이라. 한마디로 결단하지 못할 것이니 후일을 기다리고 지금은 경과 함께 바둑을 두며 소일하리라."

내관에 명하여 바둑판을 가져오라 하여 반나절을 조용히 보내다가 끝냈다. 상서가 돌아와 정 사도를 보니 사도가 낯에 슬픈 빛이 가득하여 말하되,

"황태후께서 조서를 내려 노부로 하여금 양랑이 보낸 패백을 돌려보내라 하시기에 이미 춘운에게 맡겨 화원에 두었으니 딸의 신세를 생각하면 참혹함을 어찌 다 말하리오? 늙은 처

는 놀라 병들어 사람을 보지 못하나니라."

상서가 이 말을 듣고 멍하게 있다가 말하되,

"어찌 이런 일이 있으리오? 이 사위가 마땅히 상소하여 따지려니와 설마 조정 공론인들 없겠사옵니까?"

사도가 말려 이르되,

"양랑이 두 번 임금의 명을 어겼으니 이제 상소하면 필연 중죄를 입을 것이니 순종함만 같지 못하리라. 또 다른 일이 있도다. 양랑이 이제 노부의 화원에 거처함이 불안하니 이별하기 비록 섭섭하지만 떠나감만 같지 못하니라."

상서가 대답하지 않고 화원으로 가니 춘운이 상서의 폐백을 받들어 돌려주며 말하되,

"천첩이 소저의 명을 받아 상공을 뫼셔 소저께서 오시기를 기다리더니 이제 소저의 일이 잘못되었으니 상공과 하직하고 다시 소저를 뫼시려 하나이다."

상서가 왈,

"내 이제 힘써 상소하여 사양하면 황상이 들으실 법이 있고, 설사 듣지 않으실지라도 여자가 서방을 맞은 후에는 지아비를 따르는 것이라. 춘랑이 나를 버릴 까닭이 있으리오?"

춘운이 왈,

"첩의 사정은 이와 같지 않습니다. 천첩이 소저를 섬겨 사생(死生)을 같이 하고자 맹세하였으니 춘운아 소저를 따름이 몸과 그림자 같으니 몸은 이미 가는데 그림자 홀로 머물러 있으리오?"

상서가 왈,

"춘랑의 몸이 소저와 같지 않으니 소저는 동서남북으로 혼처를 구하여도 도리에 해롭지 않거니와 춘랑이 소저를 좇아 다른 사람을 섬기면 여자의 정절에 어떠하뇨?"

춘운이 왈,

"상공의 말씀이 이러하시나 우리 소저의 마음을 모르시나이다. 소저는 이미 정한 마음이 있으니 우리 노야와 부인 슬하에 머물러 있다가 머리털을 깎고 불문에 의탁하여 부처께 기도하여 다시 태어날 때에는 여자의 몸이 되지 않으려 하십니다. 춘운의 앞길이 또한 이러할 따름이라. 상공이 만일 춘운을 다시 보려 하신다면 폐백이 소저의 방에 돌아감을 기다려 다시 의논하려니와 그렇지 않으면 오늘이 곧 영별이라. 춘운이 천한 재질로 상공의 사랑하심을 입어 이제는 기한이 지난지라. 은혜 갚을 길이 없으니 다만 다음 생에서 견마(犬馬)가 되기를 원하나이다. 상공은 안녕히 계십시오."

오열하여 한동안 울다가 들어가니 상서가 참연함을 이기지 못하여 침식을 폐하였더니 이튿날 심히 격렬한 상소를 올렸다. 태후께서 보시고 크게 노하시어 양소유를 감옥에 가두었는데, 조정 대신이 모두 상께 간(諫)하니 상이 말하시기를,

"내 또한 양소유가 받는 벌이 무거운 것임을 알지만 태후 낭랑께서 진노하시니 구하지 못한다."

하시더라.

태후께서 양 상서를 괴롭히기 위해 몇 달 동안 공사(公事)를 내리지 않으시니 정 사도는 황공하여 문밖에 나오지 않고 손님을 맞이하지 않더라.

이때, 토번 오랑캐가 중국을 업신여겨 사십만 병을 일으켜 변방 마을을 잇달아 함몰시키고, 선봉이 위교(渭橋)에 가까워 지니 서울이 진동하는지라. 상이 군신을 모아 의논하시니 모두들 서울에 있는 군이 수만에 지나지 않고 외방 군병은 일이 급한 까닭에 미처 부르지 못할 것이라고 했다. 상께서 결정을 하지 못하고 이르시되,

"양소유는 계책을 잘 세우고 또한 결단을 잘 내리니 전일에 삼진이 항복하게 함이 이 사람의 공이라."

하시고 황태후께 손수 청하여 양소유를 석방하여 불러보시고 계책을 물으시자 소유가 아뢰되,

"서울은 종묘와 궁궐이 있는 곳이라. 한번 버리면 천하 인심이 진동할 것이니 쉽게 수습하지 못하리이다. 태종황제 시절에 토번이 회흘(回紇)과 합세하여 백만 군사가 서울을 침범하니 그때는 군대의 미약함이 지금보다 더욱 심했지만 곽자의(郭子儀)가 필마로 도적을 물리쳤사옵니다. 신이 비록 재주 없지만 수천 군을 얻어 죽기로 싸워 도적을 물리치리이다."

천자는 원래 양 상서의 재주를 중히 여기시는지라. 즉시 명하여 장수를 삼아 군사 삼만을 주고 도적을 막게 하셨다. 상서가 삼군을 지휘하여 위교를 건너가 오랑캐 선봉과 싸워 좌현왕(左賢王)을 활로 쏘아 죽이니 도적의 대군이 일시에 물러났다. 상서가 따라 가서 세 번 싸워 적의 머리 삼만을 베고, 말 팔천 필을 빼앗아 조정에 보고하였다. 천자가 크게 기뻐하시어 양 상서를 조정으로 불러들여 공을 의논하려 하시거늘 상서가 군중에서 상소를 올렸다.

"도적이 비록 패하였으나 목을 벤 숫자가 십분의 일도 되지 않사옵니다. 지금 대군이 도성에 머물러 있어 오히려 침범할 뜻이 있으니 원컨대 신이 군마를 더 조달하여 승기를 타서 적국 깊숙이 들어가 그 임금을 잡고 나라를 멸하여 길이 자손의 걱정을 없게 하여지이다."

상이 상소를 보시고 매우 기뻐하여 양소유의 벼슬을 높여 어사태우 겸 병부상서 정서대원수를 제수하시고 상방보검과 붉은 화살과 통천어대를 주시고, 백모황월을 주어 삭방(朔方)·하남(河南)·산남(山南)·농서(隴西) 등에서 병마를 조달하여 쓰라 하셨다.

상서가 대병 이십만을 모아 택일(擇日)하여 군기(軍旗)에 제사 지내고 떠나니, 병법은 육도(六韜)를 따랐고 진세(陣勢)는 팔괘(八卦)를 벌렸으니 정숙하고 호령이 엄명하더라. 도적 파하기를 대나무 때리듯 하니 몇 달 사이에 도적에게 빼앗겼던 고을 이십여 성을 회복하였다. 군이 계속 행하여 적석산(赤石山) 아래에 진을 쳤는데, 갑자기 앞에서 회오리바람이 일어나고 까마귀 울며 진을 뚫고 가거늘 상서가 말 위에서 점을 치고 왈,

"목전에 적국 사람이 내 진을 엄습하지만 결국은 좋은 일이 있으리로다."

하고 군을 머물게 하여 산 아래에 진치고 사방에 녹각(鹿角)과 질려(蒺藜)[45]를 깔고 삼군을 경계하여 잠자지 말고 방

---

45) 방어물의 일종.

비를 엄하게 하라 하더라.

이날 밤에 상서가 장막 안에 앉아 촛불을 밝히고 병서를 보더니 진 밖에서 순찰하는 소리를 들으니 막 삼경이 되었더라. 갑자기 한 줄기 찬 바람이 불어 촛불을 끄고 서늘한 기운이 다가오더니 한 여자가 공중에서 내려왔는데 서리 같은 비수가 손에 들려 있더라. 상서가 자객인 줄 알고 얼굴색을 변하지 않고 묻기를,

"여자는 어떤 사람이며, 이 밤에 나의 군중에 들어옴은 무슨 일이오?"

여자가 왈,

"토번국 찬보의 명을 받아 원수의 머리를 가지러 왔나이다."

상서가 왈,

"대장부 어찌 죽기를 두려워하리오? 내 머리를 쾌히 베어 가라."

여자가 칼을 던지고 상서 앞에 머리를 조아리고 말하되,

"귀인은 놀라지 마소서. 첩이 어찌 귀인을 해치리이까?"

상서가 부축하여 일으켜 말하되,

"이미 칼을 들고 군중에 들어와서 도리어 해치지 않음은 무슨 까닭이오?"

여자가 왈,

"첩의 근본을 말하고자 할진대 입담(立談)[46] 간에 다하기 어려울까 하나이다."

---

46) 서서 말하는 것이다.

상서가 자리를 내주며 앉으라 하고 다시 묻기를,

"낭자는 어떤 사람이며, 지금 무슨 가르칠 일이 있어 나를 찾아왔나뇨?"

하더라.

권지삼(券之三)

백룡담에서 양소유가 귀병(鬼兵)을 쳐부수고
동정호에서 용왕이 잔치를 열어주다.

양 상서가 그 여자를 보니 구름 같은 머리털을 위로 올려
금비녀를 꽂았고 소매 좁은 전포(戰袍)에 석죽화(石竹花)를 수
놓았고, 발에는 봉의 머리처럼 수놓은 신을 신었고, 허리에는
용천검을 찼더라. 천연한 절대 미색이 마치 한 송이 해당화 같
으니 만일 종군(從軍)하던 목란(木蘭)[1]이 아니면 금합(金盒)을
도적하던 홍선(紅線)[2]이러라.

온 까닭을 묻자 여자가 말했다.

---

1) 아버지를 대신하여 남장하고 종군했던 여인으로 「목련사(木蘭辭)」의 주
인공.
2) 당나라 시절의 여협객.

"첩은 원래 양주 사람이니 조상부터 당나라 백성이라. 어려서 부모를 잃고 한 여도사를 따라 제자가 되었습니다. 그 도사가 도술이 있어 제자 열 명에게 검술을 가르쳤는데 진해월, 금채홍, 심요연이니 요연은 곧 첩이라. 삼 년 만에 재주를 다 배우니 능히 바람을 타고 번개를 따라 순식간에 천리를 행할러이다. 세 명의 검술이 위아래가 없지만 스승의 원수를 갚고 사나운 사람을 벨 때면 채홍과 해월을 보내고 첩을 보내지 않으니 첩이 묻기를, '함께 사부의 가르침을 입었는데 나만 홀로 은혜 갚을 길이 없으니 나의 재주가 두 사람만 못하여 일을 시키지 아니하니이까?' 하니 스승이 왈, '너는 원래 우리 무리가 아니라. 후일 당당하게 정도를 얻을 것이니 나의 바라볼 바가 아니라. 이제 만일 두 사람과 같이 인명을 살해하면 너의 앞길에 해로울 것이다. 이런 연유로 너를 부리지 아니하노라.' 하시니 첩이 또 묻기를, '그렇다면 저에게 검술을 가르쳐 무엇에 쓰리이까?' 하니 스승이 이르되, '너의 전생 인연이 당나라에 있지만 그 사람은 큰 귀인이라. 너는 변방 나라에서 태어났으니 서로 만날 길이 없다. 너에게 검술을 가르쳐 이 일을 빌려 귀인을 만날 도리를 가르치니 후일에 백만 군중의 창검(槍劍) 가운데에서 아름다운 인연을 이루리라.' 하더이다. 지난달에 스승이 이르되, '이제 당나라 천자가 대장을 보내 토번을 정벌하니 적장 찬보가 사방에 방을 붙이고 천금으로 상을 걸고 자객을 모집하여 당나라 장군을 해치려고 하나니 네 급히 가서 토번국의 모든 자객과 겨루어 한편으로는 당나라 장군을 위기에서 구하고 다른 한편으로는 너의 인연을 이루라.' 하거늘 첩이 토번국에 가서 찬보를 만나니 먼저 온 자객 십여 명과 검술을 비교하라 하거늘 첩이 십여 명의 상투를 베어드렸사옵니다. 찬보가 매우 기뻐하여 첩을 보내 상서를 해하라고 하더이다. 만일 공을 이루면 귀비를 삼으려 하였는데 첩이 이제 상서를 만나니 스승의 말이 맞는지라. 제일 낮은 종이 되어 가까이서 뫼시겠나이다."

상서가 매우 기뻐,

"경이 위태로운 목숨을 구하고 몸소 섬기고자 하니 이 은혜를 어찌 다 갚으리오? 백 년을 함께 늙기 원할 뿐이리라."

하고는 이날 밤에 원수가 장중에서 요연과 잠자리를 함께하니 창과 칼의 빛으로 화촉(華燭)을 대신하고 조두(刁斗) 소리[3]를 금슬(琴瑟)로 삼으니, 군영 가운데 달빛이 밝고 관문 밖에 봄빛이 가득하였으니 깊은 밤 비단 장막에 한 조각 각별한 정과 흥이 넘치더라.

상서가 새로운 즐거움에 빠져서 사흘 동안 나오지 않고 장수들을 만나지 않았다. 이에 요연이 말하기를,

"여자가 군중에 오래 있음이 마땅하지 않은지라 이제 하직하나이다."

상서가 왈,

"연랑이 어찌 보통 여자에 비하리오? 좋은 묘책을 가르쳐 주기를 바라나니 어찌 버리고 가려 하나뇨?."

요연이 왈,

---

3) 군중에서 야간 순찰할 때 치는 징 소리.

"상공의 신이한 무예로 쇠잔한 도적을 멸하기는 썩은 나무를 베는 것과 같을 것이니 무슨 의심이 있으리까? 첩이 이곳으로 온 것은 비록 스승의 명이지만 아직 완전히 하직을 하지 못하였으니 돌아가 스승을 뵙고 상공의 회군을 기다려 따라가리이다."

상서가 왈,

"그렇게 함이 옳거니와 경이 간 후에 다른 자객이 오면 어찌하리오?"

요연이 왈,

"자객이 비록 많지만 요연의 적수가 없으니 첩이 상공께 귀순한 것을 알면 다른 사람은 감히 오지 못하리이다."

인하여 허리춤에서 묘아환(妙兒丸)이란 구슬을 꺼내 주며 말하되,

"이것은 찬보의 상투에 달렸던 구슬이니 사자를 시켜 찬보에게 보내 첩이 그에게 돌아가지 않을 것임을 알리소서."

상서가 말하되,

"이 밖에 또 무슨 가르칠 말이 있느냐?"

요연이 대답하되,

"앞으로 반사곡을 지날 것이니 길이 좁고 좋은 물이 없으니 행군을 조심하고 우물을 파서 군사에게 먹일 것이니이다."

말을 마치고 하직하거늘 상서가 만류하였지만 요연이 몸을 솟구쳐 날아가니 보지 못할러라.

상서가 모든 장수들을 모아 요연의 말을 전하니 모두 하례하여 이르되,

"원수의 홍복(洪福)이 하늘 같으니 기이한 사람이 와서 돕도소이다."

즉시 사자를 가려서 행군하여 여러 날 만에 토번에 구슬을 보내고 어느 큰 산 아래에 진을 쳤더니, 길이 좁아 말 한 마리가 겨우 지날 만하였다. 이처럼 수백 리를 행군하여 겨우 넓은 곳을 찾아 울타리를 만들고 군사를 쉬게 하였다. 군이 오랫동안 고생하였는지라 산 아래 맑은 물이 있음을 보고 다투어 나아가 물을 먹더니, 온몸이 푸르게 변하고 떨면서 죽어 갔다. 상서가 놀라 친히 물가에 가 보니 깊고 푸르러 그 속을 측량하지 못하고 찬 기운이 넘실대고 있거늘 매우 의심하여 생각하되,

'이곳이 분명 요연이 말하던 반사곡이로다.'

하고 군에 명하여 여러 곳에 우물을 파 물을 내라고 했으나 열 길 이상을 파도 샘이 솟지 않았다. 상서가 매우 민망하여 삼군을 호령하여 그곳을 떠나고자 하였는데, 갑자기 앞뒤에서 북소리 진동하며 오랑캐 군사가 험한 곳을 점거하여 길을 막았으니 관군이 진퇴양난이라. 양 원수가 영중에서 도적 물리칠 계교를 생각해 내지 못하고 밤이 되어 의자에 기대어 잠깐 졸았는데 문득 이상한 향내가 코에 가득하며 여동(女童) 두 명이 나오니 용모가 기이하더라. 상서에게 말하되,

"우리 낭자께서 귀인을 잠깐 청하시더이다."

상서가 묻되,

"낭자는 어떤 사람인고?"

여동이 대답하되,

"우리 낭자는 용왕의 작은딸이시니 요사이 집을 피하여 이 땅에 와 계시니이다."

상서가 왈,

"용왕이 있는 곳은 분명 깊은 물이니 나는 인간 세상 사람인지라, 가고자 한들 어찌 가리오?"

여동이 왈,

"밖에 말이 와 있으니 귀인이 그 말을 타시면 수부(水府)에 가심이 어렵지 않으시리이다."

상서가 여동을 따라 가 보니 총마 한 필에 금안장을 얹었고, 종자 십수 명의 복색이 매우 화려하더라. 상서가 말에 오르니 순식간에 못으로 들어가 큰 물에 도착하니 궁궐이 웅장하여 왕이 사는 곳 같고 문 지키는 군사의 고기 머리와 새우 수염이 세상 사람과 다르더라. 여러 미녀들이 문을 열고 상서를 인도하여 궁중에 이르니, 궁궐 중앙에 흰 옥으로 만든 의자를 남쪽을 향하여 놓았거늘 시녀가 청하여 앉으라 하고 계단 아래에 비단 자리를 깔고 안으로 들어가더라. 이윽고 시녀 십여 명이 한 여자를 옹위(擁衛)하여 왼쪽 행랑을 따라 중앙에 다다르니 그 여자의 아름다움이 신선 같고 복색의 화려함이 세상에 없는 바더라. 시녀 한 명이 긴소리로 말하되,

"동정 용녀가 양 원수 뵙기를 청하나이다."

상서가 놀라 피하려 하였으나 두 시녀가 붙들어 다시 의자에 앉히고 네 번 절하고 일어나니 패물 소리가 쟁쟁하더라.

상서가 청하여 당에 올라오라 하니 여러 번 사양하다가 올라 작은 자리를 배설하고 앉거늘 상서가 말하되,

"소유는 속세의 범상한 사람이고 낭자는 높은 신령이라. 이제 예를 이토록 공순하게 하니 소유가 알지 못하는 바로소이다."

이에 용녀가 말했다.

"첩은 동정 용왕의 작은딸입니다. 첩이 갓 태어났을 때 부왕께서 상계(上界)에 조회하러 갔다가 장진인(張眞人)을 만나 첩의 팔자를 물으니 진인이 이르기를 '이 여자의 명은 전생에 선가(仙家)에서 내려와 지금은 용신이 되었으니 다시 사람의 몸을 빌려 인간 세상에서 아주 귀한 사람의 희첩이 되어 일생 부귀영화를 누리고 나중은 불가(佛家)에 돌아가리라.' 하니 우리 용신이 비록 수부(水府)의 으뜸이 되었으나 사람의 몸 얻기를 귀하게 여기고 신선과 부처를 더욱 공경하는지라. 첩의 맏형이 경수 용왕의 며느리가 되었다가 부부 사이가 좋지 않아 개가(改家)[4]하여 유진군(柳眞君)[5]의 아내가 되었습니다. 구족(九族)이 다 공경하여 대접을 받으니 다른 형제와 같지 않았습니다. 첩은 깨달음을 얻어 문호의 영광이 장차 형보다 위라. 부왕이 돌아와 장 진인의 말을 전하니 궁중이 다 하례하면서 남해 용왕의 아들 오현의 첩이 곱다는 말을 듣고 제 부왕에게 청하여 우리 집에 청혼하였습니다. 동정은 남해 용왕의 관할이 되었는지라. 저의 말을 거역하면 욕이 있을까 두려워 부왕이 친히 가서 장 진인의 말을 전하니 남해 용왕이 사나운 아

---

4) 다른 곳으로 시집을 가는 재혼이라는 뜻이다.
5) 당나라 전기 소설 「유의전(柳毅傳)」의 주인공인 유의(柳毅).

들의 말만 듣고 도리어 부왕이 허황되다 하면서 구혼을 더욱 재촉하였습니다. 첩이 부모 슬하에 있으면 온 집안에 욕이 미칠까 두려워 부모를 떠나 홀로 도망하여 가시덤불을 헤치고 외로이 오랑캐 땅에 머무는 것입니다. 부모는 다만 남해 용왕에게 답하기를 '딸이 원하지 않아 도망쳐 나갔으니 아직 버리지 않겠다면 딸에게 물어보라.' 하였는데, 이곳으로 온 후 온갖 핍박을 당하고, 또 미친 아이 스스로 군졸을 거느려 노략하려고 합니다. 첩의 지극한 원한과 괴로운 절개에 천지가 감동하여 못의 물이 얼음 지옥 같이 변하여 다른 수족(水族)이 들어오지 못하는 까닭에 첩이 잔명을 보전하고 군자를 기다리더이다. 첩이 귀인을 청하여 더러운 땅에 들어오시게 함은 한갓 첩의 회포를 풀고자 함이 아닙니다. 삼군이 물이 없어 우물 파기에 고생하나 비록 백 길을 파도 물을 얻지 못하시리이다. 첩이 사는 못의 물이 전에는 청수담이라 원래 좋은 물이 있는데 첩이 온 후 물이 변했나이다. 이 땅 사람이 감히 먹지 못하고 이름을 고쳐 백룡담이라 하나니이다. 이제 귀인이 이곳에 오셨으니 첩의 몸을 맡길 곳이 생겨 괴로운 마음이 이미 풀렸는지라. 그윽한 골짜기에 따뜻한 봄이 돌아온 것과 같으니 지금부터 물맛이 전과 같으리니 삼군이 길어 먹어도 해롭지 않고, 전에 먹고 병든 사람의 병도 고치리이다."

상서가 왈,

"낭자의 말대로라면 하늘이 우리 두 사람의 인연을 정하신 지 오래되었으니 아름다운 기약을 이제 감히 정하리이까?"

용녀가 왈,

"첩의 더러운 재질을 군자께 허락한 지 오래되었거니와 지금 바로 군자를 모시는 것이 옳지 않은 세 가지 까닭이 있습니다. 하나는 부모께 고하지 못하였으니 한 여자가 낭군을 따름이 이렇듯 구차하여 옳지 못하고, 둘째는 첩이 장차 사람의 몸을 얻어 군자를 섬길 것이니 이제 비늘 돋은 몸으로 잠자리를 모시는 것이 옳지 않고, 셋째는 남해 태자가 항상 사람을 보내어 이곳을 염탐하니 사악한 계교로 한바탕 요란한 일이 벌어질까 합니다. 낭군께서 모름지기 빨리 진중에 돌아가 삼군을 정비하여 큰 공을 이룬 후 개선가를 부르시고 서울로 돌아가시면 첩이 당당히 치마를 잡고 진수(溱水)를 건너 그 뒤를 따르리이다."

상서가 왈,

"낭자의 말이 비록 아름답지만 내 뜻은 그렇지 않소. 낭자가 이곳에 온 것이 절개를 지키기 위한 것이고 또한 그대 부왕이 소유를 따르게 하신 뜻이니 오늘 일을 두고 어찌 부왕의 명이 없다 하리오? 낭자는 신명의 자손이고 신령한 무리라 사람과 귀신 사이에 서로 출입하지 못할 곳이 없으니 어찌 스스로 비늘을 꺼리오? 소유가 비록 재주가 없으나 천자의 명을 받자와 백만 군사를 거느리고 풍백(風伯)[6]이 앞을 인도하고 해약(海若)[7]이 뒤를 지켜 주니 남해 어린아이를 모기같이 여기니 만일 분수를 모른다면 한낱 나의 보검을 더럽게 할 뿐

---

6) 바람의 신.
7) 바다의 신.

이라. 달이 밝고 바람이 맑으니 좋은 밤을 어찌 허무하게 지내리오?"

마침내 용녀와 같이 잠자리에 나아가니 사랑하는 정이 두텁더라.

갑자기 다급한 천둥소리에 수정궁이 몹시 흔들리고 시녀가 급히 고하되,

"큰 화가 생겼나이다. 남해 태자가 무수한 군병을 거느려 맞은편 산에 진을 치고 양 원수와 자웅을 겨루고자 하나이다."

용녀가 상서를 깨워 말하되,

"내 처음에 낭군이 머물지 못하게 한 이유가 바로 이 일을 염려했기 때문이라."

상서가 크게 노하여 왈,

"남해 태자는 어찌 이렇듯 무례하리오?"

소매를 떨치고 말에 올라 물 밖으로 솟아오르니 남해 군병이 백룡담을 에워싸거늘 상서가 삼군을 지휘하여 태자와 맞섰다. 남해 태자가 말을 타고 박차 나가면서 꾸짖어 말하되,

"양소유는 사람의 인연을 가로막아 남의 혼사를 망치고 남의 처자를 겁탈하였으니 맹세코 너와 더불어 이 세상에 살아남을 수 없으리라."

상서가 또한 말을 달려 크게 웃고 말하되,

"동정 용왕의 딸은 태어날 때부터 이미 소유를 따르기로 하늘에서 정한 바 있으니 나는 다만 천명에 순종할 따름이라."

태자 크게 노하여 모든 병사를 몰아 상서를 잡으라 했다. 제독과 별참군이 뛰어서 달려드니 상서가 백옥편을 한 번 들

자 당나라 진중에서 일만 개의 화살이 동시에 발사되어 깨어진 비늘과 쇠잔한 껍데기가 땅에 가득하여 마치 눈이 날리는 듯하더라. 태자가 두어 군데 상처를 입어 변신을 하지 못하여 결국 잡히니 상서가 징을 울려 군사를 거두고 태자를 결박하여 진중에 돌아오니라. 문지기가 아뢰되,

"백룡담 낭자가 친히 군대 앞에 나와 원수께 하례하고 장사들을 대접하고자 하나이다."

상서가 매우 기뻐하며 청하여 들어오게 하니 용녀가 싸움에서 이긴 것을 하례하고 일천 섬의 술과 일만 마리의 소로 군사를 대접하니 군사들이 배불리 먹고 즐겨 노래 부르는 소리가 진동하더라.

양 원수가 용녀와 같이 앉고 남해 태자를 잡아들여 오니, 감히 우러러보지 못하자 꾸짖어 말하되,

"내가 천명을 받자와 오랑캐를 평정하니 온갖 신명이 명령을 거역하지 않거늘 어린아이 망령되게 천명을 알지 못하고 항거하니 이는 스스로 죽고자 함이라. 나의 허리에 찬 보검은 옛날 위징(魏徵) 승상이 경하(涇河)의 용을 벤 것이라. 너의 머리를 베어 삼군을 호령할 것이로되, 너의 아비가 남해를 진정시키고 백성에게 은혜를 베푼 일이 있는 까닭에 용서하니 돌아가 이후로는 천명에 순종하고 망령된 마음을 먹지 마라."

군중에 있는 약을 내어 태자의 상처에 바르고 놓아 보내니 태자가 머리를 싸고 쥐가 숨듯이 돌아가니라. 갑자기 동남쪽에서 붉은 기운과 상서로운 안개가 자욱하게 끼며 정기와 절월이 공중에서 내려오며 사자가 내달아 고하되,

"동정 용왕이 양 원수가 남해 태자를 물리치고 공주를 구하셨다는 기별을 듣고 친히 궁전에서 하례하고자 하되, 지키는 땅이 있어 경계를 넘지 못하는 까닭에 응별전에서 잔치를 열어 삼가 원수를 청하여 잠깐 오시게 하고 아울러 공주를 돌아오시게 하시더이다."

상서가 왈,

"내 지금 삼군을 거느려 적군과 대치하였고, 동정호가 여기에서 만 리 밖이라. 가고자 한들 어찌 가리오?"

사자가 왈,

"이미 수레를 갖추어 여덟 마리 용이 메고 있으니 반나절만에 다녀오실 수 있으리이다."

하더라.

양 원수, 여가를 얻어 선가(仙家)의 문을 두드리고
공주는 미복으로 규수를 방문하다.

양 상서가 용녀와 같이 수레에 타니 신령스러운 바람이 수레바퀴에 불어 공중에 띄우니 이미 인간 세상에서 몇 천 리를 떠났는지 알 수 없으되, 다만 흰 구름이 세상을 덮은 모습만 보일 뿐이더라. 순식간에 동정호에 도착하니 용왕이 맞아 주인과 손님의 예를 행하니 위의(威儀)가 엄숙하더라. 용왕이 수중의 족속을 모아 큰 잔치를 벌여 상서가 싸움에서 이기고 딸이 집에 돌아온 것을 축하하며 술이 취함에 온갖 풍류를 연주하니 곡조가 질탕하여 인간 세상의 것과 다르더라. 상서가 바라보니 앞에서는 좌우에 일천 장수들이 창칼을 들고 북 치며 나아오고, 비단옷을 차려입은 미녀가 여섯 줄을 맞추어 춤추니 웅장하고 화려하여 자못 볼 만하더라.

왕에게 묻기를,

"이 춤이 인간 세상에서 보지 못한 바라. 이 무슨 곡조니이까?"

왕이 왈,

"이 곡조는 수부에서도 예전에는 없던 것인데, 과인의 맏딸이 경하에 시집갔다가 욕을 당하거늘 전당강에 사는 아우가 경하에 가서 싸워 이기고 딸을 데려오자 궁중 사람들이 이 곡을 만들어 전당파진악(錢塘破陳樂)과 귀주환궁악(貴主還宮樂)이라 하여 가끔 궁중 잔치에 이용하나이다. 이제 원수가 남해 태자를 물리치고 부자가 서로 모였으니 그때와 방불할 만하니 이 곡조를 연주하고 이름을 고쳐 원수파진악(元帥破陳樂)이라 하나이다."

상서가 매우 기뻐하여 왕께 아뢰기를,

"이제 유 선생이 어디 있나니이까? 서로 한번 볼 수 있으리까?"

왕이 왈,

"지금 유랑이 영주의 선관이 되어 맡은 임무가 있으니 마음대로 오지 못하리이다."

술이 아홉 번 돌아가니 상서가 왈,

"군중에 일이 많으니 한가히 머물지 못하리로소이다."

하며 낭자와 더불어 훗날을 기약하더라.

용왕이 상서를 궁전 문밖에서 송별하더니 상서가 문득 눈을 들어 보니 산이 높고 빼어나 다섯 봉우리가 구름 속에 들

었거늘 왕에게 묻되,

"이 산 이름을 무엇이라 하나이까? 소유가 천하를 두루 다녔지만 오직 화산과 이 산을 못 보았나이다."

용왕이 대답하되,

"원수가 이 산을 모르시도소이다. 이 곧 남악 형산이이다."

상서가 왈,

"어떻게 하면 저 산을 볼 수 있으리까?"

왕이 왈,

"날이 아직 늦지 않았으니 잠깐 구경하셔도 군영에 돌아갈 수 있으리이다."

상서가 수레에 오르니 이미 산 아래에 이르렀더라. 막대를 끌고 돌길을 찾아가니 일천 바위 다투어 빼어나고 일만 물이 겨루어 흐르니 두루 구경할 겨를이 없더라. 한탄하여 말하되,

"언제 공을 이루고 물러나 세상 밖 한가한 사람이 될꼬?"

문득 바람결에 종소리 들리거늘 절이 멀지 않은 줄 알고 따라 올라가니 어느 절이 있는데 건물이 극히 장려하였다. 노승이 당상에 앉아 바야흐로 설법하니 눈썹이 길고 눈이 푸르고 골격이 청수하여 세상 사람이 아닐러라. 모든 중을 거느리고 당에서 내려 상서를 맞으며 말하되,

"산에 사는 사람이 귀와 눈이 없어 대원수 오시는 줄 알지 못하고 멀리 나가 맞지 못하니 이 죄를 용서하소서. 원수가 아직은 돌아올 때 아니거니와 이미 왔으니 전(殿)에 올라 예불하소서."

상서가 향을 피워 부처 앞에 절하고 전에서 내려오다가 갑

자기 실족(失足)하여 엎어졌고 놀라 정신을 차려보니 몸은 영 중에서 의자에 의지하였고 날이 이미 밝았더라. 상서가 장수들을 모아 묻되,

"너희들은 밤에 무슨 꿈을 꾸었느냐?"

모두 대답하되,

"꿈에 원수를 모시고 귀신 병사들과 싸워 이기고 장수를 잡았으니 이 분명 오랑캐를 멸할 징조로소이다."

상서가 매우 기뻐하며 꿈을 이야기하고 장수를 거느려 백룡담 위에 가 보니 고기 비늘이 떨어져 가득하고 피가 흘러 냇물이 되었더라. 잔을 가져오라 하여 먼저 못의 물을 떠 마시고 병든 군병을 먹이니 즉시 좋아지거늘 그제야 군병과 말을 일시에 먹이니 즐거워하는 소리 우레 같더라. 적병이 이 소식을 듣고 크게 두려워하며 항복하고자 하더라.

상서가 전장에 나간 후로 승전보가 잇달아 올라오니 상이 태후를 뵙고 양 상서의 공을 칭찬하여 말하시되,

"양소유의 공은 분양(汾陽)8) 이후에 처음이라, 돌아오기를 기다려 마땅히 승상 벼슬을 제수하려 하옵니다. 다만 어매의 혼사를 아직 정하지 못했으니 마음을 돌려 순종하면 다행이지만 만일 다시 고집을 피우면 공신에게 마냥 벌을 주기도 어렵고 달리 처치할 길이 없으니 염려스럽나이다."

태후께서 말하시되,

"내 들으니 정 씨 여자가 매우 곱다 하고 양 상서와 서로 얼

---

8) 곽자의(郭子儀). 토번을 평정한 공을 세웠다.

굴을 대했다 하니 어찌 쉽게 버리겠는가? 상서가 출정한 때를 타서 정가에 조서를 내려 정 씨 여자를 다른 사람에게 혼인시 킴만 같지 못하도다."

상이 묵묵하고 결정을 내리지 못하고 나가셨다. 이때 난양 공주가 태후 곁에 있다가 말하기를,

"모친의 말씀이 도리에 맞지 않사옵니다. 정 씨 여자가 다 른 집안과 혼인하는 여부를 어찌 조정에서 지휘할 수 있으리 이까?"

태후께서 이르시되,

"이 일은 너의 종신대사니 애초에 너와 의논하고자 하였느 니라. 양 상서의 풍류와 문장은 조정 신하 중에 비할 사람이 없을 뿐 아니라 통소 한 곡조로 인연을 정한 지 오래되었으니 결단코 양 씨 집안을 버리고 다른 집안과 혼인하지는 않을 것 이다. 또한 상서가 정 씨 여자와 평범하게 혼인을 의논한 것이 아니라 정분이 깊어 서로 버리지 못하는 듯하니 이 일이 극히 난처한지라. 내 생각에는 상서가 돌아온 후 너와 혼인을 하게 하고 정 씨 여자를 첩으로 맞아들이게 하면 다른 말이 없을 듯한데 다만 네가 원하지 않을까 하노라."

공주가 대답하되,

"소녀 일생 투기를 알지 못하니 어찌 정 씨 여자를 용납하 지 못하리이까? 다만 양 상서가 처음에는 아내로 맞이하였다 가 나중에 첩으로 취함이 예에 어긋난 듯하옵니다. 또 정 사 도는 여러 대에 걸친 재상의 집이니 그 딸을 첩으로 보내는 것을 원하지 않을 듯하니 이 일은 마땅하지 않을까 하나이다."

태후께서 대답하시되,

"이것도 마땅하지 않으면 네 생각에는 어떻게 하고자 하느뇨?"

공주가 대답하되,

"옛날 제후는 세 명의 부인이 있었으니 양 상서가 공을 세우고 돌아오면 잘되면 왕이 되고 못되어도 제후라. 두 명의 부인을 두는 것이 외람되지 않은 듯하니 정 씨 여자도 처로 삼는 것이 어떠하니이까?"

태후께서 이르시되,

"이는 불가하다. 같은 여염의 여자라면 함께 처가 되는 것이 해롭지 않지만 너는 선제(先帝)께서 끼치신 몸이라. 하물며 성상이 사랑하시는 누이니 몸이 가볍지 아니하다. 어찌 여염의 초라한 여자와 함께 비교하리오?"

공주가 말하되,

"소녀 또한 소녀의 몸이 귀중한 줄 알지만 옛날 성스럽고 밝은 제왕들이 어진 사람을 공경하여 필부도 벗으로 삼았습니다. 소녀가 듣건대 정 씨 여자는 용모와 재주와 덕행을 갖추어 옛사람보다 못하지 않다고 하옵니다. 진실로 그러할진대 정 씨 여자와 비견함에 무슨 거리낌이 있으리이까? 그렇지만 소문과 실상은 같지 않을 수 있사옵니다. 소녀의 생각에는 아무 길로나 정 씨 여자를 만나보아 용모와 재덕이 소녀보다 나으면 마땅히 종신토록 우러러 섬기려니와 만일 실상이 소문과 다르다면 첩으로 삼으나 종으로 삼으나 임의대로 처치하소서."

태후께서 이 말을 들으시고 감탄하며 이르시되,

"여자의 상정(常情)[9]은 남의 재주를 시기하는 것이거늘 너는 남의 재주를 사랑하니 가히 아름답도다. 너의 재덕은 옛사람보다 낫도다. 나 또한 정 씨 여자를 한번 보고자 하나니 내일 정녀를 불러 보리라."

공주가 말하되,

"낭랑의 명이실지라도 정녀 분명히 병이 있다 하고 오지 않을 것이니, 소녀의 소견에는 모든 도관과 비구니들에게 은밀히 명을 내려 정 사도의 딸이 분향하러 갈 때를 미리 알면 한번 보기 어렵지 않을까 하나이다."

내관을 시켜 태후의 명으로 각처의 사원에 물으니 정혜원의 승려가 말하되,

"정 사도 집은 전부터 우리 절에 와서 불사(佛事)를 하거니와 정 소저는 원래 사원에 다니지 않습니다. 사흘 전에 가유인이라고 하는 양 상서의 첩이 소저의 명으로 와서 불사를 하고 갔으니 소저가 지은 시문(詩文)이 여기에 있나이다. 이를 가져다가 낭랑께 전하소서."

내관이 돌아와서 이대로 아뢰었고 태후께서 공주에게 전하니 "이렇게 하면 정녀의 얼굴을 보기 어렵도다." 하고 함께 그 글을 보았다.

"제자 정 씨 경패는 삼가 시비 춘운을 시켜 머리를 조아려 모든 부처와 보살께 고하옵니다. 제자 경패가 삼생(三生)의 죄가 중하여 태어날 때 여자의 몸이 되었을 뿐 아니라 형제가

---

9) 일반적으로 지니고 있는 마음을 뜻한다.

없고 양 씨의 폐백을 받아 몸을 허락하였더니, 양 씨가 부마로 뽑히니 조정의 명이 엄하신지라. 어찌 양 씨를 따를 생각을 하리오? 하늘의 뜻이 이 사람과 다르고 그 덕을 두세 가지로 하자면 의(義)에 못 미칠 것이니 길이 부모 슬하에 의지하여 맑고 한가함을 얻었으니 부처께 정성을 들여 머리를 조아리고 아뢰옵니다. 원컨대 나의 부모 목숨이 백 년을 넘게 하시고 또한 제자로 하여금 재앙을 없애고 색동옷을 입어 즐기기를 끝없게 하시면, 부모 돌아가신 후에 맹세코 불문에 귀의하여 분향하고 경을 외워 부처의 은혜를 갚으리이다. 또한 시녀가 있으니 이름은 춘운이라. 일찍 저와 큰 인연이 있어 명색이 주인과 종이지만 사실은 친구더라. 주인인 저의 명으로 정실이 되기는커녕 먼저 첩이 되었더니 일이 잘못되어 지아비를 떠나 주인을 따라 살고 죽음의 고락을 함께하고자 맹세합니다. 엎드려 바라옵건대 부처는 우리 두 사람의 처지를 불쌍히 여겨 윤회의 사슬에서 계집의 몸을 면하게 하소서. 나의 죄악을 없애고 지혜와 복을 더하여 좋은 땅에 환생하여 양소유와 화락하게 하소서."

하였더라.

이 글을 보고 공주가 말하기를,

"한 사람의 혼사를 위하여 두 사람의 인연을 끊으니 음덕(陰德)에 해로울까 두렵나이다."

하니 태후께서 묵묵하시더라.

이때, 정 소저가 사도와 부인을 모시고 얼굴을 부드럽게 하고 말씀을 좋게 하여 일절 한탄하는 기색이 없었지만 최 부인이 소저를 볼 때마다 안타까운 마음을 금하지 못했다. 춘운이 소저를 모시고 문필과 잡기를 일삼으며 부인의 심사를 위로하며 세월을 보냈는데 점점 시들해져 병이 일어나니 소저가 매우 민망해하더라. 소저가 부인의 마음을 위로하고자 시비들을 보내 풍류하는 사람과 온갖 볼거리를 듣보아 아뢰라 하였다. 하루는 여동 한 사람이 족자 두 폭을 정부에 팔러 나왔거늘 춘운이 가져다 보니 하나는 꽃 사이에 공작이고 하나는 대나무 수풀에 자고(鷓鴣)[10]였는데, 수놓은 모양이 극히 정치하고 묘하여 세상 사람이 한 것 같지 않더라. 춘운이 여동을 머물게 하고 그 족자를 가지고 들어와 소저에게 보이며 왈,

"소저가 항상 춘운의 수를 칭찬하시더니 이 족자를 보소서. 신선이 아니면 귀신의 솜씨로소이다."

소저가 부인 앞에서 펴 보이며 놀라 왈,

"지금 사람은 이런 재주가 없을 것인데 실의 빛이 새로우니 어떤 사람이 이런 재주를 두었는고?"

춘운에게 물어보라 하니 여동 왈,

"이 수는 우리 소저의 솜씨니, 소저가 요사이 혼자 객중에 계셔서 바삐 쓸 곳이 있어 돈으로 바꾸어 오라 하시더이다."

운이 왈,

"네 집 소저는 어떠하신 분이며 무슨 일로 혼자 객중에 계시뇨?"

여동이 왈,

"우리 소저는 이통판의 누이시니, 통판이 대부인을 모시고

---

10) 꿩과의 새.

절강 임지로 가실 때 소저는 병이 있어 외삼촌인 장 별가 댁에 머물러 계셨습니다. 요사이 별가 댁에 사정이 있어 길 건너 연지라는 사삼랑의 집을 빌려 머물고 있으며 고을에서 가마가 오기를 기다렸다가 가려 하시나이다."

운이 이 말을 소저께 고하니 소제가 비녀나 팔찌 등을 많이 주고 족자를 사서 중당에 걸고 칭찬하기를 마지아니하더라.

이후는 이 씨 집안의 여동이 가끔씩 와서 종들과 사귀며 왕복하더니 정 소저가 운에게 이르되,

"이 씨 여자의 손재주를 보면 심상한 인물이 아니라. 시험 삼아 시녀를 시켜 저 집 여동을 따라 왕래하게 하여 이 소저라는 위인이 어떤지 볼 것이라."

하고 총명한 시녀 한 명을 보냈더니 여염집이 좁아서 내외가 없는지라. 이 소저가 정 씨 집안 사람인 줄 알고 불러 보고 밥과 술을 먹여 보내더라. 시비가 돌아와 소저께 아뢰되,

"이 소저는 예사 사람이 아니라. 고운 얼굴이 우리와 같더이다."

운이 믿지 않으면서 말하되,

"이 소저는 그 재주를 보아도 분명 둔한 인물은 아니지만 말을 그토록 쉽게 하리오? 지금 세상에 우리 소저 같은 사람이 있다 함을 내 믿지 아니하노라."

시비가 왈,

"가 유인[11]이 내 말을 믿지 아니하거든 다른 사람을 보내서

---

11) 유인(孺人)은 정구품, 종구품 벼슬아치의 아내를 통칭하는 말이다.

보고 오라 하소서."

춘운이 그 후 다른 이를 보냈더니 돌아와서 말하되,

"실로 이상하니, 이 소저는 분명 신선이라. 앞사람의 말이 틀리지 아니하더이다. 유인이 믿지 못하겠다면 친히 가 보소서."

수일 후 연지라는 사삼랑이 정부에 와서 부인을 뵙고 아뢰되,

"요사이 소인의 집에 이통판 댁 소저가 세 들어 계시더니 그 낭자의 용모는 세상 사람이 아니라. 항상 귀댁 소저의 꽃다운 이름을 우러러 한번 뵙고 가르침을 듣고자 하지만 감히 바로 청하지 못하였사옵니다. 소인이 부인을 뵈러 다니는 줄 알고 먼저 고하라 하시더이다."

부인이 소저를 불러 이 말을 이르니 소저가 말하되,

"소녀, 다른 사람과 달라 얼굴을 들어 바깥사람을 마주하지 않으려 하지만 다만 이 소저의 수놓은 것이 묘하고 또한 그 용모 절세하다 하니 한번 보고자 하더이다."

사삼랑이 기뻐 돌아가더니 다음 날 이 소저가 시비를 통해 정 소저를 찾아오겠다는 뜻을 전하고, 이윽한 후 이 소저가 작은 장막을 친 교자를 타고 시비 몇을 데리고 정부에 왔다. 정 소저의 방으로 청하여 서로 마주할 새, 주인과 손님이 동서로 마주 앉았으니 직녀가 달나라 궁전의 손님이 되고, 선녀가 요지에 조회하는 듯하여 두 사람의 광채가 집에 비치니 서로 속으로 놀라더라.

정 소저가 먼저 말하되,

"시비를 통하여 옥 같은 발이 가까운 데 머물러 계심을 알

왔지만 박명한 사람이 세상사를 잊은 지 오래되었습니다. 일찍 인사하는 예를 갖추지 못하였더니 지금 이렇게 엄연히 오시니 감격을 말로 다 못하리로소이다."

이 소저가 말하되,

"저는 누추한 사람이라. 엄친이 세상을 버리시고 모친이 응석받이로 기르시니 무슨 배운 일이 있으리오? 스스로 한탄하는 바는 남자는 천하에 벗을 얻어 어진 일을 돕거늘 여자는 시비 밖에서 서로 만날 사람이 없으니 어디 가서 허물을 고치며 뉘게서 학문을 닦으리오? 저저께서 반소(班昭)[12]의 문장과 맹광(孟光)[13]의 행실을 겸하여 몸이 집 안을 벗어나지 않았지만 명성이 온 나라에 가득합니다. 누추함을 벗고 빛난 덕을 보기를 원하더니 이제 저저께서 버리지 않으시니 평생을 위로하리로소이다."

정 소저가 말하되,

"저저가 하시는 말은 곧 소매(小妹)[14]의 마음에 있는 바로되, 규중에 가려진 사람이 귀와 눈이 어두워 넓은 바다와 무산(巫山)의 구름을 일찍이 알지 못하니, 생각하건대 형산의 옥과 남해의 진주는 스스로 빛을 가려 사람이 알지 못하게 합니다. 소매 같은 이는 스스로를 부끄러워하는데 어찌 감히 칭찬을 감당하리이까?"

---

12) 『한서(漢書)』의 저자인 반고(班固)의 누이동생.
13) 천하 박색이나 남편 공경을 잘한 여인. '거안제미(擧案齊眉)' 고사의 주인공.
14) 비슷한 나이의 여자들 사이에서 자기를 낮추어 지칭하는 말이다.

인하여 시비에게 다과를 내오게 하여 조용히 담소하다가 이 소저가 말하되,

"집 안에 가유인이라는 사람이 있다 하니 볼 수 있나이까?"

정 소저가 말하되,

"제 또한 뵈옵고자 하지만 감히 청하지 못하도소이다."

춘운을 불러 뵈오라 하니 춘랑이 들어와 절하니 이 소저가 답례하더라. 춘운이 놀라 생각하되,

'과연 신선이로다. 하늘이 우리 소저를 내시고 또 저 사람이 있으니 비연(飛燕)[15]과 옥환(玉環)[16]이 같은 세상에 있을 줄 몰랐도다.'

이 소저가 또한 생각하되,

'가 씨 여자의 명성을 들었더니 과연 명성보다 낫다. 양 상서가 총애함이 마땅하도다. 마땅히 진중서[17]와 어깨를 겨룰 수 있도다. 주인과 종 두 사람이 이러니 상서가 즐거워 어찌 놓으리오?'

하더라.

이 소저가 춘운과 같이 각각 인사를 하더니 일어나 하직했다.

"날이 저물어 맑은 말씀을 오래 듣지 못하고 물러가나이다. 소매 있는 곳이 멀지 않으니 다시 가르침을 마저 들으리이다."

정 소저 왈,

"저저께서 영광스럽게도 찾아오심을 입으니 소매가 마땅히

---

15) 조비연(趙飛燕). 한나라 성제(成帝)의 부인.
16) 양귀비.
17) 진채봉.

당하에 나아가 사례할 것이로되, 저의 발자취가 다른 사람과 달라 면목을 들고 중문을 나서지 못하니 저저는 용서하소서."

두 사람이 떠나기를 애석하게 여기다가 헤어지니라.

정 소저가 춘운에게 왈,

"보검은 흙 속에 있어도 빛이 두우(斗牛)[18]에 미치고, 조개가 바다 밑에 잠겨 있어도 기운은 신기루를 만드는데, 저런 이 소저의 용모를 듣지 못하였으니 실로 괴이한 일이로다."

춘운이 왈,

"천첩은 의심이 하나 있나이다. 양 상서께서 항상 화주의 진 어사 딸을 만나 혼인을 의논했던 말을 하며 지금도 안색이 참연하고, 그녀가 지은 양류사를 보니 과연 재녀(才女)라. 그 여자의 생사를 알지 못하나니 이제 이 사람이 이름을 고치고 우리를 찾아와서 예전 인연을 잇고자 하나니이까?"

소저가 왈,

"진 씨의 재모는 다른 길로도 들었나니 진실로 비슷한 듯하지만 화를 만나 액정에 들었다 하니 어찌 이곳에 오리오?"

소저가 부인께 이 씨의 말을 자세히 고하고 칭찬을 마지 아니하니 부인이 왈,

"이 씨 낭자를 내 또한 보고자 하노라."

수일 후 부인 말씀으로 이 소저를 청하니, 소저가 흔쾌히 받아들여 정부로 왔다. 부인이 중당에서 서로 만났을 때, 이 소저가 숙질(叔姪) 간의 예로 부인께 인사하자 부인이 음식을

---

18) 북두칠성과 견우성.

대접하고 딸을 찾아와서 서로 사랑함을 사례하였다. 이 소저
가 일어나 말하되,

"소질(小姪)이 저저의 덕을 흠모하여 저를 외면할까 두려워
하더니 저저께서 한번 보고 형제로 대접하며 이제 또 부인의
사랑을 입으니 원컨대 종신토록 문하에 출입하여 부인을 딸처
럼 섬기겠나이다."

부인이 감당하지 못하더라. 정 소저가 부인을 모시고 함께
말씀하다가 이 소저를 데리고 자기 침소에 가서 춘랑과 같이
자약히 담소를 나누더라. 두 소저의 기운이 맞고 마음이 친해
져 문장과 부덕(婦德)을 논하는데, 날이 지도록 그칠 줄 모르
니 서로 사랑하고 공경하여 늦게야 만났음을 한탄하더라.

두 미인이 손을 잡아 같은 수레를 타고
장신궁에서 일곱 걸음 만에 시를 짓다.

이 소저가 간 후에 부인이 소저와 춘운에게 이르되,

"정 씨와 최 씨 두 집의 자손이 천만이나 되니 내 어릴 적부
터 고운 사람을 많이 보았지만 이 소저 같은 모습을 보지 못
하였나니 진실로 여아와 우열이 없다. 서로 형제를 맺음이 마
땅하도다."

소저가 춘운이 말하던 진 씨 여자의 말을 부인께 고했다.

"춘운은 의심이 없지 않다고 하지만 소녀가 생각하니 이 소
저의 용모와 재덕은 말할 것도 없고 기상의 뛰어남과 위의(威
儀)의 단정함이 보통 사람과 다르고, 진녀는 비록 재주가 있으
나 거동이 자못 진중하지 못하니 어찌 이 소저에 비하리오?

소녀의 생각을 바로 말하자면 난양공주의 재모가 비길 사람이 없다 하니 혹 이 소저의 기상과 비슷할까 하나이다."

부인이 왈,

"내가 난양공주를 보지 못했거니와 높은 지위에 있어 명성을 얻었던들 어찌 이 여자와 같으리오?"

소저가 왈,

"이 소저의 종적이 못내 의심스러우니 후일에 춘운을 보내 거동을 살펴보려 하나이다."

다음 날 정 소저가 춘운과 함께 이 일을 의논하더니 이 씨 집안 여동이 이 소저의 말을 전하되,

"마침 절강으로 가는 배를 구하여 내일 출발하는 까닭에 지금 가서 이별을 아뢰리다."

이윽고 이 소저가 이르러 부인과 소저를 만났을 때, 두 소저가 이별을 애석하게 생각하는 뜻이 얼굴에 나타나더라. 이 소저가 부인께 아뢰되,

"소질이 어미와 형을 떠난 지 일 년이 되었으니 가고자 하는 마음이 화살 같지만 부인의 은덕과 저저의 정분만은 마음에 맺힌 것이 있나이다. 소질이 저저께 청할 일이 있는데 허락하지 않을까 걱정하는 까닭에 부인께 아뢰나이다."

부인이 왈,

"무슨 일이니이까?"

소저가 왈,

"소질이 선친(先親)을 위하여 남해대사의 모습을 수놓았는데 오직 문인(文人)의 찬(贊)이 없습니다. 이제 저저께 두어 글

귀와 글씨를 받고자 하지만 저저께서 어찌 여기실지 몰라 망설이나이다."

부인이 소저를 보며 왈,

"네 비록 가까운 친척 집에도 가지 않지만 이 낭자의 청은 다른 일과 다르고 집이 가까우니 해롭지 않을까 하노라."

소저가 처음에는 어려워하는 기색이 있더니 이 소저의 종적을 의심하여 알고자 하더니 '이 기회를 타서 잠깐 보지 않으리오?' 하고 대답하되,

"다른 일로는 행하기 어렵거니와 사람이 다 부모가 있으니 이 청을 어찌 따르지 않으리이까? 다만 날이 저물기를 기다려 가고자 하나이다."

이 소저가 아주 기뻐하여 사례하고 말하되,

"저문 후에는 글쓰기가 불편하니 저저께서 길을 번거롭게 여긴다면 비록 제가 타고 온 교자가 누추하나 두 사람은 탈 것이니 함께 타고 갔다 오는 것이 어떠하니이까?"

정 소저가 왈,

"그렇게 하는 것이 가장 좋겠습니다."

이 소저가 하직하고 춘랑을 불러 이별한 후 정 소저와 함께 교자에 오르니 정부의 시비는 다만 두 사람만 데려가더라. 이 소저의 집에 도착하여 이 소저가 거처하는 방을 보니 꾸밈이 번잡하지 않되 극히 정갈하고 화려하였다. 음식을 들여오니 간소하지만 진기한 것이어서 지나쳐 보지 않았다. 이 소저가 글 지을 말을 다시 하지 않거늘 정 소저가 왈,

"관음을 수놓은 것이 어디 있나이까? 일찍 예배(禮拜)하여

지이다."

이 소저가 왈,

"이제 보여 드리리이다."

갑자기 문밖에서 말과 수레 소리 요란하게 나며 무수한 청홍(靑紅) 깃발이 집을 두르더라. 시비가 급하게 아뢰되,

"군병들이 집을 에워싸나이다."

정 소저는 이미 짐작하고 낯빛을 변하지 않더니 이 소저가 말하되,

"저저는 놀라지 마소서. 소매는 다른 사람이 아니라 곧 난양 공주라. 저저를 이곳으로 청함은 태후 낭랑의 명이시니이다."

정 소저가 자리를 물리며 말하되,

"여염의 미천한 사람이 비록 지식이 없지만 골격이 보통 사람과 다른 줄을 알았지만 귀주께서 강림하실 줄은 꿈도 꾸지 못한 일이라. 무례한 일이 많으니 죄를 청하나이다."

공주가 미처 대답하지 못하여 시녀가 들어와 아뢰되,

"태후 전에서 왕 상궁과 석 상궁과 황 상궁을 보내 문안하나이다."

공주가 왈,

"저저는 잠깐 여기 계시오소서."

하고 당 위에 나가 맞으니 세 사람이 차례로 들어와 예하고 말하되,

"옥주께서 대궐을 떠나신 지 여러 날이 되니 태후 낭랑의 걱정이 깊으시고 만세 황야와 황후 낭랑께서 각각 비자 등을 보내 안부를 묻게 하셨나이다. 또 오늘이 궁으로 돌아오실 기

한인 까닭에 의장이 밖에 대령하였고 황상께서 조 태감과 위 태감을 보내 행차를 호위하라 하시나이다."

왕 상궁이 또한 아뢰되,

"태후 낭랑이 명하시기를 부디 정 낭자를 데리고 수레를 함께 타고 들어오라 하시더이다."

공주가 밖에서 세 사람을 기다리라 하고 방에 들어와 소저에게 말하되,

"할 말씀이 비록 많으나 조용한 틈을 타서 할 것이니, 태후 낭랑이 저저를 보고자 하여 서서 기다리시나니 소매와 같이 들어가 알현하소서."

정 소저가 아니 가지 못할 줄 알고 말하되,

"귀주께서 첩을 사랑하심은 오래전에 알았거니와 여염 여자가 일찍이 지존께 뵈옵지 않았으니 황공하여 예를 잃을까 하나이다."

공주가 왈,

"저저는 다른 생각을 마소서. 낭랑의 마음이 어찌 저와 다르시리이까?"

소저가 왈,

"오직 가르침을 따르리이다. 다만 귀주께서 행하신 후 집에 돌아가 다른 수레를 갖추어 따라서 들어가리이다."

공주가 왈,

"태후 낭랑께서 소매와 함께 수레를 타고 들어오라 하시니 사양하지 마소서."

소저가 왈,

"천첩이 어찌 감히 왕실의 따님과 한곳에 타리이까?"

공주가 웃으며 왈,

"여상(呂尙)[19]은 어부로되 문왕(文王)의 수레를 탔고, 후영(候嬴)[20]은 문지기였으나 공자(公子)[21]가 말고삐를 잡았으니 저저는 여러 대에 걸친 후백(候伯)의 집안이며 대신의 딸이니 어찌 소매와 함께 타기를 사양하나니이까?"

마침내 손을 이끌어 수레에 오르자 소저가 시비에게 분부하여 한 사람은 따라오고 한 사람은 집에 가서 소식을 전하라 하더라. 수레가 행하여 동화문으로 들어가니 겹겹 궁문을 지나 한 궁에 도착하였다. 공주가 소저와 함께 수레에서 내리면서 이르되,

"상궁은 정 소저를 모시고 여기에서 잠깐 기다리시게 하라."

상궁이 말하되,

"낭랑의 명으로 정 소저 처소를 이미 정하였나이다."

원래 태후는 정 소저에 대해 좋은 마음이 없었다. 공주는 미복으로 정부 근처에 가서 수놓은 족자를 대하는 정 소저의 모습을 본 후 매우 감복하여 양 상서가 버리거나 첩으로 삼지 않을 줄 짐작하였다. 또한 정 소저를 매우 사랑하여 태후의 생각을 바꾸도록 힘썼으니 태후가 크게 깨달아 이미 두 명의 부인을 마음속으로 허락하였다. 하지만 굳이 정 씨의 얼굴을 보고자 하여 공주로 하여금 속여서 데려오게 하시니라.

---

19) 강태공.
20) 위나라 사람으로 일흔에 문지기가 되었다.
21) 위나라 소왕(昭王)의 아들.

정 소저가 임시 처소에 잠깐 앉았더니 안에서 두 궁녀가 의복을 담은 함을 가져와 태후 명을 받들어 소저께 전하면서 말하되,

"정 소저는 대신의 딸이고, 재상의 폐백을 받았지만 아직 처녀의 복색을 하였다 하니 평복으로는 알현하지 못할 것이니 이품명부[22]의 의복을 보내시더이다."

소저가 일어나 절하고 말하되,

"신첩이 처녀의 몸이라 어찌 감히 명부의 복색을 하리이까? 신첩이 입은 옷은 일찍이 부모가 보는 앞에서 입던 것이니 낭랑께서는 만민의 부모시니 청컨대 이 옷으로 알현하여지이다."

궁녀가 들어가더니 한참 후에 나와 정 씨 여자를 부르신다 하시니 소저가 궁녀를 따라 궁전 뜰에 도착하였다. 고운 빛이 궁중에 비치니 보는 사람이 혀를 차고 손을 치며 말하되,

"천하에 우리 귀주 한 명뿐인 줄 알았더니 어찌 정 소저 같은 이가 있는고?"

하더라.

소저가 절을 마치니 궁인이 인도하여 전 위에 오르게 하니 태후께서 자리를 주시고 하교하여 말하되,

"전에 여아의 혼사로 양 씨 집안 폐백을 거두니 이는 국가의 옛일을 따름이니 내가 만들어낸 일이 아니라. 여아가 나에게 말하기를, '새 혼사를 위하여 옛 언약을 저버리라 하는 것

_____

22) 이품 벼슬을 받은 자의 아내.

이 왕이 인연을 극진히 하지 않는다는 뜻이니라.' 하며 힘써 간(諫)하고 어깨를 나란히 하여 함께 섬기려는 뜻을 보였다. 내 이미 상과 의논하여 여아의 아름다운 뜻을 따라 양 상서가 돌아오기를 기다려 폐백을 돌려보내고 너로 하여금 부인이 되게 한다. 이는 전례가 없는 일이니 특별히 네게 알리라."

소저가 일어나 대답하여 말하되,

"성은이 이렇듯 크시니 천첩의 몸을 갈아 가루를 만들어도 다 갚지 못할소이다. 다만 신첩은 신하의 자식이니 어찌 감히 왕실의 따님과 지위를 같이 하리이까? 첩이 비록 순종하려 하여도 첩의 부모가 죽음을 불사하고 명을 받들지 아니하리이다."

태후께서 이르시되,

"너의 겸손한 뜻이 아름답지만 너의 집안은 대대로 공후의 집이고 사도는 선조의 노신(老臣)이니 어찌 첩이라는 천한 이름을 더하리오?"

소저가 말하되,

"신하된 자가 임금을 섬기는 것은 만물이 하늘의 명을 순종하는 것과 같아서 첩이 되거나 혹 종이 되기를 오직 명하시는 대로 할 것이니 신첩이 어찌 조금이라도 원망하리이까? 여염 여자가 왕실의 따님을 섬기는 것 또한 영화가 아니리이까? 다만 난처한 일이 있으니 처를 첩으로 삼는 것은『춘추(春秋)』에서 경계한 바이니 양소유가 즐겨 아니할까 하나이다."

태후께서 이르시되,

"네 말이 옳거니와 처도 아니 되고 첩도 아니 된다 하면 오직 여아의 혼사를 다른 집과 의논해야 할 듯하다. 그러나 여아와 양 상서는 하늘이 정한 인연이니 어찌 천명(天命)을 거역하리오?"

이에 퉁소 곡조로 인연을 정하던 말을 하시자 정 소저가 왈,

"첩이 어찌 다른 걱정이 있으리이까? 첩의 부모가 아들이 없고 첩 또한 형제가 없으니 천명(天命)을 순순히 따라 부모를 끝까지 모시는 것이 어찌 사람된 자의 바람이 아니리이까?"

태후께서 웃으며 왈,

"너의 효성이 비록 그렇지만 내 어찌 차마 한 여인의 혼삿길을 망치리오? 하물며 너의 용모가 이러하고 덕행과 학식과 언변이 출중하니 양 상서가 버리고 어찌 다른 여자를 구하리오? 그렇다면 너의 인연과 여아의 혼사가 모두 잘못될지라. 내 원래 두 딸을 두었더니 난양의 형이 스물에 죽는 바람에 난양의 고적함을 항상 걱정했다. 이제 너의 용모와 재주가 사뭇 난양의 형제이니 내 두 딸을 본 듯하여 이제 너를 양녀로 삼고 상께 고하여 위호(位號)를 정할 것이다. 이렇게 한다면 첫째는 내가 너를 사랑하는 뜻을 표하는 것이고, 둘째는 난양이 너를 가까이 생각하는 뜻을 이루게 하고, 셋째는 여아와 함께 양 상서를 섬김에 난처한 일이 없을 것이라. 너의 생각은 어떠하뇨?"

소저가 머리를 조아리고 왈,

"하교가 이러하시니 신첩의 복이 달아날까 하나니 오직 성교 거두시기를 바라나이다."

태후께서 말하시되,

"내 이제 황제께 의논할 것이니 구태여 사양하지 마라."

하시고 난양공주를 불러 소저를 보라 하시니 공주가 위의(威儀)와 장복(章服)을 갖추고 나오거늘 태후께서 왈,

"정녀와 형제 되기를 원하더니 이제는 정말 형제가 되었으니 너의 뜻에 어떠하뇨?"

하시고 정 소저를 양녀로 삼겠다는 뜻을 말하시자 공주가 왈,

"낭랑께서 처분하신 일이 지극히 마땅하시도소이다."

태후께서 정 소저에게 술을 내리시고 조용히 문장과 서사(書史)[23]를 의논하시더니 소저에게 왈,

"너의 재주를 난양에게 자세히 들었거니와 궁중에 일이 없고 봄날이 한가하니 한번 붓을 들어 나의 기쁜 마음을 돋우어 보라. 옛사람 중 일곱 걸음 만에 글을 지은 자가 있으니 네 능히 할 수 있겠느냐?"

소저가 대답하되,

"낭랑의 명이시니 신첩이 어찌 감히 까마귀를 그려 한번 웃으시게 하지 않으리오?"

태후께서 매우 기뻐 궁녀 중에 발이 작고 허리 가늘고 걸음걸이가 고운 자를 가려 여정전에 세우고, 시제(詩題)를 내리시니 공주가 아뢰되,

"혼자 시를 지었다이 마땅하지 않으니 소녀가 시험 삼아 같이 지어지이다."

---

23) 경서와 역사.

태후께서 더욱 기뻐하며,

"여아가 짓겠다면 더욱 좋도다. 다만 시제를 아예 없는 것으로 낼 것이라."

하시더라.

이때, 봄이 이미 저물었는지라. 궁전 앞에 벽도화가 무성하게 피었더니 갑자기 까치가 날아와 가지에 앉았다가 두어 마디 소리를 지저귀니 태후께서 기뻐하며 왈,

"내 너희 두 사람의 혼사를 정하는데 까치가 이 꽃 위에서 말하니 이는 길조라. 시제를 '벽도화 위의 까치 소리'로 하여 칠언절구 한 수를 짓되, 너희 혼사 정한 것을 표현하라."

문방사우를 각각 앞에 놓으니 두 사람이 붓을 잡고, 궁녀가 이미 걸음을 옮기며 마음속으로 시를 미처 짓지 못할까 염려하여 눈으로 붓 휘두르는 모습을 보며 천천히 발뒤축을 들었다. 두 사람의 붓 기운이 풍우(風雨) 같아서 단번에 써 드리니 겨우 다섯 걸음을 걸었더라.

태후께서 정 소저의 글을 보시니 내용은 다음과 같았다.

자금성 봄빛이 벽도화를 취하게 하니	紫禁春光醉碧桃
어디서 온 아름다운 새가 조잘거리나.	何來好鳥言咬咬
궁궐 기녀가 누각 위에 새로운 곡조를 전하니	樓頭御妓傳新曲
남국의 풍성한 꽃이 모두 까치의 보금자리로다.	南國穠華與鵲巢

또 공주의 글을 보시니 내용은 다음과 같았다.

> 궁궐에 봄이 깊었으니 온갖 꽃이 번화롭다.   春深禁掖百花繁
>
> 신령한 까치가 날아와 말을 전하는도다.   靈鵲飛來報喜言
>
> 모름지기 은하수 나루 만들기를 힘쓸지어다.   銀浦作橋須努力
>
> 일시에 두 명의 하늘 자손이 건너리라.   一時濟度兩天孫

태후께서 매우 칭찬하며 이르시되,

"나의 두 딸은 여자 이태백과 조자건이라. 조정에서 만일 여자를 쓴다면 장원과 탐화를 하리로다."

두 글을 공주와 소저에게 서로 보여 주니 두 사람이 각각 탄복하더라.

공주가 태후께 말하되,

"소녀는 요행으로 시를 지었지만 저의 글 뜻이야 누가 생각하지 못하리이까? 다만 저저의 글이 완곡하여 소녀가 미칠 바가 아니로소이다."

태후께서 왈,

"진실로 여아의 글이 또한 영민하고 지혜로우니 사랑하옵도다."

이때 선조 적에 태후를 모셨던 늙은 궁인이 태후께 아뢰되,

"제가 천성이 둔탁하여 어릴 적에 글을 배웠지만 시의 깊은 뜻을 알지 못하나니 낭랑께서 이 두 글의 뜻을 설명하여 하교

하시기를 바라나이다. 다른 시녀들도 듣고자 하나이다."

태후께서 웃으며 말하시되,

"이 두 글이 다 아래 구절에 뜻이 있으니, 정가 여아의 글은 난양을 도화에 비유하고, 자기를 까치에 비유하였다. 모시(毛詩) 소남(召南) 편에 왕실의 딸이 하가하는 글에 '빛나기가 도화와 같다.' 하였고, 제후의 딸이 서방을 맞는 글에 '까치가 집이 있다.' 하였으니 이 두 글을 풍류 곡조로 정한다면 두 사람의 혼사가 절로 표현된다. 또 옛사람의 글에 '대궐에 있는 계집이 곡조를 지작루(鷓鵲樓)에 전한다.' 하였는데 이 글을 인용하였지만 까치 '작(鵲)' 자를 감추었다. 그러니 정치하고 완곡하여 그 덕성을 보는 듯하니 여아가 탄복함이 마땅하도다. 난양의 글은 까치에게 하는 말이 '은하수 다리를 힘써 만들어라. 옛날에는 한 명의 직녀가 건넜지만 이제는 두 명의 직녀가 건너리라.' 하였으니 공주의 혼인에 '작교(鵲橋)'를 인용하는 것은 예사로운 일이다. 한데 내가 정녀를 양녀로 삼으니 감히 감당하지 못하여 모시를 인증하여 '제후의 딸'로 자처했거늘 난양의 시에는 저와 같은 천손이라 하였으니 진실로 내 뜻을 아는지라. 이 아니 영리하고 오매하랴!"

상궁이 매우 기뻐하며 모든 사람과 같이 만세를 부르더라.

양 상서는 꿈에 상계(上界)에서 노닐고
가춘운은 유언을 속여 전하다.

이때 천자가 태후께 문안을 오시니 태후께서 공주에게 명하여 소저를 데리고 잠깐 협실로 피하라 하시고 천자께 말하시되,

"난양의 혼사를 위하여 정녀의 폐백을 거두는 것이 결국 풍속의 교화에 해롭고 정녀를 나란히 처로 삼고자 하니 정 씨 집안에서 감당하지 못할 것이며 정녀를 첩으로 삼는 것은 더욱 마땅하지 않으니 내 정녀를 불러 보았소. 그 재모가 난양과 형제 되기에 충분하여 이미 양녀로 삼았으니 후일 함께 양 씨에게 돌아가게 하려 하나니 나의 생각이 어떠하뇨?"

상께서 기뻐하며 하례하고 왈,

"낭랑께서 공평하게 하신 일이 천지(天地) 같으니 자고로 따를 사람이 없도소이다."

태후께서 정녀를 불러 상께 알현하라 하시니 상이 명하여 전에 오르게 하시고 태후께 말씀하시되,

"정 씨 여자가 이제는 어매가 되었는데 어찌 아직도 평상복을 입었나니이까?"

태후께서 왈,

"상께 고하지 못하였고 명이 없는 까닭에 장복을 사양하나니이다."

상이 여중서를 시켜 직금난봉문(織金鸞鳳紋)[24]을 수놓은 고명 한 축을 가져오라 하시니 진채봉이 받들어 드리자 쓰시다가 멈추시고 태후께 말하시되,

"정녀 이제 공주로 봉하면 마땅히 나라의 성을 주리로소이다."

태후께서 왈,

"짐도 이 뜻이 있지만 다시 생각하면, 제 부모 늙고 다른 자식이 없으니 내 차마 빼앗지 못하니 성은 고치지 마소서."

상이 어필로 쓰시되, "황태후의 성지를 받자와 양녀 정 씨를 영양공주로 봉하노라." 하시고, 중서를 시켜 황제와 태후궁의 옥쇄를 찍어 소저에게 주셨다. 모든 궁녀가 공주의 관복을 받들어 입히니 사은하고 올라와 난양공주와 함께 자리 순서를 정할 때, 소저의 나이가 한 살이 많았지만 감히 윗자리

---

24) 난봉 무늬를 수놓은 비단.

에 앉지 못했다. 태후께서 왈,

"영양이 이제는 나의 딸이니 어찌 이렇게 푸대접을 하나뇨?"

소저가 머리를 조아리고 왈,

"오늘 자리 순서가 다른 날의 차례가 되나니 어찌 감히 어지럽게 하리이까?"

난양이 왈,

"춘추 시절 조쵀(趙衰)의 아내는 진문공(晉文公)의 딸이로되 먼저 얻은 오랑캐인 적(狄)의 여자에게 사양하였으니 저저는 곧 소매의 형이니 어찌 다른 생각이 있으리이까?"

소저가 오래도록 사양하더니 태후께서 명하여 형제 차례로 앉으라 하시니 이후로 궁중에서 영양공주라 하더라. 태후께서 두 사람의 시를 상께 보여드리자 상이 감탄하여 왈,

"두 글이 다 절묘하거니와 영양의 시는 모시를 인용하여 후비(后妃)의 덕화로 마쳤으니 더욱 좋나이다."

태후께서 옳다 하시더라.

상이 태후께 조용히 이르시되,

"낭랑이 영양을 대접하심이 예 없는 성덕의 일이라. 신이 또한 청할 일이 있나이다."

이에 진 중서의 전후 사연을 자세히 설명하시고 말하시되,

"저의 사정이 자못 가엽고, 비록 그 아비 죄로 인해 죽었으나 조상이 대대로 조정의 신하가 되었나이다. 이제 그 마음을 이루어 어매의 시집을 따라가는 잉첩을 삼고자 하나니 어쩌하나이까?"

태후께서 난양을 돌아보시자 공주가 왈,

"진 씨가 이 일을 소녀에게 말하더이다. 소녀는 진 씨와 정분이 심상하지 않으니 떠나지 않으려 하나이다."

태후께서 진채봉을 불러 하교하여 왈,

"여아가 너와 헤어지지 않고자 하는 까닭에 특별히 너를 양 상서의 첩이 되게 하나니, 너의 바람이 이루어졌으니 여아를 더욱 정성으로 섬기라."

진 씨가 눈물을 비같이 흘리고 머리를 조아려 감사의 뜻을 표하더라.

태후께서 진 씨에게 왈,

"두 여아의 혼사를 결정함에 희작(喜鵲)이 길조인 까닭에 각각 시를 지었으니 이제 중서 또한 돌아갈 곳이 있는지라 능히 한 수를 지으라."

진 씨가 명을 받들어 즉시 글을 지어 드리니 내용은 다음과 같다.

희작이 울며 붉은 대궐을 둘렀나니	喜鵲查查繞紫宮
복숭아꽃 위에 봄바람이 일어나는도다.	天桃花上起春風
보금자리 편안하니 남으로 날기를 기다리지 않으리	安巢不得南飛去
보름날 별들이 동쪽에서 희미하게 비추는구나.	三五星稀正在東

태후께서 상과 같이 보시고 이르시되,

"사도온(謝道蘊)[25]이라도 따르지 못하리로다. 그 가운데 모시를 인용하여 처첩의 직분을 지켰으니 더욱 아름답도다."

난양이 왈,

"희작이 나오는 시에 쓸 소재가 원래 많지 않은데 소녀 두 사람이 먼저 지었고, 오직 조맹덕(曹孟德)[26]의 글에 까치를 덧붙였지만 길한 말이 아닙니다. 이 글은 조맹덕의 시와 두자미(杜子美)의 시를 한데 합해서 만들었지만 순수하고 흠이 없어 진 씨의 오늘날을 위하여 생긴 듯하니 이런 재주는 옛날에도 어려울까 하나이다."

태후께서 옳다 하시고 또 이르시되,

"예전 여자 중 시 잘하는 자는 반첩녀, 탁문군, 채문희, 사도온, 소약란뿐이라. 이제 일시에 재주 있는 여자 셋이 모였으니 무성하다 하리로다."

공주가 왈,

"영양 저저의 시녀 가춘운이라 하는 시비가 가히 봐줄 만하니이다."

태후께서,

"이 여자를 한번 보고자 하노라."

하시더라.

두 공주가 한곳에서 자고 다음 날 일찍 일어나 태후께 문안하고 돌아가기를 청하여 말하되,

---

25) 진(晋)나라 사혁(謝奕)의 딸.
26) 조조(曹操).

"첩이 들어올 때 집에서 응당 놀랐을 것이니 나가서 뵙고 낭랑 은덕과 첩의 영화를 이르고자 하나이다."

태후께서 왈,

"여아가 이제는 어찌 궁중을 마음대로 떠나리오? 내 또한 최 부인을 보고 의논할 말이 있노라."

하고 즉시 정부에 전교하시어 최 부인을 입궐하라 하셨다. 이때 소저가 데려온 시비가 먼저 와서 집에 연락을 하였더니 사도 부부 놀라서 마음을 겨우 진정하였다. 부인이 명을 받아 태후께 알현하였다.

태후께서 왈,

"영양공주를 처음에 입궐하게 함은 얼굴을 보고자 함이 아니라 실로 공주의 혼사를 위함이었는데, 한번 본 후에는 사랑하는 정이 깊이 생겨 난양과 다름이 없었는지라. 생각건대 나의 전생의 딸이 지금 세상에 부인에게서 태어났는가 하노라. 마땅히 나라의 성을 줄 것이로되 부인의 외로움을 가엽게 여겨 성을 고치지 않았으니 부인이 짐의 지극한 뜻을 알지어다."

최 부인이 다만 황공 감격할 뿐이더라. 태후께서 또 말하시되,

"영양이 이제는 짐의 딸이니 찾지 마소서."

부인이 왈,

"어찌 감히 찾으리오? 신첩의 딸이 이렇게 된 후 첩의 부부는 나이가 많으니 다시 보지 못할까 슬퍼하나이다."

태후께서 웃으며 왈,

"불과 혼인 전에만 그렇고, 혼인 후에는 난양까지 부인께 의

탁하리이다."

이에 난양을 불러 보이자 전일에 무례한 행동을 재삼 사죄하더라. 태후께서 왈,

"부인 댁에 가춘운이라 하는 자가 있다 하니 보고자 하노라."

부인이 명을 받들어 부르니 춘운이 전 아래에서 머리를 조아려 인사하니 태후께서 말하시되,

"난양의 말을 들으니 네가 시를 잘 짓는다 하니 보는 앞에서 능히 지을쏘냐?"

춘운이 왈,

"시험 삼아 시제(詩題)를 듣고자 하나이다."

태후께서 세 명의 희작 시를 보여 주며 왈,

"네 또한 능히 지을쏘냐? 아마도 다른 제재(題材)가 없을까 하노라."

춘운이 붓과 연적을 청하여 즉시 지어 드리니 그 글의 내용의 다음과 같다.

기쁜 일을 전하는 정성 다만 스스로 아니 報喜微誠祇自知
순임금의 뜰에 다행히 봉황을   虞庭幸逐鳳來儀
따라왔도다.
진나라 땅 누각의 봄날 꽃이 일천 나무니 秦樓春色花千樹
세 번을 둘렀는데 어찌 한 가지 빌리기를 三繞寧無借一枝
알리오?

태후께서 두 공주를 보여 주시고 이르시되,

"가녀가 재주 있다 하되 이 정도인 줄 짐작하지 못했도다."

난양공주가 왈,

"글에서 까치는 자기를 비유한 것이고, 저저를 봉황에 비유하여 아주 좋은 표현을 이루었고, 아래 구절은 소녀가 저를 용납하지 않을까 의심하여 함께 빌리고자 하였습니다. 옛사람의 글귀를 모아 만들었으니 뜻이 절묘합니다. 옛말에 이르기를, '새가 사람에게 의지하면 사람이 절로 사랑한다.' 하였으니 바로 가녀를 지칭함이로소이다."

춘운을 데리고 물러와 진 씨와 서로 만나게 하였다. 공주가 왈,

"이 여중서는 화음현 진가의 낭자이니 춘랑과 같이 백 년을 한곳에 있을 사람이라."

춘랑이 왈,

"아니 양류사를 지은 낭자이니이까?

진 씨가 놀라 묻되,

"낭자는 양류사를 어디에서 들었나뇨?"

춘랑이 왈,

"양 상서가 이르시더이다."

진 씨가 감격함을 이기지 못하여 왈,

"양 상서는 아직도 첩을 생각하시나 봅니다."

춘랑이 왈,

"낭자가 어찌 이런 말을 하나뇨? 양 상서가 낭자의 양류사를 몸에 감추어 잠깐도 놓지 않고 항상 낭자의 말을 하시며

눈물을 흘리시나니 낭자가 어찌 상서의 정을 알지 못하시나 뇨?"

진 씨가 왈,

"상서가 이렇듯 잊지 아니하면 첩은 죽어도 한이 없으리 이다."

이에 부채에 시를 짓던 말을 하자 춘운이 웃고 왈,

"첩의 몸에 있는 비녀며 팔찌 등이 다 그날 얻은 것이니이다."

문득 궁인이 전하여 왈,

"정 사도 부인이 가려 하시나이다."

두 공주가 태후를 모시고 앉았더니 부인에게 이르시기를,

"양 상서가 머지않아 돌아오실 것이니 전일의 폐백은 도로 보낼 것인데, 내 생각하니 도로 보냈던 폐백을 다시 받음이 자 못 구차하고, 하물며 영양이 공주가 되었으니 두 혼례를 같은 날 행하고자 하나니 부인 소견은 어떠하시뇨?"

부인이 왈,

"오직 명하시는 대로 하리이다."

태후께서 웃고 말하시되,

"양 상서가 영양을 위하여 조정의 명령을 세 번이나 거역하 였으니 또 한 번 속이고자 하오. 속담에 이르기를 '말이 흉하 면 길하다.' 하니 상서가 돌아오면 속여 말하기를 '정 소저가 병을 얻어 불행하다.' 할지어다. 상서가 스스로 정녀를 보았다 고 말했으니 알아보는가 보십시다."

부인이 "명대로 하리이다." 하고, 하직하고 돌아올 때 소저 가 궁전 문밖에 나가 부인을 보내고 춘운을 불러 상서에게 할

말을 일러서 보내더라.

이때 상서가 백룡담 물을 군마에게 먹이고 대군을 지휘하여 북치고 나아가니 토번국 찬보가 이미 요연이 보낸 진주를 보고 또 당나라 군대가 반사곡을 지났다는 말을 듣고 크게 두려워 어쩔 줄을 몰랐다. 이에 모든 장수들이 찬보를 묶어 당나라 진영에 항복하거늘 원수가 군용을 정제하여 토번 도읍지에 들어가 백성을 평안하게 하고, 곤륜산에 올라가 비석을 세워 당나라 공덕을 기록하고, 개선가를 부르고 삼군을 돌려 서울로 향했다.

진주 땅에 도착하니 때는 이미 가을이 되었는지라. 산천이 소슬하고 기러기 소리는 객수를 돕더라. 원수가 객관에 들어 밤이 늦도록 고향을 생각하고 잠을 이루지 못하며 생각하되,

'집 떠난 지 삼 년이니 노친은 평안하신가? 나랏일이 바빠 지금까지 부인을 두지 못하였으니 정가와의 혼인 인연이 어떠한고? 내 이제 오천 리 잃은 땅을 회복하고 큰 나라의 강적을 평정하였으니 공이 적지 않은지라. 천자께서 분명히 후에 벼슬을 봉하는 상을 주시리니 내가 만일 벼슬을 반납하고 정가 혼사를 청하면 천자께서 어찌 듣지 아니시리오?'

이처럼 생각하니 적잖이 마음이 편하여 베개를 의지하였더니 한 꿈을 꾸었다. 꿈속에서 하늘에 올라가니 칠보 궁궐에 다섯 구름이 어리었더라. 시녀 두 사람이 양 상서에게 말하되,

"정 소저께서 청하시나이다."

상서가 시녀를 따라 들어가니 넓은 뜰에 신선의 꽃이 자욱하게 피었고, 누 위에 선녀 셋이 어깨를 나란히 하고 앉았으니

복색의 화려함이 후비(后妃) 같고 푸른 눈썹과 맑은 눈이 서로 빛나더라. 때마침 난간에 기대어 시녀들이 노는 것을 구경하다가 일어나 인사하고 주인과 손님의 자리를 정해 앉았다. 위에 앉은 선녀가 묻기를,

"군자는 이별 후 무양하시니이까?"

상서가 보니 완연히 거문고 곡조를 논하던 소저러라. 상서가 반기고 슬퍼서 말을 하지 못하더니 소저가 왈,

"첩이 이제는 인간 세상을 떠나 천궁에 올라왔으니 옛일을 생각하니 어찌 한갓 약수(弱水)27)만 가려져 있을 뿐이리오? 군자는 비록 첩의 부모를 볼 수 있을 것이나 첩의 소식은 듣지 못하시리이다."

그러고는 두 선녀를 가리켜 왈,

"이 사람은 직녀성군이요, 저 사람은 피향옥녀(披香玉女)28)라. 군자와 전생의 인연이 있으니 첩은 생각하지 마소서. 이 인연을 이룬 후면 첩 또한 의탁할 곳이 있으리이다."

상서가 두 선녀를 보니, 말석에 앉은 자는 얼굴이 낯익은 듯하지만 종내 알지 못하더라. 문득 원문(轅門)에서 북 치고 나팔 부는 소리에 잠을 깨고, 꿈을 생각하니 길몽이 아닌지라 어리둥절해하며 크게 걱정하더라.

오래지 않아 군대가 서울에 도착하니 천자가 위교까지 친히 나와 맞으셨다. 원수는 봉의자금화를 쓰고 황금쇄옥갑을

---

27) 인간 세상과 선계를 나누는 강.
28) 선녀의 이름. 향을 사르는 선녀라는 뜻이다.

입고 천리대완마를 타고 천자께서 주신 백모황월과 용봉기치를 전후에 받들고, 번왕은 함에 싣고 서역 삼십육군 군장이 각각 조공하는 보물을 가지고 뒤를 따르니 군용의 거룩함이 전에 없던 바더라. 구경하는 사람이 길을 메워 백 리에 이어졌으니 장안성이 다 비었더라. 천자께서 양 원수가 나랏일로 고생하였음을 위로하셨다. 공을 의논하여 옛 곽분양의 일을 들어 왕으로 봉하려 하시더니 상서가 머리를 조아리고 지성으로 사양하자 천자께서 그 뜻을 아름답게 여기시어 조서를 내려 대승상 위국공에 봉하셨다. 식읍이 삼만 호요, 상으로 내린 황금이 일만 근이요, 백금이 십만 근이요, 촉금이 이십만 필이요, 말이 일천 필이라. 이 밖에도 각양의 진기한 보물은 이루 기록하지 못할러라.

양 승상이 이에 절하여 성은에 감사드리니 천자께서 태평연(太平宴)²⁹⁾을 벌여 군신이 함께 즐기고 승상의 얼굴을 능연각³⁰⁾에 그려두라고 하셨다. 승상이 대궐을 떠나 정 사도의 집에 가니 정가 친척들이 외당에 모였다가 승상을 맞아 공을 하례하였다. 승상이 사도와 부인의 안부를 물으니 정십삼이 왈,

"숙부모는 겨우 몸을 보전하여 계시지만 누이의 상을 당한 후 노인이 너무 상심하여 기운이 예전과 다릅니다. 이로 인해 승상이 와 계시지만 외당에 나와 맞지 못하니 소제와 같이 들어갑시다."

---

29) 나라의 큰 경사를 맞아 여는 잔치.
30) 당나라 태종 때 공신들의 초상을 그려 보관한 누각.

승상이 이 말을 듣고 어리둥절하여 한참 동안 말을 못하다
가 묻기를,

"누가 상을 만났다는 말인고?"

정십삼이 왈,

"숙부는 아들이 없고 오직 딸을 하나 두었다가 이 지경에
이르니 어찌 상심하지 않으리오? 보시거든 일절 슬픈 말을 하
지 마소서."

승상이 솟아나는 눈물을 깨닫지 못하고 슬퍼하거늘 정십삼
이 위로하며 왈,

"승상이 누이와 더불어 한 혼인 언약이 비록 심상치 않지만
이 지경에까지 왔으니 마땅히 예를 돌보아 이렇게 하지 않을
것이라."

승상이 사례하여 눈물을 거두고 정십삼과 같이 들어와 사
도와 부인을 보니, 승상의 성공을 하례할 뿐이고 각별 소저의
이야기를 하지 않았다. 승상이 말하되,

"사위가 조정의 위엄과 덕에 힘입어 외람된 봉작을 받았으
니 이제 벼슬을 반납하고 뜻을 전하여 예전 인연을 이루려 했
는데, 사람의 일이 이러니 참혹함을 이기지 못할소이다."

사도가 왈,

"만사가 하늘에 달렸으니 어찌 인력으로 하리오? 오늘이
승상에게 크게 기쁜 날이니 무슨 다른 말을 하리오?"

정십삼이 자주 눈으로 승상을 보거늘 말을 마치고 일어나
화원으로 가니 춘운이 맞아 머리를 조아리고 뵈었다. 승상이
운을 보니 더욱 슬픔을 참지 못하여 눈물이 흘러 옷을 적시

거늘 운이 왈,

"승상아 오늘이 승상께서 슬퍼할 날이니이까? 눈물을 거두시고 운의 말을 들으소서. 우리 낭자는 원래 하늘의 선녀가 적강(謫降)[31]하였는지라. 도로 하늘로 가시던 날 첩에게 이르시되, '네 양 상서께 하직하고 나를 따랐더니 이제 내가 속세를 버리니 너는 모름지기 다시 상서를 모셔라. 상서께서 돌아오면 필연 나로 인해 상심하실 것이니 너는 내 뜻을 상서께 전하라. 내 집에서 폐백을 돌려보낸 후에는 곧 길 가는 사람과 같은 남남이라. 하물며 전일 거문고를 들은 혐의가 있으니 상서가 만일 과도하게 슬퍼하시면 임금의 명을 거역하고 죽은 사람에게 누를 끼침이라. 게다가 제청(祭廳)[32]과 무덤에 곡하는 일이 있으면 나를 음란한 여자로 대접하는 것이니 내 눈을 감지 못하리도다.' 하시며 또 이르시기를, '상서가 돌아오면 분명 황상께서 공주와의 혼사를 다시 의논하실 것이다. 내 들으니 공주의 그윽하고 올곧은 성품이 군자의 배필이 될 만하다 하니 부디 황명을 순종하소서.' 하시더이다."

승상이 이 말을 듣고 더욱 슬퍼하며 왈,

"소저의 유언이 비록 그러하나 내 어찌 슬퍼하지 않으리오? 하물며 소저가 죽는 마당에서도 소유를 그토록 걱정하니 비록 열 번 죽어도 소저의 은혜를 갚기 어렵도다."

인하여 객관에서 꾼 꿈을 말하거늘 춘운이 왈,

---

31) 하늘에서 죄를 지어 지상에 환생한다는 뜻이다.
32) 제사를 지낼 수 있도록 만든 청.

"소저가 분명 천상에 가 계시도소이다. 만사가 정해져 있으니 승상은 과히 슬퍼 마소서."

승상이 말하되,

"소저가 이 밖에 또 다른 말을 하시더뇨?"

춘운이 왈,

"비록 말이 있지만 아뢰기 어렵나이다."

승상이 왈,

"아무 말이라도 하라."

"소저가 말하시되, '나는 운랑과 곧 한 몸이라. 상서께서 나를 잊지 않을진대 춘랑을 버리지 마소서.' 하시더이다."

승상이 더욱 감정이 북받쳐 말하되,

"내 어찌 춘랑을 저버리리오? 하물며 소저의 유언이 이러하니 비록 직녀를 처로 삼고 복비를 첩으로 삼아도 춘랑은 잊지 아니하리라."

하더라.

권지사(券之四)

혼례 자리에서 두 공주가 빛을 발하고
장수 잔치에서 적경홍과 계섬월이 독보하다.

다음 날 천자께서 불러 보시고 말하시되,
"전에 어매의 혼사로 인해 태후 낭랑께서 엄명을 내리시니
짐의 마음이 편하지 못했다. 이제 들으니 정녀가 이미 불행하
게 되었으니 어매 혼사를 두고 경이 돌아오기를 기다렸다. 경
이 비록 정가를 마음에 두고 있으나 경이 소년이고 하물며 대
부인을 모시는 대승상 부중에 며느리가 없을 수 없고 위국공
아헌(亞獻)[1]을 끊지 못할 것이다. 이에 짐이 이미 승상의 마을
과 공주궁을 함께 짓고 기다렸나니 이제도 어매와의 혼사를

---

1) 제사 때 올리는 주부(主婦)의 술잔.

허락하지 못하겠는가?"

승상이 머리를 조아리고 아뢰기를,

"신이 전후에 거역한 죄 마땅히 목을 벨 만하거늘 이렇듯 하교하시니 황공하여 죽을 지경이옵니다. 신이 전일에 천명을 순종하지 못함은 실로 인륜에 구애받음이니 마지못할 일이니 이제 정녀가 이미 없으니 다시 무슨 말을 하리이까? 다만 미천한 가문과 용렬한 기질이 왕실에 합당하지 않을까 하나이다."

상이 매우 기뻐하시며 흠천감에 길일을 물으시니 구월 십일일을 택하여 드리니 얼마 남지 않았더라. 상이 또한 승상에게 말하시되,

"전일은 혼사가 결정되지 않은 탓에 자세히 말하지 않았는데, 짐에게 어매 두 사람이 있으니 다 현숙한 여자라. 이제 함께 경에게 내리나니 사양하지 마라."

승상이 전일의 꿈을 생각하고 묘하게 여겨 왈,

"신이 왕실의 사위로 발탁됨이 애초에 외람된 일이온대 하물며 두 공주를 한 사람에게 내리심은 전에 없던 일이니 신이 어찌 감당하리이까?"

상이 왈,

"경의 공이 지극히 중한 까닭에 이로써 갚음이고, 또한 어매 두 사람의 우애가 지극하여 서로 떠나지 않고자 하는 까닭에 태후 낭랑의 특명이 계시니 경은 모름지기 사양 마라. 또 궁인 진 씨는 원래 사족이고 자색이 뛰어나고 문장을 겸하였

으니 어매가 사랑하는 바라. 이에 종가[2]하는 잉첩을 삼았으니 경에게 알게 하노라."

승상이 머리를 조아리고 사은할 뿐이더라.

이때 영양이 궁중에 있은 지 여러 달이라. 태후를 정성으로 섬기고 난양과 진 씨와 더불어 정이 친형제 같으니 태후께서 더욱 사랑하시더라. 혼인날이 다가왔는지라 영양이 조용히 태후께 아뢰되,

"당초에 난양과 서열을 정하여 앉음이 실로 외람되었지만 낭랑의 보살피시는 은덕을 외면하는 듯하여 본심을 지키지 못하였사옵니다. 이제 양 씨 집안에 돌아가서 난양이 첫째 서열을 사양하면 이는 천고에 없는 일이니 낭랑과 성상께서 미리 정하시기를 바라나이다."

난양이 왈,

"소녀가 전날 서열을 정한 것이 바로 이 일을 위함이라. 저저의 덕행과 재학이 다 소녀의 미칠 바가 아니니이다. 비록 정씨 집에 있을지라도 소녀는 오히려 옛 숙녀가 자리를 양보한 일을 행할 것이니 이제 형제가 된 후 어찌 귀하고 낮음이 있으리이까? 소녀는 비록 둘째 부인이 되어도 왕실 딸로서의 존귀함은 없어지지 않을 것이라. 만일 첫째 부인의 자리를 차지한다면 낭랑이 저저를 보살피신 뜻이 어디 있나니이까? 굳이 소녀에게 첫째 부인 자리를 사양하고자 하면 진정으로 양 씨와의 혼인을 원하지 아니하나이다."

---

2) 주인이 시집을 갈 때 시비가 그 시집을 따라가는 일을 말한다.

태후께서 상께 물으시니 상이 말하시되,

"어매가 굳이 사양함이 천고에 없는 뜻이니 청컨대 아름다운 뜻을 이루어주어지이다."

태후께서 옳다 하시고 하교하여 영양을 위국 좌 부인으로 봉하시고 난양을 우 부인으로 봉하시고, 진 씨는 원래 벼슬을 하던 집 자손이니 숙인으로 봉하셨다. 자고로 공주가 시집가는 예는 대궐 밖의 집에서 친영(親迎)[3]했는데, 태후의 명으로 특별히 궐 중에서 예를 행하게 하셨다.

혼인날이 되어 승상이 기린을 수놓은 도포에 옥대를 하고 공주와 예를 행하니 위의의 거창함이 산 같고 물 같아 이루 기록하지 못할러라. 예를 마치고 자리에 드니 진 숙인이 또한 예로 승상께 뵈고 공주를 모시니 승상이 자리를 내어주더라.

이날 세 명의 하늘 선녀가 한곳에 모이니 광채가 동쪽 하늘에 가득하여 오색 빛이 비치더라. 승상의 눈이 현란하고 정신이 황홀하여 스스로 꿈인가 의심하더라. 이날 영양과 같이 밤을 지내고 다음 날 태후께 알현하니 잔치를 베풀어 주셨다. 상과 월왕이 태후를 모시고 하루 종일 즐겼다. 둘째 날은 난양과 밤을 지내고 다음 날 또 잔치하였다. 셋째 날은 진 숙인의 방에 가니 휘장을 두르고 등불을 켜려 하니 숙인이 갑자기 눈물을 흘리거늘 승상이 놀라 묻기를,

"숙인이 즐거운 날 슬퍼하니 혹 숨기는 회포가 있느냐?"

숙인이 왈,

---

3) 혼례 절차 중의 하나로 신랑이 신부를 맞으러 가는 예.

"승상이 첩을 몰라보시니 첩을 잊었다는 것을 알겠사옵니다."

승상이 홀연 깨달아 손을 잡고 말하되,

"경이 바로 화주의 진 낭자 아니오?"

채봉이 오열하여 소리 나는 줄도 모르거늘 승상이 주머니 속에서 양류사를 내어놓으니 채봉이 또 양생의 글을 내어놓았다. 두 사람이 한참 동안 슬픔을 견디지 못하더니 채봉이 말하되,

"승상이 다만 양류사 인연만 알고 부채 시(詩) 인연을 모르시나이다."

상자를 열고 글 쓴 부채를 보이며 모든 사연을 전하며 왈,

"이 모두 태후 낭랑과 천자와 공주 낭랑의 은덕이로소이다."

승상이 왈,

"화음현에서 난병에게 쫓긴 후 경이 생존하였음을 알지 못하여 다시 혼사를 의논하였지만 화산과 위수를 지날 때는 목에 가시가 걸린 듯하더니 오늘에야 하늘이 사람의 소망을 듣는 줄 알겠도다. 다만 경을 첩으로 삼은 것을 무안해하노라."

채봉이 왈,

"첩이 스스로 박명함을 알아 처음에 유모를 보낼 때 군자께서 만일 정혼한 곳이 있으면 자원하여 소실이 되고자 하였나니 이제 왕실 따님의 버금되기를 어찌 감히 한하리이까?"

이날 밤 옛정을 말하며 새로이 즐기니 첫째, 둘째 밤에 비해 더욱 친하고 즐거웠다. 다음 날 승상이 난양공주와 함께 영양의 방에 모여 조용히 술잔을 나누더니 영양이 소리를 낮추어 시녀를 불러 숙인을 정하였다. 승상이 영양의 소리를 들

고 문득 마음이 동하였다. 당초에 정 씨 집에 가서 거문고를 탈 적에 소저의 목소리를 들었던 탓에 완연히 정 씨 같음을 보고 다시 얼굴을 보니 더욱 느끼는 바가 있었다. 마음으로 생각하되,

'세상에 같은 사람도 있도다. 내 정 소저와 같이 정혼할 적에 생사를 함께하려 하였더니 나는 이제 황실의 딸과 즐거움을 누리거늘 소저의 외로운 무덤은 어느 곳에 의탁하였는고?'

이렇게 생각하니 안색이 참연해졌다. 정 부인은 총명한 여자라. 어찌 그 마음을 모르리오? 옷깃을 여미고 승상에게 묻기를,

"첩이 들으니 임금이 근심하면 신하가 근심한다 하니 여자가 군자를 섬김은 군신과 같다 하옵니다. 상공이 술을 대하여 슬픈 빛이 계시니 감히 그 연고를 묻나이다."

승상이 스스로 잘못하였음을 깨달았지만 달리 말하기가 어려워 바른대로 대답하기를,

"내가 귀주를 속이지 아니리다. 소유가 전일 정 씨 집과 정혼하였을 때 정 씨 여자를 보았는데, 지금 영양의 용모와 목소리가 비슷한 탓에 옛일을 생각하고 얼굴에 나타남을 느끼지 못하여 부인을 의심하게 하니 그 또한 마음이 편하지 못하이다."

영양이 이 말을 듣고 잠깐 낯을 붉히더니 안에 들어가 나오지 않거늘 승상이 시녀를 시켜 청했지만 그 시녀 또한 나오지 않았다. 난양이 말하되,

"저저는 낭랑이 총애하시는 딸이라 성품이 교만하여 첩 같

지 않으니, 조금 전에 상공이 정녀와 비교하시어 이 일로 화가 난 듯싶습니다."

승상이 진 숙인을 시켜 사죄하여 말하되,

"소유가 술을 먹은 후에 망발함이 있으니 귀주가 나오시면 진문공의 일을 효칙하여 사죄하리이다."

진 씨가 들어가 한참 만에 나와서는 말을 하지 않거늘 승상이 묻기를,

"귀주가 무엇이라 하시더뇨?"

진 씨가 왈,

"매우 노하신 탓에 말씀이 지나치시니 감히 전하지 못하나이다."

승상이 왈,

"숙인의 허물이 아니니 자세히 말하라."

진 씨가 말하되,

"공주께서 말씀하시기를, '첩이 비록 누추하나 낭랑의 사랑하시는 딸이고 정녀가 비록 곱지만 한낱 여염 미천한 여자라. 『예기(禮記)』에 이르기를 임금이 타시는 말을 보고 허리를 굽혔다 하니 이는 말을 공경함이 아니라 임금을 공경함이라. 상공이 만일 조정을 공경하실진대 첩을 어찌 정녀에게 비교하리이까? 하물며 정녀는 남녀 간의 혐의를 돌아보지 않고 얼굴을 자랑하며 말로 수작하니 그 지나침이 이렇듯 큽니다. 또 혼사가 어긋남을 원망하여 울울히 병을 얻어 젊은 나이에 죽었으니 그 박명함이 이렇듯 큽니다. 첩이 비록 용렬하나 자못 부끄러워하나이다. 노(魯)나라 추호(秋胡)는 뽕 따는 계집을 황금

으로 희롱하였는데 그 아내가 물에 빠져 죽었으니 진실로 행실 없는 사람과 짝하기를 부끄러워함이라. 상공이 이미 정녀의 목소리와 용모를 알고 있으니 이 분명 거문고로 돋우어 향(香)을 도적함이니 행실의 나쁨이 추호보다 심한지라. 첩이 비록 옛사람이 물에 빠진 것까지 본받지는 못하지만 맹세코 심궁에서 늙으려 합니다. 동생의 성품이 유순하니 백년해로하심을 바라나이다.' 하시더이다."

승상이 마음으로 노하여 생각하되,

'왕실 딸이 이렇게 위세를 부리니 부마 되기 과연 어렵도다.'

난양에게 이르되,

"내가 정녀와 서로 본 것은 곡절이 있는데, 지금 영양이 음란한 행위라고 욕하니 나는 상관할 바가 아니지만 죽은 사람에게 욕이 미치니 한이로다."

난양이 이르되,

"제가 들어가 저저를 설득하여 보리이다."

들어가더니 날이 저물도록 소식이 없고 방에는 이미 등불을 밝혔더라. 난양이 시녀를 통해 전하기를,

"저저를 백방으로 설득하였지만 마음을 돌리지 않으니 첩이 당초에 저저와 생사고락을 함께하려고 하였기에 저저가 심궁에서 늙으면 첩 또한 심궁에서 늙을지라. 청컨대 상공은 숙인의 방에 가서 편히 쉬소서."

승상은 화가 뱃속에 가득하였지만 차마 내색하지 않았다. 빈 방에 있기가 매우 무료한지라 눈으로 진 씨를 보니, 진 씨가 촛불을 들고 승상을 자기 방으로 모셔 가 금향로에 향을

피우고 상아 침대에 비단 이불을 깔고 승상에게 말하기를,

"첩이 비록 천한 사람이지만 일찍이 예문(禮文)를 들으니 '아내 있지 않으면 첩은 밤까지 모시지 않는다.' 하였사옵니다. 상공은 스스로 평안하소서. 첩은 물러가나이다."

태연스럽게 일어나 가니 만류하기도 힘들어 붙잡지 않았으니 이날 광경이 자못 냉담하더라. 마음으로 생각하되,

'이 무리들이 합심하여 장부를 곤욕스럽게 하니 내 어찌 저들에게 빌리오? 내가 전일 정 씨 집 화원에 있을 때 낮에는 십랑과 같이 주루에 가 술에 취하고, 밤에는 춘랑을 대하여 술 마시며 일생 즐겁지 않은 적이 없었는데, 이제 부마 된 지 사흘 만에 사람의 핍박을 받도다.'

마음이 괴로워 창을 열고 보니 은하수는 궁성 위에 드리웠고 풀빛은 뜰에 가득하였더라. 신을 끌고 계단 위를 배회하다가 영양의 방을 바라보니 사창(紗窓)에 불빛이 반뜻반뜻하였다. 생각하되,

'궁인들이 지금까지 자지 않았도다. 영양이 나를 속여 이곳으로 보내고 다시 왔는가?'

신 소리를 내지 않고 나아가니 방 안에서 두 공주의 담소와 쌍륙⁴⁾치는 소리가 나거늘 창틈을 열고 보니, 진 씨가 공주 앞에서 한 여자와 같이 쌍륙판을 대하여 홍백을 겨루고 있었다. 그 여자가 몸을 돌려 촛불을 짚거늘 분명 춘운이라. 원래 춘운이 정 씨의 혼인을 구경하러 들어온 지 여러 날이 되었지

---

4) 주사위 놀이와 비슷한 놀이의 일종.

만 몸을 감추어 승상을 만나지 않았더라. 승상이 놀라서 생각하되,

'춘랑은 어찌 여기에 왔는고? 분명 공주가 만나보려고 불러 왔도다.'

갑자기 채봉이 쌍륙판을 던지며 왈,

"그냥 치기 흥이 없으니 춘 낭자와 내기를 하여지라."

춘운이 왈,

"운은 궁한 사람이라. 내기에서 이겨 한 잔 술과 한 그릇 음식을 얻었도다. 숙인은 귀주를 모시고 궁중에서 거처하니 몸에 비단을 두르고 입에 진미를 물었으니 춘랑과 무엇으로 내기를 하자 하시나니까?"

채봉이 왈,

"내가 지면 옷과 장신구 등 춘 낭자가 원하는 것을 아끼지 않을 것이니 낭자가 지면 나의 청을 들을지라. 이 일로 낭자는 손해볼 것이 없으리라."

춘운이 왈,

"무슨 일이니이까?"

채봉이 왈,

"내 전일 두 귀주께서 속삭이는 것을 들으니 춘 낭자가 귀신이 되어 승상을 속였다 하는데 내가 그 곡절을 알지 못하니 낭자가 지면 옛이야기 삼아서 자세히 말하라."

춘운이 쌍륙판을 밀치고 영양을 돌아보며 이르되,

"소저야, 우리 소저는 춘운을 사랑하시더니 이런 말을 공주께 하셨으니 숙인이 들었다면 누가 아니 들으리이까? 춘운이

이제는 사람 볼 낯이 없나이다."

채봉이 웃으며 왈,

"춘 낭자야, 귀주께서 어찌 낭자의 소저이신고? 우리 영양 공주는 승상 부인이시자 위국공 소군(小君)이시니 나이가 아무리 젊으신들 다시 춘랑의 소저가 되시랴?"

춘랑이 왈,

"십 년을 부르던 입을 불시에 고치리까? 꽃가지를 다투며 싸우던 일이 어제와 같은데 공주며 부인을 두려워 아니하나이다."

난양이 웃고 정 부인에게 물어 왈,

"춘랑의 말을 자세히 듣지 못하였으니 승상이 과연 속으시니이까?"

부인이 왈,

"어찌 속지 않으시리오? 다만 겁내고 두려워하는 모습을 보려 하였는데 심히 눈이 멀어 귀신을 꺼릴 줄 모르니 호색(好色)하는 사람을 여색(女色)에 굶은 귀신이라고 하는 옛말이 틀리지 않으니 귀신이 어찌 귀신을 두려워하리이까?"

모두 크게 웃더라.

승상이 그제야 영양이 정 씨인 줄 알고 옛일을 생각하니 정을 이기지 못하여 창을 열고 들어가고자 하다가 문득 생각하되,

'나를 속이려 하니 내 또한 저를 속이리라.'

하고 가만히 진 씨 방으로 돌아와 자리에 들어 잤다. 다음 날 진 씨가 와서 시녀에게 묻기를,

"승상이 일어나 계시냐?"

시녀가 왈,

"아직 일어나지 않으시니이다."

진 씨가 방문 밖에서 오랫동안 대령하였지만 해가 높도록 승상이 일어나지 않고 이따금 신음하는 소리를 하더라. 진 씨가 나아가 묻기를,

"상공이 편하지 못하신 기운이 있나니이까?"

승상이 거짓으로 눈을 높이 뜨고 사람을 몰라보고 가끔 헛소리를 하거늘 진 씨가 묻기를,

"상공이 어찌 실없는 소리를 하시나니이까?"

승상이 한동안 어리둥절해하다가 진 씨를 알아보고 이르되,

"밤이 새도록 귀신과 말을 하였으니 기운이 어찌 편하리오?"

진 씨가 다시 물었지만 대답하지 않고 돌아눕거늘 민망하여 시녀를 시켜 공주와 부인께 전하되,

"승상이 편하지 못하시니 빨리 와 보소서."

정 씨가 왈,

"어제는 성했던 사람이 무슨 병이 있으리오? 단지 우리를 청함이로다."

이윽고 진 씨가 와서 이르되,

"승상이 정신이 없어 사람을 몰라보고 어두운 곳을 향하여 헛소리를 그치지 않으니 성상께 아뢰고 어의(御醫)를 오게 하여지이다."

이렇게 의논할 때, 태후께서 들으시고 공주를 불러 나무라

시며 왈,

"너희가 승상을 속여 희롱하여 병이 있다 하니 가보지 않음은 어찌된 도리뇨? 빨리 문병하고 만일 진실로 병이 있거든 어의에게 하교하리라."

정 부인이 마지못하여 공주와 같이 승상이 있는 곳에 나아갔지만 당상에 머물고 난양과 진 씨를 들여보냈다. 승상이 공주를 오랫동안 보다가 갑자기 알아보는 행동을 하며 길이 탄식하고 왈,

"내 목숨이 다하게 되었으니 이제 서로 영원히 이별하려 하나니 영양은 어디 있나니이까?"

공주가 왈,

"상공이 병이 없으시건대 어찌 이런 말을 하시나뇨?"

승상이 왈,

"내 어젯밤, 비몽사몽 간에 정녀가 나에게 언약을 저버렸다고 노하여 꾸짖으며 진주를 움켜주기에 받아 먹었는데 이는 흉한 징조라. 눈을 감으면 정녀가 내 앞에 서 있으니 내 명이 오래지 않을 것이니 영양을 보고자 하노라."

말을 마치지 못하고 또 혼절하는 시늉을 하며 어두운 곳을 향하여 헛소리를 하였다. 난양이 민망하게 여겨 나와서 정 부인에게 이르되,

"승상의 병이 의심으로 인해 생겼으니 저저가 아니면 고치지 못하리라."

하고 승상의 말을 전하거늘 부인이 반신반의하여 머뭇거리자 난양이 이끌고 들어가니 승상이 계속 헛소리를 하되 모두

정 소저와 더불어 하는 말이었다. 난양이 소리를 내어 이르되,

"영양 저저가 왔으니 눈을 떠보소서."

승상이 손을 들어 일어나려고 하거늘 진 씨가 나아가 붙들어 앉히니 승상이 두 공주에게 이르되,

"소유가 황은을 입어 두 공주와 백년해로함을 바랐더니 나를 데려가려고 재촉하는 사람이 있으니 머물지 못하겠소."

부인이 왈,

"승상은 이치를 아는 군자라 어찌 이런 괴이한 말씀을 하시나뇨? 설사 정녀의 쇠잔한 영혼이 있다 한들 모든 신령이 깊은 궁궐을 호위하고 있으니 제 어찌 들어와 침범하리이까?"

승상이 왈,

"제 지금 내 곁에 서 있으니 어찌 없다 하나뇨?"

난양이 참지 못하여 말하되,

"옛사람이 활 그림자를 보고 뱀의 모양을 얻었더니 승상이 그러하시도다. 승상이 정 소저의 귀신을 보시노라 하시니 살아 있는 정 씨를 보시면 어찌하려 하시니이까?"

승상이 다만 머리를 흔들거늘 정 부인이 말하되,

"승상이 산 정녀를 보고자 할진대 첩이 곧 정 씨 경패로소이다."

승상이 왈,

"그럴 리 있으리오?"

난양이 왈,

"우리 낭랑께서 정 씨를 사랑하시어 공주로 봉하여 첩과 함께 군자를 섬기게 하시니이다. 사실이라. 그렇지 않으면 어찌

저저의 목소리와 모습이 정 소저와 같으리이까?"

승상이 대답하지 않고 한참 만에 이르되,

"정 씨 집에 있을 때 정 소저의 시비 춘운이라 하는 자가
나의 시중을 들었는데 불러서 할 말이 있소."

난양이 왈,

"춘운이 지금 저저를 뵈러 들어와 있나이다."

춘운이 창밖에서 대령하였다가 들어와 뵙고 왈,

"상공 귀체 어떠하시니이까?"

승상이 왈,

"춘운만 남고 모두 잠깐 나가라."

두 부인이 숙인과 함께 창밖에서 기다렸다. 승상이 세수하
고 의관을 정제하고 춘운을 시켜 세 사람을 청하니, 춘운이
웃음을 머금고 세 사람에게 이르되,

"상공이 청하시나이다."

함께 들어가니 승상이 머리에 화양건을 쓰고 몸에 궁금포
를 입고 손에 백옥여의를 쥐고 자리에 기대었으니 기상이 봄
바람 같고 정신이 가을 물결 같았다. 조금도 병색이 없는지라.
부인이 속은 줄 알고 미미히 웃고 머리를 숙였으니 공주가 묻
기를,

"상공 병후가 어떠하시니이까?"

승상이 정색하고 왈,

"소유는 애초에 병이 없었는데 요사이 풍속이 그릇되어 부
녀자가 결당하여 지아비 모심을 방자히 하니 이 탓에 병이 생
겼나이다."

난양과 숙인이 다 웃음을 머금고 대답하지 못하더니 정 부인이 왈,

"이 일은 첩들이 알 바가 아니니 상공이 병을 고치고자 하실진대 태후 낭랑께 물으소서."

승상이 참지 못하여 크게 웃고 정 부인에게 이르되,

"소유가 후생에 부인 만나기를 고대하더니 이 아니 꿈이니이까?"

부인이 왈,

"이 모두 태후 낭랑과 황상의 성은이며 난양공주의 은혜라."

하고 난양과 함께 알현하여 서로 서열을 사양하던 이야기를 이르니 승상이 난양에게 사례하며 왈,

"공주의 성덕은 옛사람이 따르지 못할 바라. 소유는 갚을 길이 없으니 다만 백년해로함을 원하나이다."

난양이 사례하며 왈,

"이것이 다 저저의 덕성이 천심(天心)을 감동하게 하였음이니 첩이 무슨 공이 있으리이까?"

하더라.

태후께서 궁인을 불러 승상을 문병하시거늘 숙인이 궁인과 함께 들어가 태후께 승상 말씀을 아뢰자 태후께서 웃으시면서 왈,

"내 처음부터 의심했노라."

하시고 승상을 불러 보시고 승상이 두 공주와 함께 태후께 문안하였다. 태후께서 왈,

"승상이 정녀와 옛 인연을 이루었다 하니 가장 기쁜 일이

로다."

승상이 왈,

"성은이 넓으시어 천지조화와 다름이 없으시니 신이 몸을
버려도 만분의 일도 갚기 어렵도소이다."

태후께서 왈,

"우연히 희롱했는데 무슨 은혜리오? 다만 승상이 딸을 버리
지 않으면 늙은 몸에게 보답함이라."

승상이 머리를 조아리고 명을 받더라.

이날 천자께서 선정전에서 조회를 받으실 때 신하들이 아
뢰기를,

"요사이 경사로운 별이 보이고 감로(甘露)⁵⁾가 내리며 황하
의 물이 맑고 해마다 풍년이 들며 삼진의 절도사가 땅을 바치
고 들어와 조회하니 이 모두가 성덕으로 이루신 바이옵니다."

상께서 겸양하여 공을 신하에게 돌려보내시더라. 신하들이
또한 아뢰되,

"양소유는 새신랑이 되어 통소를 불어 봉황을 길들이는 까
닭에 나오지 않으니 조정의 일이 자못 많이 쌓였나이다."

상이 크게 웃고 말하시되,

"태후 낭랑께서 매일 불러 보시니 나가지 못함이라. 이제
낭랑께서 내어 보낼 것이라."

하시더라.

승상이 조정에 나아가 국사를 다스리더니 상소하여 말미를

---

5) 단 이슬.

언어 모친을 데려오기를 청하거늘 상이 허락하시고 빨리 돌아올 것을 당부하시더라. 양소유가 열여섯에 집을 떠나 서너 해 사이에 승상 위의와 위국공 인수로 고향에 돌아가 모친을 뵈오니 유 부인이 기쁨이 극에 달해 눈물을 흘리더라.

승상이 부인을 모시고 길을 떠나자 각도의 방백과 자사, 현령들이 분주히 마중하니 영화의 빛남이 비길 데 없더라. 승상이 낙양을 지날 때 섬월과 경홍을 찾았는데 사람들이 서울로 간 지 오래되었다 하니 서로 어긋남을 안타까워하였다. 수일을 행하여 대궐에 가서 인사하니 두 궁에서 불러 보시고 금은과 비단 열 수레를 내려 대부인께 드리라고 하셨다. 승상이 날을 가려 유 부인을 모시고 나라에서 내리신 새집에 들고, 정부인과 난양공부가 진 숙인을 거느리고 폐백을 받들어 신부의 예를 행했다. 위의의 거룩함과 부인의 기뻐함은 말로 형용치 못할러라. 승상이 두 궁에서 주신 금은으로 사흘을 연속하여 부인의 장수를 기원하는 잔치를 열었다. 이때 천자께서 음악을 내려 주시고, 내외 손님들이 조정을 기울인 것 같더라. 승상이 색동옷을 입고 두 공주와 같이 백옥잔을 받들어 부인께 올리자 부인이 매우 즐기고 모인 사람들이 축하하였다. 이때 문지기가 아뢰기를,

"문밖에 여자 두 사람이 섬월, 경홍이라 하며 대부인과 두 부인께 문안드리나이다."

승상이 왈,

"섬월, 경홍 두 사람이 왔도다."

이들이 왔음을 유 부인께 알리고 들어오라 하니 두 사람이

당하에서 머리를 조아리거늘 모든 손님이 이르되,

"낙양 계섬월과 하북 적경홍의 이름을 들은 지 오래더니 과연 절색이로다. 양 승상의 풍류가 아니면 어찌 이 사람을 움직이리오?"

하더라.

섬월과 경홍이 진주신을 신고 비단 자리에 올라 긴 소매로 여상무를 추니 지는 꽃과 나는 가지 춘풍에 나부끼고 구름 그림자가 휘장 속을 드나들었다. 한나라 궁궐의 조비연이 세상에 다시 살아나고 녹주가 죽지 않은 듯하더라. 유 부인과 공주가 금이며 구슬이며 비단을 내리고, 진 숙인은 섬월과 같이 옛일을 이야기하며 반기고 슬퍼하였다. 정 부인은 옥잔에 술을 부어 중매해 준 것을 별도로 사례하였다. 유 부인이 승상에게 이르되,

"너희 한갓 섬월에게만 사례하고 나의 외사촌 누이를 잊으니 어찌 은혜를 갚는다 하리오?"

하고 사람을 자청관으로 보내 두련사를 찾으니 나가서 구름처럼 떠돈 지 삼 년이 되었지만 돌아오지 않았다 하거늘 부인이 안타까워하기를 마지않더라.

낙유원에 모여 사냥하며 춘색(春色)을 다투고
꽃수레를 타고 노닐며 풍광(風光)을 살피다.

섬월과 경홍이 들어온 후 승상을 모시는 사람이 많은지라. 승상이 각각 거처하는 곳을 정했다. 정당의 이름은 경북당이니 유 부인이 계신 곳이고, 그 앞은 연희당이니 좌부인 정 부인이 처하고 경북당의 서쪽은 봉수궁이니 난양공주가 거했다. 연희당 앞은 응향각이니 그 앞은 정하루라. 이 두 집은 승상이 거처하며 궁중에서 잔치하는 곳이고, 누각 앞은 치사당이고 그 앞은 예현당이니 이 두 집은 승상이 빈객을 맞이하고 일을 하는 곳이다. 봉수당 남쪽에 해진원이 있으니 숙인 진채봉이 거처하는 곳이고 연희당 동남쪽은 영춘함이니 가춘운의 집이고, 청하루 동서에 각각 작은 누각이 있으니 녹색 창과 붉은 난간이 극히 화려하고 행각을 지어 청하루와 응향각에 연결되어 있으니 동쪽은 화산루요 서쪽은 대궐루라. 계섬월과 적경홍이 있는 곳이더라. 궁중에 풍류하는 기생 팔백여 명의 재주와 미색을 엄밀하게 가려 좌우부로 나누었으니 좌부 사백 명은 섬월이 거느리고, 우부 사백 명은 경홍이 거느려 가무와 관현(管絃)을 가르치게 했다. 달마다 청하루에 세 번씩 모여 양쪽이 재주를 겨뤘는데 가끔 승상과 부인이 대부인을 모시고 친히 등급을 매겨 양쪽의 교사(敎師)에게 상벌을 주었다. 이기는 쪽은 석 잔 술을 상으로 주고 머리에 채화(彩花) 한 가지를 꽂아주었고, 못 이기는 쪽은 한 그릇 물을 벌로 주고 이마에 먹으로 점을 찍으니 이 탓에 재주가 점점 더해 갔다. 위부6)와 월궁7)의 여악(女樂)이 천하에 유명하여 비록 현종 시절 이원(梨園)8)의 제자들이라도 미치지 못할러라.

두 부인이 여러 낭자들과 말씀하더니 승상이 손에 편지 한 장을 가지고 들어와 난양에게 주며 왈,

"이것은 곧 월왕의 편지라."

난양이 펴보니,

"전일 국가에 일이 많고, 공사(公私)에 시달려 낙유원과 곤명지에 노는 사람이 끊어져 가무(歌舞)라는 땅이 이제는 거친 풀밭이 되었습니다. 이제 성상의 위엄과 덕, 승상의 노고에 힘입어 천하가 태평하고 백성이 안락하니 능히 천보 시절의 번

---

6) 양 승상이 거처하는 곳이다.
7) 월왕이 거처하는 궁이다.
8) 당나라 현종이 음악을 익히게 한 곳이다.

성을 점점 회복할지라. 봄빛이 늦지 않았고, 꽃과 버들이 마침 아름다우니 원컨대 승상과 같이 낙유원에 모여 사냥하며 태평한 기상을 돋우려 합니다. 승상이 만일 마땅하다 하실진대 기약을 정하소서."

하였더라.

공주가 웃고 승상에게 왈,

"월왕 오라버니의 뜻을 아시겠나이까?"

승상이 왈,

"무슨 깊은 뜻이 있으리오? 다만 꽃 피는 시절에 놀고자 함이니 귀공자의 예삿일이라."

공주가 왈,

"승상은 모르시나이다. 이 오라버니가 좋아하는 바는 미색과 풍악이라. 궁중에 절색가인이 하나 둘이 아닌데, 요사이 한 총희(寵姬)를 얻었으니 무창 사람이고 이름은 옥연이라. 내 비록 보지는 않았지만 얼굴과 재주가 천하에 독보한다 합니다. 내 생각에는 월왕이 우리 궁중에 미인이 있음을 듣고 왕개(王愷)가 석숭(石崇)[9]과 겨룬 것을 효칙함인가 하나이다."

승상이 웃으며 왈,

"나는 대수롭지 않게 보았더니 월왕의 뜻을 공주가 알리로다."

정 부인이 왈,

"비록 노는 일이라고 하지만 어찌 남에게 지리이까?"

---

9) 진나라 사람으로 모두 큰 부자였다. 두 사람이 부(富)를 다투었다.

눈으로 경홍과 섬월 두 사람을 보며 이르되,

"군사를 십 년 동안 길러도 쓰기는 하루아침에 있다 하니 이 일은 오로지 그대 두 사람에게 달렸으니 모름지기 힘쓸지어다."

섬월이 왈,

"천첩은 감히 감당하지 못하리로소이다. 월궁 풍악이 천하에 이름이 났고, 무창 기생 옥연의 이름을 누가 아니 들었겠습니까? 첩이 남의 조롱거리가 되는 것은 문제가 없지만 우리 위부(魏府)를 욕 먹일까 두려워하나이다."

승상이 왈,

"내 낙양에서 섬월을 처음 만났을 때, 강남의 만옥연이 청루삼절(靑樓三絶)이란 말을 들었더니 이 분명 그 사람이로다. 비록 그러하나 청루삼절 중에 재갈량과 방통[10]을 얻었으니 항우의 한갓 범증[11]을 두려워하리오?"

공주가 말하되,

"월왕의 희첩 중에 미색이 많으니 굳이 옥연뿐 아니니이다."

섬월이 왈,

"실로 이기기를 장담하지 못하나니 홍랑에게 물어보소서. 첩은 담이 약한 사람이라. 이 말을 들으니 목구멍이 간질간질하여 노래를 못 부를 듯싶고, 낯이 따끈따끈하니 분가시조차 돋으려 하나이다."

---

10) 『삼국지』에 나오는 유비의 모사. 섬월과 경홍을 지칭한다.
11) 초나라 항우의 모사.

경홍이 화를 내며 말하되,

"섬 낭자야 거짓이냐 진짜냐? 우리 두 사람이 관중 칠십여 주를 두루 다니며 유명한 미색과 이름난 풍류를 보지 않은 것이 없지만 어디에서도 남에게 진 적이 없으니 어찌 유독 옥연에게 사양하리오? 세상에 나라를 기울일 만큼 미인이었던 한 무제의 부인인 이 씨와 구름을 떠다니는 선녀가 있으면 한층 사양하려니와 그렇지 않으면 내 어찌 저를 두려워하리오?"

섬월이 왈,

"홍 낭자야 말을 어찌 이렇게 쉽게 하나뇨? 우리 관동에 있을 때는 다니던 곳이 불과 태수와 방백의 잔치였고 또한 강한 적수를 만나지 못하였거니와 지금 월왕 전하는 황실에서 성장하여 눈높이가 산 같으며 옥연이 또한 명실 공히 이름을 얻은 자이니 어찌 가볍게 여기리오?"

이윽고 섬월이 승상께 아뢰되,

"홍랑이 스스로 착한 척하니 첩이 또한 홍랑의 단점을 아뢰리이다. 홍랑이 처음 승상을 따를 적에 연왕의 천리마를 타고 한단의 소년인 체하여 승상을 속였으니 얼마나 가볍고 하늘거리는 자태였으면 남자라고 보셨을까? 저 또한 처음으로 승상의 은혜를 받을 때, 어두운 밤에 첩의 몸으로 위장하였으니 이 이른바 사람을 통하여 일을 이룬 자라. 이제 도리어 첩을 향해 큰소리하니 아니 웃으리이까?"

경홍이 말하되,

"심하다. 사람 마음을 헤아리기 어렵도다. 천첩이 승상을 섬기지 않았을 때는 섬랑이 나를 칭송하기를 하늘 사람처럼 하다가 지금에 와서는 나무라기를 헤프게 합니다. 승상이 첩을 더럽게 여기지 않으시니 섬랑이 총애를 받지 못하여 투기하는 것에 지나지 않도소이다."

모든 낭자들이 크게 웃더라.

정 부인이 왈,

"홍랑의 태도가 섬약(纖弱)[12]함이 부족한 것이 아니라 승상의 두 눈이 원래 밝지 못함이니 이것으로 홍랑의 가치가 내려가지 않을 것이오. 섬랑의 말은 확론(確論)이라. 여자가 남자의 복색으로 사람을 속이는 일은 분명 여자의 태도가 부족함이고, 남자가 여장하고 사람을 속이는 일은 분명 장부의 기골이 없음이라."

승상이 웃으며 왈,

"부인의 말은 나를 희롱함이거니와 이 또한 두 눈이 밝지 못함이라. 부인은 내 얼굴을 나약하다고 나무라지만 능연각에서는 나무라지 아니하더이다."

모두 크게 웃더라.

섬랑이 왈,

"강적과 대결하는데 웃고만 있으리까? 우리 두 사람만으로는 미덥지 못할 것이니 가 유인을 데려가사이다. 월왕은 외부 사람이 아니시니 숙인인들 무슨 일로 못 가리이까?"

진 씨가 말하되,

"경홍, 섬월 낭자야 진사(進士) 과거를 보러 가면서 우리를

_____

12) 섬세하고 나긋나긋한 태도를 뜻한다.

가자고 하면 한끝을 도우려니와 가무하는 마당에 우리를 데려다가 무엇에 쓰리오?"

춘운이 왈,

"가무를 못할지라도 단지 남에게 조롱거리만 된다면 어찌 대단한 잔치를 구경하지 않으리이까? 하지만 첩이 가게 되면 승상이 남의 조롱을 받으시고 공주 낭랑의 근심을 끼칠 것이니 춘운은 못 가겠소이다."

공주가 웃으며 왈,

"춘랑이 간다고 해서 어찌 웃음거리가 되며 또 어찌 나의 근심이 되리오?"

춘운이 왈,

"비단 돗자리를 깔고 구름 장막을 걷으면서 양 승상의 총애하는 첩 가 유인이 나온다 하고 쑥대머리에 귀신 몰골로 나가 사람을 놀라게 하면 우리 승상을 두고 등도자(等徒子)[13]의 병을 두어 계신다고 아니하리이까? 월왕 전하는 황실 사람이시니 일생 더러운 것을 보지 않으시다가 눅눅하여 토하시면 공주 낭랑이 어찌 근심하지 않으시리이까?"

공주가 왈,

"심하다. 춘랑의 겸손이여. 춘랑이 귀신인 척하더니 이제는 서자(西子)[14]를 추녀(醜女)인 무염(無鹽)[15]이라 하니 춘랑의 말은 믿을 것이 없도다."

---

13) 여자를 밝히면서 얼굴의 곱고 나쁨을 가리지 않는 자.
14) 서시(西施). 월나라의 미녀로 오나라 부차왕의 총희.
15) 제(齊)나라 선왕(宣王)의 왕후.

승상에게 묻기를,

"답장을 어느 날로 맞추시니이까?"

승상이 대답하기를,

"내일 모이자고 하였나이다."

홍랑과 섬랑이 놀라 말하되,

"두 곳의 교방(教坊)에 미리 영을 내리오사이다."

영을 내리자 위부의 제자 팔백여 명이 얼굴을 단장하고 풍류도 배우고 거문고 줄도 고쳐 매고 치마허리를 각별 졸라매면서 부디 남에게 지지 않으려고 하더라.

다음 날 승상이 일찍 일어나 융복을 입고 좌우에 활과 화살을 차고 눈빛 같은 천리숙상마를 타고 사냥할 군사 삼천 명을 뽑아 성남으로 향했다. 섬월과 경홍이 옷단장을 신선같이 하고 비룡 같은 말에 올라 수놓은 신으로 은등자(銀鐙子)[16]를 편히 밟고, 옥 같은 손으로 진주 고삐를 가볍게 놀리며 승상 뒤편 가까이에서 모시고 섰다. 기생 팔백 명이 단장을 극히 빛나게 하여 그 뒤를 따랐다. 가는 도중에 월왕을 만나니 월궁 군용(軍容)의 번성함과 여악(女樂)의 번화함은 말로 형용하지 못할러라. 월왕이 승상과 함께 말을 나란히 하여 행하며 묻기를,

"승상이 타신 말은 어느 땅에서 난 것이니이까?"

승상이 왈,

"대완에서 났거니와 대왕이 타신 말도 대완마인가 싶으이

---

16) 은으로 만든 등자. 등자는 말에 오를 때 발을 디디는 도구다.

다."

월왕이 왈,

"바로 그러하오. 이 말 이름은 천리부운총이라 하나니 작년 가을에 천자를 모시고 상림원에서 사냥할 때 일만 마리 말이 바람 같았지만 이 말을 따라오는 것이 없었소. 장 부마의 도화총과 이 장군의 오추마를 세상에 없는 것이라고 자랑하지만 이 말에게는 못 이기니이다."

승상이 왈,

"작년 번국을 공격할 때, 사람은 험한 길과 깊은 구렁에 발을 놓지도 못했지만 이 말은 지나가기를 평지같이 하니 소유가 공을 세움은 이 말의 힘이라. 소유가 돌아온 후 뜻밖에 벼슬이 높아져 날마다 편한 교자로 천천히 조정에 나아갔더니 사람과 말이 오랫동안 한가하여 병이 날 지경입니다. 청컨대 왕과 같이 채찍을 들어 걸음을 한번 시험하여 보사이다."

월왕이 매우 기뻐하여 말하되,

"내 뜻이 또한 그러하다."

시종에게 일러 두 집의 손님과 여악은 미리 막차(幕次)에 가서 기다리라 하고 말을 채치려 하였다. 갑자기 한 사슴이 군병에게 쫓겨 뛰면서 월왕의 옆으로 지나거늘 월왕이 장사들에게 쏘라고 하여 여러 명이 쏘았으나 맞추지 못했다. 왕이 화가 나서 말을 내달리며 한 화살로 사슴의 겨드랑이를 맞추니 군사들이 천세(千歲)를 불렀다. 승상이 칭찬하여 말하기를,

"대왕의 신기한 활 솜씨는 옛날 양왕(養王)도 따르지 못하리로소이다."

월왕이 왈,

"어찌 그렇게 말할 수 있으리오? 승상의 활 솜씨를 또한 보고자 하나이다."

이때 마침 구름 사이로 고니 한 쌍이 급히 날아오르니 군사들이 아뢰기를,

"이 짐승이 매우 잡기 어려우니 마땅히 해동청[17]을 놓을 것이라."

하였는데 승상이 웃고 왈,

"아직 기다리라."

하고 허리 사이에서 천자가 주신 보궁과 금비전을 빼내어 몸을 기울여 한 화살로 고니의 머리를 맞추어 말 아래 떨어지게 하니 월왕이 매우 칭찬하며 왈,

"승상의 묘한 재주는 사람이 미칠 바 아니로소이다."

두 사람이 산호백옥편을 들어 함께 채치니 두 말이 별이 흐르고 번개가 치는 듯하여 순식간에 큰 들을 지나 높은 언덕에 도달하였다. 풍경을 바라보며 활 쏘고 칼 쓰는 법을 의논하더니, 시종이 비로소 땀을 흘리고 따라와 손수 잡은 짐승의 고기를 구워 은쟁반에 담아 드리더라. 두 사람이 수풀에 내려 풀을 깔고 앉아 차고 있던 칼로 고기를 베어 두어 그릇 술을 마시고 멀리 바라보니 붉은 옷을 입은 관원이 여러 사람을 데리고 바삐 달려왔다. 시종이 아뢰되,

"두 궁궐에서 술을 내리시나이다."

---

17) 매의 일종.

두 사람이 천천히 장막으로 가서 기다리니 두 궁궐의 태감이 황봉어주를 부어 권하였다. 천자께서 친히 시를 지어주셨거늘 머리를 조아려 절하고, 술을 먹은 후 각각 화답하는 시를 지어 태감에게 주어 보내니라. 이윽고 두 집의 빈객(賓客)이 차례로 앉고 술과 안주를 내오니 낙타의 등과 원숭이 입술은 푸른 가마에서 가져오고, 남월의 여지와 영가의 황감은 옥쟁반에 가득하였으니 서왕모(西王母)가 연 요지(瑤池)의 잔치가 어떠했는지는 알 수 없지만 인간 세상의 진기한 음식은 없는 것이 없더라. 두 집 여악 천 명이 자리를 둘렀는데 그 빛이 일천 나무 버들과 꽃의 아름다움을 빼앗고, 풍류 소리는 곡강의 물을 끓어 오르게 하고 종남산을 움직이더라.

　술이 반쯤 취하자 왕이 승상에게 왈,

　"승상의 사랑을 입어 구구한 정을 표할 길이 없어 소첩 몇 명을 데려왔는데, 승상의 장수를 빌리고자 하나이다."

　승상이 사례하여 왈,

　"소유는 감당하지 못할 듯하지만 사돈지간의 정을 또한 사양하지 못하니이다. 소유 역시 첩이 구경차 따라온 자 있는데 왕께 보여서 답례하려 하나이다."

　경홍과 섬월과 월궁의 네 미인이 잇달아 나와 머리를 조아려 뵈거늘 각각 자리를 주고 승상이 말하되,

　"옛날 영왕(寧王)께 한 미인이 있었는데, 이태백이 겨우 노랫소리만 듣고 얼굴을 보지 못하였는데, 소유는 하루에 네 명의 신선을 보니 이태백보다 열 배나 낫도소이다. 모든 미인의 꽃다운 이름을 무엇이라 하나니이까?"

네 미인이 일어나 대답하되,

"첩 등은 금릉 두운선과 진주 설교아와 무창 만옥연과 장안 해연연이로소이다."

승상이 왕에게 왈,

"소유가 선비일 적에 낙양과 서울을 다니면서 옥연 낭자의 이름을 하늘 사람같이 들었는데, 이제 용모를 보니 명성보다 낫도소이다."

왕이 또한 경홍과 섬월 두 사람의 이름을 묻고 말하되,

"두 미인은 천하가 함께 떠받드는 바라. 이제 승상을 좇으니 가히 임자를 얻었다 하리로다. 승상이 어느 땅에 가서 얻으시니이까?"

승상이 왈,

"계녀는 과거보러 낙양을 지날 때 따르기를 원했고, 적녀는 연국 궁궐에 있었는데 사신으로 연국에 갔을 때 도망쳐 따라왔나이다."

월왕이 손을 두드리며 웃고 왈,

"적 낭자의 협기(俠氣)는 홍불기라도 따르지 못할소이다. 그러나 적 낭자가 승상을 만날 때는 한림학사였으니 봉황과 기린을 알아보기 쉬웠거니와 계 낭자는 승상이 궁색할 때 좇았으니 더욱 기특하이다. 승상이 어찌하여 만나시니이까?"

승상이 웃으며 왈,

"그때 일을 생각하건대 실로 가소롭습니다. 먼 땅의 나귀 탄 서생이 촌점 탁주를 많이 먹고 천진 주루를 지났는데, 낙양 재사(才士) 수십 명이 주루에서 창악을 끼고 글 지으며 술

마시니 소첩이 또 그중에 있더이다. 소유는 헌 베옷과 비 맞은 두건으로 술기운을 빌려 자리에 나아가니 말고삐 잡은 종도 소유처럼 누추한 자가 없더이다. 취중이라 주제도 파악하지 못하고 황잡한 글귀를 무엇이라 지었던지 소첩이 모든 글 중에서 골라 노래 불렀는데, 이미 언약이 있었던 탓에 모인 재사들이 감히 섬월을 차지하지 못하였으니 이 또한 인연인가 하나이다."

왕이 크게 웃고 왈,

"승상이 장원 급제한 것을 천하에 통쾌한 일로 알았더니 그날의 통쾌함은 장원보다 위라. 그 글이 분명 묘할 것이니 얻어들으리이까?"

승상이 왈,

"한순간 술김에 지은 것이니 잊은 지 오래니이다."

왕이 섬월에게 왈,

"승상이 비록 기록하지 못하나 혹 낭자는 기억할까 하노라."

섬월이 왈,

"천첩이 기록하거니와 붓으로 써드리리이까 노래로 아뢰리이까?"

왕이 매우 즐거워하며 말하되,

"만일 미인의 노래를 아울러 들으면 더욱 기쁜 일이라."

섬월이 옥을 굴리는 소리로 삼장시를 차례로 외우니 좌중 모두가 얼굴빛을 움직이더라.

왕이 감탄하여 말하되,

"승상의 시와 계랑의 재모는 진실로 삼절(三絶)이라. '옥인의 단장을 부끄러워하니 가는 소리는 내지 않아도 기운이 이미 향기롭도다.' 한 말은 완연히 계랑을 그려내었으니 승상은 이태백과 같은 사람이라. 낙양의 범상한 무리들이 어찌 감히 바라보리오?"

금잔에 술을 부어 섬월에게 상으로 주더라.

경홍, 섬월 두 사람이 월궁의 네 미인과 함께 맑은 노래와 묘한 춤으로 손님과 주인을 접대하니 봉황이 쌍으로 울고, 청란이 대하여 춤을 추는 듯하니 가히 호적수더라. 조금도 어긋남이 없고 하물며 옥연의 재주와 얼굴이 경홍, 섬월과 견줄 만하고, 다른 세 명은 비록 옥연만 못하나 또한 세상에 드문 얼굴이라 피차 서로 공경하더라. 월왕이 위부에 지지 않음을 보고 마음속으로 기뻐하더라.

술이 반쯤 취하자 잔 돌리기를 그치게 하고 모든 빈객과 함께 장 밖으로 나가 무사들이 짐승 쏘는 모습을 보더니 월왕이 왈,

"미녀가 말 타고 활 쏘는 모습은 보기에 좋나이다. 내 궁중 기생 중 말과 활에 정통한 자가 수십 명이 있으니 승상 부중에도 분명 북방 여자가 있을 것이니 각각 뽑아서 꿩을 쏘게 해보사이다."

승상이 아주 좋다 하고 활쏘기 잘하는 자 이십 명을 뽑아 재주를 겨루더니 적경홍이 몸을 일으켜 승상께 아뢰되,

"첩이 비록 활쏘기를 익히지 않았으나 일찍이 남이 하는 것을 보았으니 시험 삼아 쏘아지이다."

승상이 허리에서 활을 풀어주니 경홍이 사람들을 돌아보

며 왈,

"맞추지 못해도 웃지 마라."

하고 나는 듯이 말에 올라 장막 앞을 두루 다니더니 꿩 한 마리가 개에게 쫓기어 높이 솟아오르거늘 가는 허리를 돌려 활시위를 당겼다. 오색 깃털이 흩어지며 공중에서 내려오니 승상과 왕이 매우 기뻐하더라. 경홍이 다시 말을 달려 장막 앞에서 내려 남자처럼 절하고 활을 승상께 돌려드리고 조용히 자리에 들어가니 모든 낭자들이 칭찬하더라.

이날 사냥에서 얻은 것이 구름 같고 여자들 중에도 꿩과 토끼를 많이 잡아 드리니 왕과 승상이 각각 공을 매겨 금과 비단을 상으로 주고 다시 장막 안으로 들어가 풍류를 그만두게 했다. 자리를 내오고 여섯 미인에게 관현 곡조를 교대로 타게 하며 술잔을 나누었다. 이때 섬월이 생각하되,

'우리 두 사람이 비록 월궁 여자에게 뒤지지는 않지만 저쪽은 네 명인데 우리는 두 명이니 자못 외로운지라. 춘랑을 데려오지 못한 것이 안타깝구나. 춘랑이 비록 가무를 하지는 못하나 얼굴과 말로 어찌 압도하지 못하리오?'

하고 문득 보니 건너편 길 어귀에서 두 사람이 꽃수레를 몰아 꽃 떨어진 풀 위로 굴러 점점 가까이 왔다. 수문장이 물으니 수레를 끄는 하인이 왈,

"양 승상의 소실이시니 연고가 있어 함께 오시지 못했더라."

군사가 승상께 아뢰니 승상이 생각하되,

'분명 춘운이 구경하러 왔도다. 행색이 어찌 이토록 간소하뇨?'

하고 불러들이라 하니 수레가 장 앞에 도착하여 주렴을 걷고 나서니 앞사람은 심요연이요, 뒷사람은 완연히 꿈속에서 만나본 동정 용녀러라. 승상 앞에 나아가 머리를 조아리고 뵈거늘, 승상이 월왕을 가리키며 왈,

"이는 월왕 전하이시니 예로 뵈오라."

예를 마치자 자리를 주어 경홍, 섬월과 같이 앉게 하고 승상이 왕에게 말하되,

"이 두 사람은 서번을 정벌할 때 얻은 첩이라. 미처 집에 데려오지 못하였더니 내가 대왕을 뫼시고 즐기는 것을 듣고 오도소이다."

왕이 두 사람을 보니 용모의 수려함이 경홍, 섬월과 대등했지만 뛰어난 기상은 더욱 돋보이더라.

왕이 매우 기이하게 여기고 월궁 미인의 기가 꺾이더라. 월왕이 묻기를,

"두 미인의 성명은 무엇이며, 어느 땅 사람인고?"

두 사람이 대답하기를,

"첩 요연은 서량주 사람이고 성은 심 씨로소이다."

"첩 능파의 성은 백 씨니 집이 동정 사이에 있으니 환란을 만나 서쪽 변방에 가서 살다가 양 승상을 따라왔나이다."

월왕이 왈,

"두 낭자의 기질이 실로 하늘 사람이라. 잘하는 재주가 있느냐?"

요연이 대답하기를,

"첩은 변방 사람이라. 일찍이 곡조를 듣지 못하였으니 무엇

으로 대왕을 즐겁게 하리이까? 오직 어릴 적 부질없이 검무(劍舞)를 배웠는데 이것은 군을 희롱함이라. 귀인께서 보시는 것이 마땅하지 않을까 하나이다."

월왕이 기뻐하며 승상에게 이르되,

"현종 시절에 공손대랑(公孫大娘)이란 기생의 칼춤이 천하에 이름났더니 이제는 곡조가 전하지 않으니, 두보의 시를 읊을 때면 항상 보지 못함을 한탄했는데 이 낭자가 검무를 하니 정말 즐거운 일이로다."

이에 허리에 찬 보검을 각각 내어 요연에게 주니, 요연이 소매를 걷고 허리띠를 자르고 비단 자리 위에서 한 곡조를 추었다. 붉은 단장과 흰 칼날이 서로 비추어 삼월의 눈이 도화(桃花) 수풀에 뿌리는 듯하더니 점점 빠르게 추니 칼빛이 장 안에 가득하고 사람은 보이지 않았다. 이윽고 흰 무지개가 하늘에 솟고 찬 바람이 장막을 찢으니 뼈가 시리고 머리털이 솟구치지 않는 자가 없더라. 요인이 재주를 다하면 왕이 놀랄까 두려워 칼을 던지고 머리를 조아리며 물러났다. 왕이 비로소 정신을 차리고 요연에게 묻기를,

"인간의 검무가 어찌 이럴 수 있으리오? 예로부터 신선 중에 검무하는 자가 있다고 들었는데 낭자가 그 사람 아니냐?"

요연이 말하되,

"서쪽 지방의 풍속이 병기(兵器)를 가지고 놀이를 하는 까닭에 어릴 적에 보아서 익혔을 뿐이지 무슨 도술이 있으리이까?"

월왕이 왈,

"내 돌아가 궁중에 몸이 경첩하고 춤 잘 추고 총명한 여자를 골라서 보낼 것이니 낭자는 가르침을 수고로이 여기지 마라."

요연이 "그렇게 하리이다." 하더라.

월왕이 또 능파에게 묻기를,

"낭자도 능한 재주가 있을 것이니 한번 구경할 수 있으랴?"

능파가 대답하기를,

"첩의 집은 옛날 아황(娥皇)과 여영(女英)[18]이 놀던 땅이라. 바람이 맑고 달이 밝은 밤이면 풍류 소리가 지금도 운무(雲霧) 중에 있나이다. 첩이 어려서부터 그 소리를 모방하여 가끔씩 혼자 즐길 뿐이라. 대왕께서 듣기에 마땅하지 않을까 두렵나이다."

월왕이 말하되,

"과인이 비록 책에서 상령(湘靈)[19]이 거문고를 탄다는 것을 보았지만 그 곡조가 세상에 전함을 듣지 못하였다. 낭자가 전할 수 있다면 백아(佰牙)나 사광(師曠) 같은 악사를 어찌 족하다고 하리오?"

능파가 수레에서 이십오 현을 내어 한 곡조를 타니 슬픈 듯 원망하는 듯 맑고 절절하여 골짜기의 물이 떨어지고 구월의 기러기가 부르짖더라. 좌중이 아연실색하여 슬픈 기색이 있더니 이윽고 일천 수풀이 삽삽하여 가을 소리 나며 병든 잎이

---

18) 요임금의 두 딸로 자매가 함께 순임금과 혼인하였다.
19) 아황과 여영을 지칭한다. 이 두 자매는 순임금이 죽자 상강(湘江)에 투신자살하였는데, 이로 인해 붙은 이름이다.

떨어지니 왕이 매우 괴이하게 여겨 말하되,

"인간의 곡조가 천지조화를 부린다는 것을 믿지 않으니, 생각하건대 낭자는 인간 세상의 사람이 아니라. 이 곡조를 어찌 인간 세상의 사람이 배우랴?"

능파가 대답하기를,

"첩은 다만 옛노래를 전할 뿐이라. 무슨 기이함이 있으며 어찌 배우지 못하리이까?"

갑자기 만옥연이 왕께 아뢰되,

"첩이 비록 재주는 없으나 시험 삼아 첩이 지닌 풍류로 백 낭자의 '상령곡'을 전해 보리이다."

옥연이 진쟁(秦箏)20)을 안고 십삼 현으로 이십오 현의 소리를 낱낱이 옮기는데, 손 쓰는 법이 정확하고 부드러워 조금도 다름이 없었다. 능파가 놀라 이르되,

"이 낭자의 총명함은 채문희라도 따르지 못하리로소이다."

승상과 경홍, 섬월이 모두 칭찬함을 마지않고, 월왕이 가장 기뻐하더라.

---

20) 악기의 이름.

부마가 벌로 금잔에 담긴 술을 마시고
성주(聖主)가 은혜를 베풀어 취미궁을 빌려주다.

이날 낙유원 잔치에 요연과 능파 두 사람이 뒤따라와서 손
님과 주인의 즐거움을 도우니 높은 흥은 넘치지만 날이 이미
저물었는지라. 잔치를 마치고 두 집이 각각 금은과 비단을 내
어 전두(纏頭)[21]를 하였다. 진주를 섬 단위로 헤아리고, 쌓인
비단이 자각봉에 가득하더라. 월왕이 승상과 함께 말에 올라
달빛을 받으며 성문으로 들어왔다. 이때 두 집 여악이 길을 다
투니 장신구 소리가 흐르는 물 같고, 향기로운 바람이 십 리
길에 그치지 않았다. 떨어진 비녀와 부서진 진주가 길 위에 깔

---

21) 가무(歌舞)의 대가를 지불하는 것이다.

려 말이 밟고 지나가자 바작바작하는 소리가 나더라.

장안 사람들이 집을 비우고 골짜기를 메웠으니 백 살 먹은 늙은이가 눈물을 흘리며 말하되,

"어릴 적 현종 황제의 화청궁 행차를 보았을 때 이와 같더니 늙은 후에 다시 태평한 모습을 볼 줄 생각지도 못했도다."

하더라.

이때 두 부인이 여러 낭자들과 함께 유 부인을 모시고 승상이 돌아오기를 기다렸다. 승상이 심요연, 백능파를 데리고 유 부인과 두 부인께 인사를 시키니, 정 부인이 말하되,

"승상의 위태한 지경을 구하여 나라에 공이 있음을 늘 말하시었소. 나도 만나 보기를 바라더니 어찌 이리 늦게야 오시오?"

요연, 능파가 대답하기를,

"첩 등은 먼 변방의 촌사람이라. 승상께서 버리지 않은 은혜를 입었으나 두 부인께서 그릇되게 여기실까 오랫동안 주저하였나이다. 경사에 도착하여 뭇사람들의 말을 들으니 부인의 덕이 『시경(詩經)』의 「관저(關雎)」에 나오는 규목(樛木)[22] 같으심을 칭송하지 않는 자가 없는 탓에 비로소 문하에 나아가려 하더니 마침 승상께서 교외에 나가신 때를 당하여 다행히 잔치에 참여하였나이다."

난양이 승상을 보고 웃으면서 왈,

"우리 궁중에 바야흐로 화색(花色)이 번성하였으니 승상은

---

22) 가지가 드리워진 나무. 포용력을 뜻한다.

승상의 풍채를 따르는가 생각하시거니와 우리 형제의 공인 줄 아소서."

승상이 크게 웃으며 왈,

"귀인이 칭찬하는 말을 좋아한다 함이 옳도다. 저 두 사람이 새로 왔음에 공주 낭랑 위엄을 두려 아첨하도소이다."

모두들 크게 웃더라.

정 부인이 경홍과 섬월에게 물어 이르되,

"오늘 잔치의 승부가 어떠하더뇨?"

섬월이 대답하기를,

"위부의 욕은 겨우 면한가 싶나이다."

경홍이 말하되,

"섬랑이 천첩의 큰소리를 헛소린가 하더니 첩이 한 화살로 월궁 사람의 기운을 빠지게 하였으니 첩의 말이 허언(虛言)인지 섬랑에게 물으소서."

섬월이 말하되,

"홍랑의 말 타기와 활 쏘는 재주는 가히 기특하다 하려니와 월궁 사람의 기운이 빠짐은 새로 온 두 낭자의 선녀 같은 태도에 항복한 것이니 어찌 홍랑의 공이리오? 내 또한 홍랑에게 옛말을 이르리라. 춘추 시절 천하 추남(醜男)인 가(賈) 대부가 처를 얻었는데, 처가 삼 년 동안 웃지 않았다. 가 대부가 처와 같이 들에 나가 꿩을 쏘아 잡자 그제야 처가 웃으니 이제 홍랑이 꿩을 쏜 일이 가 대부와 같음이 있느냐?"

홍랑이 말하되,

"가 대부의 흉한 몰골로도 활 쏘는 재주 탓에 그 처를 웃게 하였으니 만일 자도(子都)와 같은 미남이 그 꿩을 쏘아 맞추면 어찌 사람이 더욱 사랑하지 않으리오?"

섬랑이 왈,

"홍랑이 갈수록 자랑함이 이토록 크다. 승상이 홍랑을 교만하게 만든 탓이로소이다."

승상이 웃으며 왈,

"섬랑이 재주 많음을 안 지 오래되었지만 경서(經書)에도 조예가 있는 줄은 몰랐도다. 언제 『춘추좌씨전(春秋左氏傳)』을 보았나뇨?"

섬월이 말하되,

"한가한 때면 희진원에 가서 듣나이다."

하더라.

다음 날 승상이 조회 후 집으로 돌아오려 하였는데, 태후 낭랑이 월왕과 승상을 같이 부르셨다. 두 사람이 알현하니 두 공주를 이미 불러 계시더라. 태후께서 월왕에게 묻기를,

"어제 승상과 춘색(春色)을 다투었다 하니 승부가 과연 어떠하뇨?"

월왕이 웃으며 왈,

"매부의 큰 복은 사람이 대적할 바 아니더이다. 다만 승상의 이러한 복이 누이에게도 복이 되는지 아니 되는지 승상에게 물어보소서."

승상이 아뢰되,

"월왕이 신에게 못 이겼다 하는 것은 이태백이 최호(崔

顯)[23]에게 기가 꺾였다고 함과 같도소이다. 공주의 복이 되고 아니 되고는 공주에게 물으소서."

태후께서 두 공주를 돌아보시자 공주가 대답하기를,

"부부는 한 몸이라. 영욕과 고락이 다를 것이 없으니 승상에게 복이 되면 또한 여아 등의 복이니이다."

월왕이 말하되,

"누이의 말이 비록 좋지만 진심이 아니니이다. 자고로 부마양 승상같이 방자한 자 없으니 이는 또한 나라의 기강이 달린 문제인지라. 청컨대 양소유를 유사(有司)에게 넘겨 조정을 두려워하지 않는 죄를 다스려지이다."

태후께서 크게 웃고 왈,

"양 부마는 진실로 죄가 있거니와 만일 법으로 다스리면 내딸이 근심할 것이니 왕법(王法)을 거두리로다."

월왕이 말하되,

"비록 그렇지만 양소유를 어전에서 문초하여 그 대답을 보아 처치할 것이니이다."

태후께서 그 말을 따라 승상을 문초하여 말하시기를,

"예로부터 부마 되는 자가 감히 희첩을 두지 못함은 조정을 공경함이라. 하물며 두 공주는 용모와 재덕이 하늘 사람 같거늘 양소유는 공경하여 받들기를 생각하지 않고 미인 모으기를 마지않으니 신하의 도리에 극히 잘못된지라. 숨기지 말고 바로 말하라."

---

23) 당나라의 시인.

하시니 승상이 관을 벗고 말하되,

"신은 국은(國恩)을 입어 벼슬이 승상에 이르렀으나 나이가 도리어 젊었는지라. 소년 풍정을 이기지 못하여 집에 약간 풍류하는 사람이 있으니 황공하옵니다. 비록 그러하나 그윽이 나라와 가정의 법령을 보니 사건이 법령 이전에 있으면 따지지 않는다고 하였습니다. 신의 집에 비록 여러 사람이 있지만 숙인 진 씨는 황상께서 내려주신 사람이니 논외로 칠 것이고, 첩 계 씨는 신이 한미한 시절에 얻은 사람이고, 첩 가 씨와 적 씨, 백 씨, 심 씨 이 네 사람도 부마 되기 전에 신을 따랐으며, 그 후 함께 지내는 것은 다 공주의 권함을 따름이옵니다. 신의 멋대로 한 것이 아니니이다."

태후께서 용서하라고 하시자 월왕이 아뢰되,

"공주가 비록 권했더라도 양소유의 도리는 마땅하지 않으니 다시 물어지이다."

승상이 다급하여 머리를 조아리고 아뢰되,

"신의 죄는 일만 번 죽어도 아깝지 않으나 예로부터 죄지은 자도 그 공을 의논하는 법도가 있나이다. 신이 황상의 부림을 입어 동으로 삼진을 항복받고 서로 토번을 평정하여 공로가 또한 적지 않으니 이것으로 속죄할까 하나이다."

태후께서 크게 웃고 왈,

"양 승상은 사직(社稷)의 신하니 어찌 사위로만 대접하리오?"

하시고 사모(紗帽)를 쓰라 하셨다.

월왕이 말하되,

"승상이 비록 공이 중하여 죄를 면하였으나 아주 무시하지는 못할 것이니 벌주(罰酒)를 내려지이다."

태후께서 웃고 허락하시니 궁녀가 옥잔을 받들어 오거늘 월왕이 왈,

"승상 주량이 고래와 같으니 작은 잔으로 어찌 벌하리오?"

하고 손수 부탁하여 한 말들이 금잔에 술을 가득 부어 승상을 벌하니 소유가 절하고 받아서 단번에 다 마셨다. 승상이 비록 주량이 크지만 한 말 술을 급하게 먹었으니 어찌 취하지 않으리오? 머리를 조아리고 아뢰기를,

"견우는 직녀를 너무 사랑하였기에 장인이 귀양 보냈고, 소유는 집에 희첩 두었기로 장모가 벌하시니 황실 사위 되기 어렵도소이다. 신이 크게 취하였으니 물러가나이다."

하고 일어났지만 쓰러지거늘 태후께서 크게 웃고 궁녀를 시켜 붙들어 내보내셨다. 두 공주에게 이르시되,

"양랑이 술에 시달려 기운이 편하지 못할 것이니 너희 함께 나아가 옷을 벗기고 차를 드리도록 하라."

두 공주가 대답하여 왈,

"소녀 등이 아니어도 옷 벗길 사람은 적지 않나이다."

태후께서 왈,

"비록 그러하나 부녀자의 도리를 아니 차리지 못하리라."

하시니 공주가 승상을 따라가니 유 부인이 당상에서 등불을 놓고 기다리더라. 승상이 크게 취하였음을 보고 묻기를,

"오늘은 어찌 이 지경이 되도록 취하였나뇨?"

승상이 취한 눈으로 공주를 한동안 보다가 이르되,

"공주의 오라비가 태후께 소자의 죄를 억지로 얽어서 아뢰니 태후께서 진노하시어 사태가 심각하였습니다. 제가 말을 잘해서 겨우 풀려났는데 월왕이 오히려 저를 해하려고 태후를 북돋우어 벌로 독주로 먹이니 거의 죽을 뻔하이다. 월왕이 미색을 겨루다 못 이겨서 한을 품고 보복함이라. 또 난양이 저의 희첩을 투기하여 월왕과 짜고 억누름이니 전일 어진 척하던 말을 어찌 믿으리오? 모친은 난양에게 벌주를 먹여 저의 분을 풀어주소서."

부인이 웃으며 왈,

"난양의 죄가 분명하지 않고, 원래 술을 한 모금도 못 먹는데 어찌 먹이리오? 굳이 벌주려거든 차로 대신할 것이로다."

승상이 왈,

"굳이 벌주를 먹이려 하나이다."

부인이 난양에게 이르되,

"공주가 벌주를 먹지 않으면 취객이 화를 풀지 못할 것이라."

하고 시녀를 시켜 난양에게 벌주를 보내니 난양이 받아 마시려 할 때, 승상이 의심하여 잔을 빼앗아 먹어보려 했다. 난양이 급히 땅에 버리니 잔 밑에 남은 술이 있는지라. 승상이 찍어 먹어 보니 사탕물이거늘 좋은 술을 가져오라 하여 친히 한 잔을 가득 부어 난양에게 보내니 마지못하여 받아 마셨다. 승상이 또 유 부인에게 아뢰되,

"저의 벌이 비록 난양의 계책이지만 정 씨도 참여함이 없지 않습니다. 제가 태후 앞에서 고생하는 모습을 보고 난양에게 눈길을 주며 웃었으니 그 마음을 측량하지 못할지라. 청컨대

벌하여지이다."

부인이 웃고 또 한 잔을 정 씨에게 보내니 자리를 떠나 받아 마시고 다시 주더라. 부인이 말하되,

"태후 낭랑께서 소유를 벌하심은 희첩이 있는 까닭이라. 이로 인해 주모(主母) 두 사람이 벌주를 먹었으니 희첩이 가만히 있으리오? 경홍, 섬월, 요연, 능파 모두에게 한 잔씩 벌하라."

네 명이 모두 꿇어 한 잔씩 받아 마셨다. 섬월, 경홍이 부인께 아뢰되,

"태후 낭랑께서 승상을 벌하심은 희첩이 있다고 꾸짖은 것이지 낙유원 잔치 때문이 아니옵니다. 요연과 능파 두 사람이 아직 이부자리에 앉지 못하였으니 부끄러워 낯을 들지 못하거늘 첩 등과 같이 벌주를 마셨습니다. 가 유인은 승상을 모심이 저렇듯 온전한데도 낙유원에 가지 않은 탓에 벌을 면하니 아랫사람의 마음이 불평하여지이다……."

부인이 옳다 하고 큰 잔으로 춘운을 벌하라 하니 춘운이 웃음을 머금고 벌주를 마시더라.

이때 여러 사람들이 두루 벌주를 먹으니 자못 부산하고 공주는 술기운을 견디지 못하고 있는데, 오직 진 숙인이 단정하게 앉아 말도 하지 않고 웃지도 않거늘 승상이 왈,

"진 씨 참된 척하고 남의 흉만 보니 벌을 아니하지 못하리라."

하고 한 잔을 보내니 진 씨 웃고 마시더라. 유 부인이 왈,

"공주의 기운이 어떠한고?"

공주가 왈,

"머리가 심하게 아프이다."

부인이 진 씨를 시켜 부축하여 침실로 가라 하고, 춘운에게 금잔에 술을 부어 오라 하여 잔을 잡고 말하되,

"나의 두 며느리는 천상의 신선이라. 내 항상 복이 달아날까 두려워하더니 이제 소유가 미친 주정을 부려 난양의 몸을 불편하게 하니 낭랑이 들으시면 분명 과히 근심하실 것이다. 신하 된 자가 임금께 근심을 끼치는 것은 무거운 죄라. 이것이 다 이 늙은 몸이 아들을 가르치지 못한 탓이라. 스스로 벌하노라."

하고 다 마시니 승상이 황공하여 꿇어 말하되,

"모친이 스스로 벌하노라 하시니 이 아들의 죄가 깊도소이다."

경홍을 시켜 큰 그릇에 술을 부어 오라 하여 일어나 절하고 말하되,

"소유가 모친의 가르침을 순종하지 않았으니 벌주를 마시나이다."

하고 한번에 다 마시고 크게 취해 앉아 있지도 못하였다. 응향각으로 가려 하거늘 정 부인이 춘운에게 부축하여 가라 하니 춘운이 왈,

"천첩은 못 갈소이다. 계 낭자와 적 낭자가 꾸짖더이다."

경홍, 섬월 두 사람에게 가라 하자 섬랑이 왈,

"운 낭자가 우리가 한 말 때문에 가지 않으니 첩은 더욱 혐의가 있나이다."

경홍은 웃고 일어나 승상을 모시고 가거늘 다른 낭자들이

각각 흩어지니라.

승상이 요연과 능파 두 사람의 성품이 산과 물을 좋아한다 하여 화원 가운데 있을 곳을 정하니 맑은 물이 넓기가 강물 같았다. 그 가운데 채색한 누각이 있으니 이름은 영일루라, 능파를 거처하게 하였다. 물 북쪽에는 인공으로 꾸민 산이 있었는데, 수많은 옥이 박혔고 늙은 소나무와 마른 대나무 그늘이 섞여 있고 그 사이에 정자가 있으니 이름이 빙설헌이라, 요연을 거처하게 하였다. 부인네들이 화원에서 놀 때면 이 두 사람이 주인이 되더라.

여러 부인들이 조용히 용녀에게 묻기를,

"낭자의 신통한 변화를 한번 구경하랴?"

용녀가 왈,

"그것은 첩이 용녀였을 때 했던 일이라. 첩이 천자 조화에 힘입어 사람의 몸을 얻을 적에 벗은 허물과 비늘이 산같이 쌓였나니 참새가 변하여 조개가 된 후에 어찌 감히 날갯짓을 할 수 있으리오?"

요연은 비록 부인과 승상 앞에서 가끔 검무로 즐겁게 했지만 또한 자주 하지 않았다. 이에 요연이 말하되,

"처음에는 검술을 빌려 승상을 만났을지언정 살벌한 일은 평상시에 볼 것이 아니라."

하더라.

이후로 두 부인과 여섯 낭자가 서로 친애함이 수족 같고 승상의 따뜻한 정이 피차가 없어 한결같았다. 부인들의 덕성도 아름답거니와 진실로 애당초 남악에서의 아홉 사람의 바람이

이러하더라.

하루는 두 부인이 서로 의논하되,

"옛사람은 자매 여럿이 한 나라에서 서방을 맞아 처도 되고 첩도 되었는데, 이제 우리 이처와 육첩이 비록 성은 제 각각이지만 마땅히 형제 되어 자매라고 일컬을 것이라."

여섯 낭자가 감당하지 못한다 하고 춘운과 경홍, 섬월은 더욱 고사하거늘 정 부인이 왈,

"유비, 관우, 장비는 군신의 사이였지만 형제의 의를 폐하지 않았으니 나와 춘랑은 원래부터 규중의 벗이니 어찌 형제 되지 못하리오? 야수부인(耶輸夫人)은 세존의 아내이고, 등가여자(登伽女子)는 음란한 창녀였지만 함께 부처의 제자가 되어 결국에는 도를 얻었으니 처음의 미천함을 어찌 꺼리리오?"

두 부인이 여섯 낭자를 거느리고 관음화상으로 나아가 분향하고 말하되,

"유(維) 연월일(年月日)에 제자 경파 정 씨, 소화 이 씨, 채봉 진 씨, 춘운 가 씨, 섬월 계 씨, 경홍 적 씨, 요연 심 씨, 능파 백 씨는 삼가 남해대사께 아뢰나이다. 제자 여덟 사람은 각각 다른 곳에서 나서 자랐으나 한 사람을 섬겨 마음이 합해져 하나가 되었습니다. 비유컨대 한 나무의 꽃이 바람에 날려 궁궐에 떨어지고, 혹은 규중에 떨어지고, 혹은 촌가(村家)에 떨어지고, 혹은 길거리에 떨어지고, 혹은 변방에 떨어지고 혹은 강호에 떨어졌지만 근본을 찾으면 어찌 다름이 있으리오? 오늘로부터 맹세하여 형제 되어 생사고락을 함께하고 누구든지 다른 마음이 있으면 천지가 용납하지 않으리이다. 엎드려 바

라옵건대 대사는 복을 내려 주시고 재앙을 없이 하여 백 년 후 함께 극락세계로 가게 하소서."

하였더라.

이후 여섯 사람이 비록 명분을 지켜 감히 형제 칭호를 못했지만 두 부인은 항상 자매라고 불러 사랑하는 마음이 더욱 극진하더라. 여덟 사람이 각각 자녀가 있으니 두 부인과 춘운, 홍월, 요연은 아들을 두었고 숙인과 용녀는 딸을 두었는데, 한 번 낳은 뒤에는 다시 잉태하지 않으니 이 또한 범인과 달랐다.

이때 천하가 태평하여 조정에 일이 없으니 승상이 나가면 천자를 모시고 상림원에서 사냥하고, 들면 대부인을 모시고 북당에서 잔치하여 춤추는 옷깃은 세월을 뒤집고, 풍류하는 소리는 시간을 재촉하니 승상이 재상의 자리에 있은 지 수십 년이 지났더라. 유 부인이 정 사도 부인과 함께 나이가 많아 세상과 이별하고 승상의 모든 아들이 이미 조정에 진출하였으니 육남이녀(六男二女)가 모두 부모의 풍채를 이어받아 옥수(玉樹)와 지란(芝蘭)이 온 집을 비춘 듯하더라.

장남의 이름은 대경이니 정 부인의 아들이고 예부상서가 되었고, 차남의 이름은 차경이니 적 씨 소생이고 경조윤이 되었고, 셋째는 숙경이니 가 씨 소생으로 어사중승이 되었고, 넷째는 계경이니 공주 소생이고 이부시랑이 되었고, 다섯째는 유경이니 계 씨 소생으로 한림학사가 되었고, 여섯째는 치경이니 심 씨 소생인데 다섯 살에 용기와 힘이 탁월하니 천자께서 사랑하시어 금오상장군을 제수하니 경영군 십만을 거느려 대궐을 호위하였더라. 장녀의 이름은 정란이니 진 숙인 소생이라. 월왕의 아들 낭아왕의 부인이 되었고, 차녀의 이름은 역락이니 동정용왕의 외손이라. 태자의 첩이 되었더라.

승상이 일개 서생으로 자기를 알아주는 임금을 만나 무(武)로써 국가의 위기를 평정하고 문(文)으로써 태평성대를 이루니 부귀영화가 곽분양과 견줄 만하였지만 분양은 예순에 장상을 하였고 소유는 스물에 승상을 하였으니 전후로 재상을 누린 것이 분양보다 많고 군신(君臣)이 함께 태평성대를 누리니 복록(福祿)의 완전함이 진실로 천고에 없는 바더라.

승상이 재상 자리에 있은 지 오래되고 너무 번성했다고 생각하여 상소하여 벼슬을 사직하고 물러나고자 하니 천자께서 비답(批答)24)을 내리기를,

"경의 공적이 세상을 덮었고, 덕택이 백성에게 가득하니 국가가 의지하는 바이고 과인이 우러러보는 바이라. 옛 강태공과 소공(召公)은 나이가 백 살이었지만 오히려 성왕(成王)과 강왕(康王)을 도왔으니 이제 경은 쇠로할 나이 아니고, 하물며 장자방의 풍모가 범인과 다르고, 소안기골(韶顏氣骨)25)이 옥당에서 조서를 지을 때와 같고, 정신은 위교에서 도적을 물리칠 적과 같으니 마땅히 기산(箕山)의 높은 뜻26)을 되돌려 태평성대를 이룰 것이니 상소에 청한 말을 허락하지 않노라."

하시더라.

승상은 원래 불가(佛家)의 높은 제자요 여러 낭자는 남악

---

24) 상소에 대한 임금이 답변.
25) 빛이 나듯 젊게 보이는 노인의 얼굴과 골격을 뜻한다.
26) 기산에서 은거하고 살았던 허유(許由)와 소부(巢父)의 행적을 뜻한다.

선녀라. 원래부터 받은 기운이 신령하였고, 승상은 또한 남전산 도인에게 선가의 비방(秘方)을 받았던 탓에 나이가 많았지만 귀인의 용모가 더욱 젊으니 세상 사람이 신선인가 의심하였다. 천자의 비답 내용이 이와 같은 이유가 여기에 있더라. 승상이 여러 번 상소를 올려 말씀이 더욱 간절하니 상께서 불러 보시고 말하시되,

"경의 뜻이 이러하니 짐이 어찌 높은 뜻을 이루어주지 않으리오? 다만 경이 맡은 나라에 가면 서울에서 천 리 밖이라. 국가의 큰일을 상의하기 어렵고, 황태후께서 돌아가신 후에는 난양을 떠나보내기가 어려우니 성남의 사십 리 땅에 떨어진 궁이 있으니 이름은 취미궁이라. 옛날 현종 황제께서 기왕(岐王)에게 빌려주어 피서하던 곳이라. 그 땅이 늘그막에 지내기에는 가장 마땅하니 이제 경에게 주어 거처하게 하노라."

마침내 조서를 내려 위국공 양소유에 태사를 더하여 봉하시고 식읍(食邑) 오천 호를 더하여 승상 인수를 도로 올리라 하셨다.

양 승상이 높은 데 올라 멀리 바라보고
성진 상인은 원래의 곳으로 돌아가다.

   승상이 성은에 감격하여 머리를 조아려 사은하고 가족을
데리고 취미궁으로 옮겨 갔다. 이 집은 종남산 가운데 있는데
누각의 아름다움과 경치의 기이하고 빼어남이 완연히 봉래산
선경이라. 왕유(王維)의 시에 "신선의 집이 이보다 그다지 나아
보이지 않는데, 무슨 일로 퉁소를 불고 푸른 하늘로 향하리
오?" 하였으니 이 한 구절로 그 경치를 알리러라.
   승상이 정전(正殿)을 비워 조서와 어제시문(御製詩文)[27]을
받들어 모시고, 그 나머지 누각에는 여러 낭자들이 나누어 거

---

27) 역대 임금이 지은 시문.

처하였다. 날마다 승상을 모시고 물가에 가거나 매화를 감상하고 시를 지어 구름 낀 바위에 새기며 거문고를 타 소나무 바람에 화답하니 맑고 한가로운 복은 더욱 사람이 부러워할 바러라.

승상이 한가한 곳에 나아간 지도 또한 여러 해가 지났더니 팔월 스무날께는 승상의 생일이라. 모든 자녀들이 모여 열흘 동안 잇달아 잔치를 여니 번화하고 화려함이 예전에 듣지 못한 바더라. 잔치를 마치고 자녀들이 각각 흩어진 후, 문득 국화꽃 피는 아름다운 계절이 다가왔다. 국화 봉오리는 누르고 산수유 열매가 붉었으니 바로 등고절(登高節)[28]이라. 취미궁 서쪽에 높은 누대(樓臺)가 있으니 그 위에 오르면 팔백 리 진천(秦川)을 손금 보듯 할 정도로 가려진 것이 없으니 승상이 가장 사랑하는 땅이더라. 이날 두 부인과 여섯 낭자를 데리고 누대에 올라 머리에 국화를 꽂고 가을 경치를 감상하는데, 온갖 진기한 맛에 질렸고 관현의 소리에 귀가 싫증났는지라. 다만 춘운에게 과일 바구니를 들리고 섬월에게 옥호리병을 이끌게 하여 국화주를 가득 부어 처첩이 차례로 잔을 올렸다. 이윽고 저문 해가 곤명지에 드리우고 구름 그림자가 진천에 떨어지니 눈을 들어 한번 보니 가을빛이 아득하더라. 승상이 스스로 옥통소를 잡아 두어 소리를 부니 오열하여 애원하는 듯하고 우는 듯하였다. 형경(荊卿)[29]이 역수(易水)를 건널 적에

---

28) 음력 9월 9일. 높은 산에 올라가는 오래된 풍속이 있다.
29) 형가(荊軻). 진시황을 죽이려다 미수에 그친 사람.

고점리(高漸離)[30]와 이별하는 듯, 초패왕이 장막 중에서 우희(虞姬)[31]미 공을 이루고 부귀가 극하여 만인이 부러워하니 천고에 듣지 못한 바라. 아름다운 때를 만나 풍경을 감상하며 꽃다운 술은 잔에 가득하고 사랑하는 사람이 곁에 있으니 이 또한 인생에 즐거운 일이거늘 퉁소 소리 이러하니 오늘 퉁소는 옛날 퉁소가 아니로소이다.”

승상이 옥퉁소를 던지고 부인과 낭자를 불러 난간에 의지하고 손을 들어 두루 가리키며 말하되,

“북쪽을 바라보니 평평한 들과 무너진 언덕의 시들은 풀에 석양이 비추는 곳은 진시황의 아방궁이요, 서쪽을 바라보니 슬픈 바람이 차가운 수풀에 불고 저무는 구름이 빈 산을 덮은 곳은 한무제의 무릉이요, 동쪽을 바라보니 분칠한 성이 청산을 둘렀고 붉고 엷은 안개가 공중에 숨었고 명월이 오락가락하는데 난간을 의지할 사람이 없으니 이는 현종 황제께서 태진비(太眞妃)[32]와 같이 노시던 화청궁이라. 이 세 임금은 천고의 영웅이라. 사해(四海)를 집으로 삼고 억조창생을 신하로 삼아 호화부귀가 백 년을 짧게 여기더니 이제 다 어디 있나뇨? 소유는 원래 하남 땅에서 베옷 입던 선비라. 성스러운 천자의 은혜를 입어 벼슬이 장상에 이르고 낭자들이 서로 따라 정다운 정이 백 년이 하루 같도다. 만일 전생의 인연으로 모였다가 인연이 다하여 각각 돌아가는 것은 천지에 떳떳한 일이

---

30) 형가의 친구.
31) 초패왕 항우가 사랑한 여인인 우미인(虞美人).
32) 양귀비.

라. 우리 백 년 후, 높은 누대가 무너지고 연못이 메워지고 가무하던 땅이 변하여 거친 산과 시든 풀이 되었을 때, 나무꾼과 목동들이 오르내리며 탄식하여 말하되, '이곳이 양 승상이 여러 낭자들과 함께 놀던 곳이라. 승상의 부귀 풍류와 여러 낭자의 옥 같은 용모, 꽃다운 태도는 이제 어디 갔나뇨?' 할 것이니 어찌 인생이 덧없지 않으리오? 내 생각하니 천하에 유도(儒道), 선도(仙道), 불도(佛道)가 특히 높으니 이 이른바 삼교(三敎)라. 유도는 살아 있을 때의 사업이니 죽고 나면 이름만 남을 뿐이요, 신선은 예로부터 구하여 얻은 자가 드무니 진시황과 한무제와 현종 황제를 겨우 볼 것이라. 내 벼슬을 버리고 물러난 후부터 밤에 잠이 들면 항상 포단 위에서 참선하는 것이 보이니 이 분명 불가와 인연이 있는지라. 장차 장자방이 적송자(赤松子) 따른 것을 본받아 집을 버리고 스승을 구하여 남해를 건너 관음보살을 찾고 오대산에 올라 문수보살께 예를 드려 불생불멸하는 도를 얻어 속세의 고락을 뛰어넘으려 하지만 여러 낭자와 반생을 같이 했다가 하루아침에 이별하려 하니 슬픈 마음이 자연히 곡조에 나타남이로소이다."

여러 낭자는 다 전생에 근본이 있는 사람이라. 또한 세속과의 인연이 끝나갈 때니 이 말을 듣고 자연 감동하여 이르되,

"부귀 번화 중 이렇듯 맑고 깨끗한 마음을 내시니 장자방을 어찌 족하다 말하리오? 우리 자매 여덟 사람이 마땅히 깊은 규중에서 향을 사르고 예불을 드려 상공께서 돌아오시기를 기다릴 것이옵니다. 이번 행차에 분명 밝은 스승과 어진 벗을 만나 큰 도를 얻을 것이니 득도한 후에 부디 첩들을 먼저 인도

하소서."

승상이 매우 기뻐 말하기를,

"우리 아홉 사람의 뜻이 이와 같으니 즐거운 일이라. 내일 바로 행할 것이니 오늘은 여러 낭자와 같이 실컷 취하리라."

하더라.

여러 낭자들이 왈,

"첩 등이 각각 한 잔씩 받들어 상공을 전송하리이다."

잔을 씻어 다시 술을 부으려 하는데 갑자기 석양에 막대기 던지는 소리가 나거늘 괴이하게 여겨 생각하되, '어떤 사람이 올라오는고.' 하였다. 이윽고 한 중이 오는데 눈썹이 길고 눈이 맑고 얼굴이 특이하더라. 엄숙하게 자리에 이르러 승상을 보고 예하여 왈,

"산야(山野) 사람이 대승상께 인사를 드리나이다."

승상이 이인(異人)인 줄 알고 황망히 답례하며 왈,

"사부는 어디에서 오신고?"

중이 웃으며 왈,

"평생의 낯익은 사람을 몰라보시니 귀인이 잘 잊는다는 말이 옳도소이다."

승상이 자세히 보니 과연 낯이 익은 듯하거늘 문득 깨달아 능파 낭자를 돌아보며 왈,

"소유가 전에 토번을 정벌할 때 꿈에 동정 용궁에 가서 잔치하고 돌아오는 길에 남악에 가서 놀았는데 한 화상이 법좌에 앉아서 불경을 강론하더니 노부께서 바로 그 노화상이냐?"

중이 박장대소하고 말하되,

"옳다. 옳다. 비록 옳지만 꿈속에서 잠깐 만나본 일은 생각하고 십 년을 같이 살던 일은 알지 못하니 누가 양 장원을 총명하다 하더뇨?"

승상이 어리둥절하여 말하되,

"소유가 열대여섯 살 전에는 부모 슬하를 떠나지 않았고, 열여섯에 급제하여 줄곧 벼슬을 하였으니 동으로 연국에 사신을 갔고 서로 토번을 정벌한 것 외에는 일찍이 서울을 떠나지 않았으니 언제 사부와 십 년을 함께 살았으리오?"

중이 웃으며 왈,

"상공이 아직 춘몽에서 깨어나지 못하였도소이다."

승상이 왈,

"사부는 어떻게 하면 소유를 춘몽에서 깨게 하리오?"

중이 왈,

"어렵지 않으니이다."

하고 손 가운데 돌지팡이를 들어 난간을 두어 번 치니 갑자기 사방 산골짜기에서 구름이 일어나 누대 위에 쌓여 지척을 분변하지 못했다. 승상이 정신이 아득하여 마치 꿈에 취한 듯하더니 한참 만에 소리 질러 말하되,

"사부는 어찌 소유를 정도로 인도하지 않고 환술(幻術)로 희롱하나뇨?"

대답을 듣기도 전에 구름이 날아가니 중은 간 곳이 없고 좌우를 돌아보니 여덟 낭자 또한 간 곳이 없는지라. 놀라고 당황해하더니 높은 누대와 많은 집이 한순간에 없어지고, 향로

에 불이 이미 꺼지고 지는 달이 창에 이미 비치었더라. 스스로 자기 몸을 보니 백팔염주가 손목에 걸렸고 머리를 만지니 깎은 머리털이 까칠까칠하였으니 완연히 소화상의 몸이지 대승상의 위의가 아니더라. 정신이 멍하여 오랜 후에 비로소 제 몸이 연화도장 성진 행자인 줄 알고 생각하니, 처음에 스승의 책망을 듣고 풍도로 가고 인간 세상에 환생하여 양 씨 집의 아들이 되어 장원 급제 한림학사를 하고 출장입상(出將入相)³³⁾하여 공을 이루고 벼슬에서 물러나 두 공주와 여섯 낭자와 같이 즐기던 것이 다 하룻밤 꿈이라. 마음으로 생각하되,

'이 분명 사부께서 내 생각의 그릇됨을 알고 꿈을 꾸게 하여 인간 세상 부귀와 남녀 간 정욕이 다 허사인 줄 알게 함이로다.'

급히 세수하고 의관을 갖추어 방장에 나아가니 다른 제자들이 이미 다 모였더라. 대사가 소리하여 묻기를,

"성진아 인간 세상 부귀를 겪으니 과연 어떠하더뇨?"

성진이 머리를 조아리고 눈물을 흘리며 말하되,

"성진이 이미 깨달았나이다. 제자가 불초하여 마음을 잘못 먹어 죄를 지으니 마땅히 인간 세상에서 윤회할 것이거늘 사부께서 자비로우시어 하룻밤 꿈으로 제자의 마음을 깨닫게 하시니 사부의 은혜는 천만 겁이라도 갚기 어렵도소이다."

대사가 말하되,

"네가 흥을 타고 갔다가 흥이 다하여 돌아왔으니 내 무슨

---

33) 나가서는 장군이 되고 들어와서는 재상이 되는 것이다.

관여함이 있으리오? 네 또 말하되, 인간 세상에서 윤회하는 꿈을 꾸었다 하니 이것은 인간 세상의 꿈이 다르다 함이라. 네 아직 꿈을 온전히 깨지 못하였도다. 장주(莊周)[34]가 꿈에 나비 되었다가 나비가 다시 장주가 되니 무엇이 거짓이며 무엇이 진짜인지 분변하지 못했다. 성진과 소유가 누가 꿈이며 누가 꿈이 아니뇨?"

성진이 말하되,

"제자는 아득하여 꿈과 진짜를 알지 못하니 사부께서는 자비를 베푸시어 제자를 위하여 설법하여 깨닫게 하소서."

대사가 말하되,

"이제 금강경 큰 법을 일러 너의 마음을 깨닫게 하려니와 새로 오는 제자가 있을 것이니 잠깐 기다릴 것이라."

하더니 문 지키는 도인이 들어와

"어제 왔던 위 부인 아래의 선녀 여덟 사람이 또 와서 사부를 뵙고자 하나이다."

하더라.

대사가 들어오라 하니 여덟 선녀가 대사 앞에 나아가 손을 모아 머리를 조아려 말하되,

"제자 등이 비록 위 부인을 모시고 있으나 실로 배운 것이 없어 세속의 정욕을 잊지 못하더니 대사의 자비하심을 입어 하룻밤 꿈에 크게 깨달았사옵니다. 제자 등이 이미 위 부인께 하직하고 불문(佛門)에 돌아왔으니 가르침을 바라나이다."

---

34) 장자(莊子).

대사가 왈,

"선녀의 뜻이 비록 아름다우나 불법은 깊고 멀어서 큰 역량과 간절한 바람이 아니면 능히 이르지 못하나니 모름지기 스스로 생각하여 행하라."

여덟 선녀가 물러가 낯의 연지분을 씻어버리고 각각 소매에서 가위를 내어 검은 구름 같은 머리를 자르고 들어와 아뢰되,

"제자 등이 이미 얼굴을 다르게 하였으니 맹세하여 사부의 가르치는 명을 게을리 않으리이다."

대사가 말하되,

"착하고도 착하구나. 너희 여덟 사람의 정성이 이와 같으니 어찌 감동하지 않으리오?"

드디어 법좌에 올라 경문을 강론하니 백호(白毫)[35] 빛이 세상에 쏘이고 하늘 꽃이 비같이 내리더라. 설법을 마치자 네 구절 진언을 외웠다.

인위적인 일체의 법은	一切有爲法
꿈과 환상 같고, 거품과 그림자 같으며	如夢幻泡影
이슬과 같고 또한 번개와 같으니	如露亦如電
응당 이와 같이 볼지어다.	應作如是觀

---

35) 부처의 눈썹 사이에 있는 털. 빛을 발하여 무량(無量)의 국토를 비춘다고 한다.

이렇게 이르니 성진과 여덟 비구니가 동시에 깨달아 불생불멸하는 도를 얻으니 대사가 성진의 계행(戒行)이 높고 순수하고 원숙한 것을 보고 대중을 모아놓고 말하되,

　"내 원래 전도를 위해 중국에 들어왔는데 이제 맑은 법을 전할 곳이 있으니 나는 돌아가노라."

　하고 염주와 바리와 정병(淨甁)[36]과 석장과 금강경 한 권을 성진에게 주고 서천(西天)으로 가니라. 이후에 성진이 연화도장 대중을 거느려 크게 교화를 베푸니 신선과 용신과 사람과 귀신이 모두 존경하여 받들기를 육관대사와 같이 하더라. 여덟 비구니가 성진을 스승으로 섬겨 보살의 큰 도를 얻어 아홉 사람이 함께 극락세계로 가니라.

---

36) 성인이 그것으로 세상을 정결하게 한다는 병.

『구운몽』을 읽는 재미

1

『구운몽』을 모르는 사람은 아마 없을 것이다. 『춘향전』과 더불어 조선 시대를 대표하는 소설 작품이기 때문에 이미 외국어로 번역되어 다른 나라에도 많이 알려져 있을 정도이다. 게다가 조선 시대 소설에 대한 연구가 본격적으로 시작된 이래로 지금까지 이 작품에 얽힌 비밀을 풀기 위해 수없이 많은 학자들이 고민했고 그 연구 결과 또한 이미 산적해 있다. 따라서 이 지면을 빌려 『구운몽』을 거론하는 일이 어쩌면 구태의연한 일일지도 모른다. 공연히 우리 고전 소설에 대한 관심이나 한번 끌어 보자고 이 작품을 소개하고 요즘 말로 옮긴다고 생각할지도 모르겠다. 그렇다면 이런 질문을 한번 던져보면 어떨까? "원전에 가까운 형태의 『구운몽』을 꼼꼼하게 읽어 본 적이 있는가?" 적어도 내가 알기로는 그런 사람이 몇 되지 않는 것 같다. 더욱이 이 작품에 대한 논문은 연구에 종사하는 사람을 제외하고는 거의 읽히지 않았을 것이다. 그런 까닭에『구운몽』을 뻔한 사건들로 이루어진, 유치한 주제를 담고 있는 어설픈 조선 시대 소설쯤으로 인식하는 일이 흔하다. 그러나 단언하건대『구운몽』은 우리 소설의 최고봉에 자리할 수 있는 수준 높은 소설인 동시에 우리 소설사의 꽃을 피우는 데 결정적인 기여를 한 대단히 중요한 작품이다. 영국에 셰익스피어의 소설이 있다면 우리에게는『구운몽』이 있다고 해도 좋을 것이다.

『구운몽』은 현재 한문으로 쓰여진 것과 한글로 쓰여진 것이 모두 존재한다. 그리고 필사본, 목판본, 구활자본으로 간행되었다. 그만큼 많은 이본(異本)들이 존재한다는 말이다. 이중에서 내용이 가장 충실하면서도 시기적으로 가장 오래된 것으로 주목받는 것이 한글 필사본과 한문 필사본이다. 한글 필사본은 서울대 규장각에 소장되어 있는 4권 4책의 것을, 한문 필사본은 상·하권으로 구성된 단책(單册)의 노존본(老尊本)을 지칭한다. 한글본에 없는 내용이 한문본에 있는 경우도 있으며, 한문본에 없는 부분이 한글본에 있는 경우도 있다. 이들 모두가 김만중의 원작은 아닌 탓에 아직까지 김만중이 창작할 당시의『구운몽』이 어떠했는지는 알 수가 없다. 따라서『구운몽』이 애초에 한문으로 창작되었는지 한글로 창작되었는지도 확언할 수 없는 형편이다. 다만 김만중이『사씨남정기』를 한글로 창작했다는 점을 감안할 때 굳이『구운몽』을 한문으로 창작했을 이유는 없을 듯하다.『사씨남정기』를 김만중의 종손인 김춘택이 한문으로 번역했듯이『구운몽』역시 누군가 한문으로 번역했을 가능성이 있다.

이미 『구운몽』에 대한 주석본이나 현대어 번역은 상당하다. 한글본과 한문본 모두 상세하면서 엄밀한 주석이 몇 차례 이루어졌다.[1] 그리고 이러한 주석을 바탕으로 한 현대어 번역본이 많이 출간되었다. 그런데 현대어 번역의 경우에는 몇 가지 문제점이 노정된다. 현대어 번역은 대개 일반인 혹은 중·고등학생을 대상으로 하기 때문에 작품의 원래 모습에서 상당히 멀어져 있다. 한글본을 대상으로 한 경우는 한문본을 참고하지 않아서 문맥이 통하지 않거나 오역된 경우가 상당하다. 한문본을 번역한 경우에는 한글본을 참고하지 않기 때문에 당시에 사용된 언어 습관이 전혀 반영되지 않아 고전의 분위기를 제대로 살리지 못했다. 전체 줄거리만 전달하여 그 주제를 파악할 수 있도록 하자는 취지에서 현대어 번역이 이루어졌다면 이 정도로 만족할 만하다. 그러나 고전은 고전다운 분위기를 지닐 수 있도록 해야 하며, 가능한 한 원전의 모습을 살리는 방향으로 번역되어야 한다. 물론 이 작업이 쉬운 일은 아니다. 원전의 모습을 반영하면 현대 문법이나 언어 습관이 지켜지지 않아 뜻이 제대로 전달되지 않을 우려가 있기 때문이다.

----

1) 대표적인 주석본은 다음과 같다.

　　박성의 주해, 『구운몽』(정음사, 1959)

　　이가원 교주, 『구운몽』(연세대출판부, 1970)

　　정병욱·이승욱 교주, 『구운몽』(민중서관, 1972)

　　전규태 역, 『구운몽』(서문당, 1975)

　　김병국 교주, 『구운몽』(시인사, 1984)

　　정규복·진경환 역주, 『구운몽』(고려대 민족문화연구소, 1996)

특히『구운몽』과 같이 수많은 전고(典故)가 사용된 경우는 더 말할 나위가 없다.

이 책에서는 이러한 점을 최대한 고려하여 서울대 규장각 본『구운몽』과 강전섭 소장본 한문본『구운몽』을 비교하면서 현대어 번역을 시도하였다.[2] 특히 한글본인 규장각본이 지니고 있는 어투를 최대한 반영하여 고전의 분위기를 살리고자 하였다. 고전의 어투에 익숙하지 않은 독자들은 처음에 당혹감을 느낄 수 있을지 모르겠다. 그러나 조금만 참고 읽어 나가면 오히려 친숙해질 수 있으리라 생각한다.

2

『구운몽』은 결코 쉽게 읽히지 않는다. 조선 시대 소설에 대한 편견들, 이를테면 유치하다거나 천편일률적이라는 생각으로 얕보고 덤벼들었다가는 당혹감을 맛볼 것이다. 옛글이기 때문에 그런 탓도 있겠지만 장면 하나하나에 실린 의미의 무게와 문체의 심오함이 예사롭지 않기 때문이다. 작가가 김만중임을 감안한다면 그럴 수밖에 없을 것이다.

서포 김만중(1637~1692)은 사계(沙溪) 김장생의 증손이자 인경황후의 부친인 김만기의 친동생이다. 모친 윤 씨 부인은 선조의 부마였던 윤신지의 손녀이다. 실로 대단한 집안의 자

---

2) 한문본의 경우는 정규복·진경환의 책을 참고하였다.

손이었다. 뿐만 아니라 서포 자신은 열여섯 살에 진사시에 급제하고, 스물아홉 살에 장원 급제하여 도승지, 대제학, 대사헌을 거쳐 예조판서를 역임하였으니 그의 학식과 명예를 가히 짐작하고도 남음이 있다. 이런 인물이 어떻게 소설을 창작할 수 있었는지 관심을 가져볼 만하다. 당시는 오늘날과 달리 사대부가 소설을 창작하는 일이 대단히 부정적으로 인식되었으며, 소설 자체가 천대받던 시기였다. 비판을 감수하고 굳이 소설을 창작한 데에는 어떤 필연적인 이유가 있었을 것이다.

우리는 그 이유를 어머니에 대한 서포의 지극한 효심과 파란만장했던 자신의 삶의 굴곡에서 찾고자 한다. 서포는 유복자(遺腹子)로 태어났기 때문에 그의 어머니에 대한 효심은 각별했다. 그리고 비록 화려한 경력과 대단한 가문의 자손이었지만 조정에 대한 비판으로 인해 여러 차례 유배 생활을 해야 했다. 이 『구운몽』을 창작할 당시에도 서포는 평북 선천의 유배지에서 쓸쓸하게 지내고 있었다. 그곳에서 서포는 어머니 윤 씨 부인의 생일을 맞아 생이별의 눈물을 흘린다는 비장한 시를 남겼다. 그리고 서포는 한편으로 어머니를 위로하고 다른 한편으로는 자신의 복잡한 심사를 담기 위해 일체의 부귀영화가 모두 헛된 것이라는 주제의 글을 지었다고 한다. 그 글이 바로 『구운몽』이었을 가능성이 대단히 높다.

멀리 어머님께서 아들을 그리며 눈물 흘리실 것을 생각하니 하나는 죽어 이별이요, 하나는 생이별이라. 또 글을 지어 부쳐서 윤 씨 부인의 소일거리를 삼게 하였는데 그 글의 요지는 일체의 부귀영화가 모든 몽환이라는 것이었으니 또한 부군이 뜻을 넓히고 슬픔을 달래기 위한 것이었다(遙想北堂思子淚, 半緣死別半生離, 又著書寄送 俾作消遣之資 其旨 以爲一切富貴繁華 都是夢幻 而慰其悲也).[3]

『구운몽』을 읽는 재미 중의 하나가 바로 여기에 있다. 서포의 창작 동기가 절절히 담겨 있을 흔적을 찾아 읽으며, 조선시대를 살았던 파란만장한 한 인물의 심사를 지금 느껴보자는 것이다. 특히 어머니의 소일거리를 삼게 했다고 하는데, 평생을 수절하며 살았던 외로운 사대부 여인이 아들이 지은 소설을 읽으면서 가졌을 생각들을 잠작해 보는 것은 대단히 흥미로운 일이다.

조선 시대에 『구운몽』을 읽은 사람들은 어떤 생각을 했을까? 몇 가지 기록이 남아 있어 당시의 흔적을 더듬어볼 수 있다.

『구운몽』이란 책은 서포가 지은 바이니 대개 공명부귀를 일장춘몽으로 돌려보냄으로써 대부인의 근심을 위로함이라. 그 책이 세상에 많이 돌아다니니, 내 어린 시절 익히 그 말을 들었다. 대개 석가의 말을 비유하여 뜻을 드러내었고 그 가운데에 초사(楚辭) 이소(離騷)의 분위기가 많더라.[4]

---

3) 김병국·최재남·정운채 역주, 『서포연보』(서울대출판부, 1992)에서 재인용.
4) 이재(李縡), 『삼관기(三官記)』 국문본. 현대어 번역은 필자의 것임.

도암(陶菴) 이재(李縡, 1680~1746)의 말이다.『구운몽』을 읽고, 세상의 부귀영화가 한순간 꿈과 같이 허무한 것임을 느꼈다고 했다. 불교의 분위기와 굴원(屈原)이 지은「이소」의 분위기를 느꼈다고 했다. 굴원은 중국 전국 시대 초나라의 정치가이자 시인인데 주위의 시기와 음모로 끝내 뜻을 펴지 못하고 불우하게 생을 마감한 사람이다. 그러한 심정이「이소」에 표현되어 있다.『구운몽』이 현실 세계의 영욕이 헛된 것임을 주장하고 있기 때문에 평생을 수절한 윤 씨 부인을 위로함은 물론이고, 정치적 곤경에 처한 서포 자신의 심사 또한 위로할 수 있었다는 말이다. 성실한 불제자였던 성진이 잠시 마음을 잘못 먹어 인간 세상에 환생하고, 상상할 수 없을 정도의 부귀영화를 누리다가 결국은 그것이 허무한 것임을 깨닫는 꿈을 꾸는 과정이『구운몽』이다. 그렇다면『구운몽』은 확실히 이재의 말과 같은 분위기와 주제를 담고 있음이 확실하다.『구운몽』에 대한 현대의 연구에서도 이 점은 상당히 강조되어 왔다.

　그런데『구운몽』은 반드시 이재와 같은 관점으로만 읽히는 것은 아니다. 굳이 그렇게 읽을 이유도 없다. 아마 당시의 독자들도 다양한 측면에서『구운몽』을 읽었을 것이다. 그 이유를『구운몽』이 다른 소설에 미친 영향에서 찾고자 한다. 꿈의 구조라는 입장에서 본다면『구운몽』은 우리 소설사에서 차라리 예외적이라고 볼 수 있다.『구운몽』이 창작된 이후 우리 소설사가 전성기를 맞이하는 18세기에 들어서도 이러한 형식의 작품이 주류를 형성하지 못했기 때문이다. 게다가 꿈의 구조를 통해 세상사의 허무함을 표현하고 있는 작품은 더욱이 찾아보기 힘들다.

『구운몽』이 우리 소설사에 미친 영향이 적다는 말이 아니다. 이후에 등장하는 수많은 소설들이 『구운몽』의 영향을 적지 않게 받고 있다. 문제는 꿈의 구조나 불교적 혹은 도교적 인생관이 아니라 양소유가 펼치는 화려한 현실적 삶을 계승하고 있다는 것이다. 여기에는 단편 영웅소설뿐만 아니라 장편 대하소설이 모두 해당된다.

3

성실한 불제였던 성진이 여덟 명의 선녀와 만나고 잠깐 현세의 부귀영화를 생각한 탓에 스승인 육관대사에게 죄를 입어 인간 세상에 환생한 존재가 양소유이다. 성진은 환생 전에 꿈꿨던 현실적 욕망을 꿈속의 양소유를 통해 무궁하게 누린다. 그 현실적 욕망은 다름 아닌 애정에 대한 욕망이다. 화려한 출세와 그에 따른 부귀영화도 물론 현실적 욕망의 하나일 수가 있다. 그러나 양소유의 삶의 궤적을 면밀히 살펴보면 애정 욕구가 핵심에 자리하고 있음을 어렵지 않게 찾아볼 수 있다.

양소유는 홀로 계신 모친을 남겨 두고 먼 과거 길을 떠난다. 당시의 현실을 감안하면 과거는 결코 가볍게 보아 넘길 수 없는 출세의 가장 중요한 관문이다. 그런 만큼 과거를 통과하는 것이 쉽지 않다는 것은 자명한 사실이다. 그런데 양소유는 과거 길을 떠나는 순간 오히려 과거를 도외시한다.

양생이 서동 한 명과 나귀 한 필로 모친께 하직하고 여러 날
행하여 화주 화음현에 이르니 장안이 점점 가까워오는지라. 산
천(山川) 물색(物色)이 심히 화려하더라. 양생이 과거날이 멀리
있음을 알고 하루 수십 리씩 행하여 산수를 찾고 고적을 유람
하니 길손의 행차가 적막하지 아니하더라. 멀리 바라보니 버드
나무 수풀이 푸르고 푸른데, 작은 누각이 그 사이에 비치어 매
우 유아(幽雅)하였다.

양소유는 과거를 낙관할 수 있는 처지가 아니었다. 집안이
화려한 것도 아니고 글공부를 열심히 한 과정도 언급되지 않
는다. 다만 그가 하늘에서 환생한 존재라는 것이 유일한 방
패막이다. 그럼에도 불구하고 산천을 유람하며 다니고 진채
봉이란 여인을 만나 마음을 주고받는다. 다행스럽게도 이 과
거는 난리로 연기된다. 연기된 과거가 일 년 후 다시 시행되
자 양소유는 두 번째 과거 길에 오르는데 사정은 마찬가지이
다. 도중에 낙양에서 계섬월이란 기생을 만나 정을 통하고 정
경패란 여인과 혼인하기 위해 갖은 방법을 동원한다. 정경패
를 소개한 사람은 두련사라는 도사이다. 두련사는 정경패의
집안이 대단하기 때문에 일단 과거에만 전념하라고 경고하지
만 양소유는 과거에는 아랑곳하지 않고 예법을 어겨 가며 정
경패의 얼굴을 보기 위해 애쓴다. 이후 양소유는 과거에 장
원 급제하고 정경패의 부친인 정 사도로부터 혼인 제의를 받

작품 해설

고 기쁜 마음으로 수락한다. 그러나 작품에서 과거에 대한 언급은 거의 설정되어 있지 않다. 다만 장원 급제했다는 결과만 있을 뿐이다.

그런가 하면 양소유는 오랑캐 나라인 토번과 전쟁을 하면서도 두 명의 여인을 만나 정을 나눈다. 자신을 죽이고자 찾아온 자객 심요연과 동정용왕의 딸 백능파와의 사랑이 그것이다. 특히 백능파와의 만남은 양소유의 군대가 심각한 위기에 처해 있을 때 이루어진다. 물이 없어 병사들은 목이 타고, 그나마 발견한 샘물을 마신 병사들은 병들거나 죽어 갔다. 이 와중에 양소유는 꿈속에서 백능파를 만난다. 물론 심요연과 백능파를 만남으로써 현실의 위기가 극복되지만 전쟁보다는 애정이 우선시되고 있음은 사실이다. 결국 서사의 모든 초점이 양소유와 여성의 애정 관계 혹은 혼인 여부에 맞춰져 있다. 여기에서 우리는 양소유의 현실적 욕망이 애정 욕구임을 감지하게 된다.

양소유는 전 생애를 통해 모두 두 명의 처와 여섯 명의 첩을 거느리게 된다. 두 명의 처는 정경패와 난양공주인 이소화이며, 여섯 명의 첩은 가춘운, 계섬월, 적경홍, 진채봉, 심요연, 백능파 등이다. 조선 시대 소설의 주인공이 많은 처첩을 거느리는 것은 낯설지 않다. 오히려 처첩을 많이 거느리는 것이 일반적인 모습이라고 할 수 있다. 조선 시대 소설의 대표적인 유형인 영웅소설은 절손(絶孫)의 위기에서 시작하여 다산(多産)의 풍요로움으로 끝이 난다. 소설의 처음은 항상 자식이 없음에 대한 걱정에서 시작하고 이후 독자(獨子)를 생산하는 것으로 설정된다는 것이다. 이 독자가 바로 주인공이다. 영웅소설은 이러한 구조를 통해 자손의 중요성을 강조하고 있다. 소설의 시작이 영웅소설과는 다른 대하소설에서도 자손의 중요성은 충분히 강조된다. 이들 소설에서 일부다처가 설정되는 것이 이러한 사정과 무관하지 않다. 그런데『구운몽』의 일부다처는 당시 소설의 이러한 성향과는 사뭇 다른 의미를 지닌다.

여덟 사람이 각각 자녀가 있으니 두 부인과 춘운, 홍월, 요연은 아들을 두었고 숙인과 용녀는 딸을 두었는데, 한 번 낳은 뒤에는 다시 잉태하지 않으니 이 또한 범인과 달랐다.

주자학적 가문 의식이 팽배했던 당시의 사정을 감안한다면, 한 번 자식을 생산한 뒤에 다시 낳지 않았다고 하니 보통 사람과 달랐을 뿐만 아니라 당시 소설의 일반적인 모습과도 상당히 다르다. 이들에게 자식은 애정의 증거물 이상의 의미를 지니지 않는다. 따라서 양소유에게 있어 여덟 명의 여인은 애정 욕구를 다양하게 성취하기 위한 대상인 셈이다.

양소유는 이들 여인들을 만나면서 주위의 시선이나 윤리 규범을 돌아보지 않는다. 마음에 드는 여인을 만나면 한순간도 참지 못해 당장 정을 통하려고 드는 성급함을 보여 준다. 계섬월이나 적경홍과의 관계는 그녀들이 기생이었기 때문에 그럴 수 있었다 하더라도 진채봉이나 동정용녀인 백능파와의 관계는 상식을 뛰어넘는다. 특히 백능파를 만났을 때, 아직 백능파는 완전한 인간의 모습으로 변하지 않은 상태였기 때문에 몸에 비늘이 남아 있었다. 백능파가 그런 몸으로 남자를 대할 수 없다고 거절했음에도 불구하고 양소유는 상관하지 않고 곧장 정을 통했다. 정경패를 소개받았을 때는 굳이 얼굴을 확인하기 위해 여장을 하고 대갓집 안방에 들어가는 대담성을 보이기도 했다. 이런 양소유를 두고 정경패는 '여색이 굶주린 아귀'와 같다고 했다. 사람이 귀신을 보면 두려워하기 마련인데, 양소유는 여색에 굶주린 귀신이기 때문에 귀신을 두려워하지 않았다는 것이다. 사실인즉, 양소유는 귀신으로 변장한 가춘운을 대하고 한시도 그녀를 잊지 못했다. 귀신인 줄 몰라서가 아니라 귀신인 줄 알면서도, 그리고 그 관계가 엄청한 액운이 될 것이라는 위협을 들어 가면서까지도 귀신을 잊지 못했다는 것이다.

양소유의 이러한 애정 행각으로 인해 『구운몽』은 훌륭한 연애소설 혹은 애정소설의 성격을 지닌다. 불제자 성진은 마음속 깊이 자리 잡았던 애정에 대한 욕구를 양소유를 통해 마음껏 성취하고 있는 것이다. 『구운몽』에 그려진 양소유의 성격이 전형적인 바람둥이로 읽히는 것도 무리는 아닐 것이다. 양소유에게 주어진 화려한 벼슬과 수많은 재산, 높은 명예는 사실 덤에 불과하다. 그것은 힘들여 얻은 것이 아니다. 여덟 명의 여인을 만나 연애하는 과정에서 생긴 부산물이라 보아도 좋을 것이다. 아니면 양소유의 연애 행각을 돕기 위한 배경에 불과하다. 현실의 부귀영화를 성취하기 위해 심각한 위기와 고난을 헤쳐 나가야 했던 다른 영웅소설의 주인공과 이 양소유의 삶 사이에는 엄청난 거리가 있다. 그렇다면 양소유가 허무하다고 느낀 세상사의 핵심에는 다름 아닌 애정 욕구가 자리 잡고 있는 것이다.

4

『구운몽』을 읽는 재미 중에 놓칠 수 없는 다른 하나는 소설 속에 등장하는 여성들의 모습이다. 서포가 어머니를 위로하기 위해 이 소설을 지었다는 말을 액면 그대로 받아들이지 않는다 하더라도 『구운몽』은 여러 가지 측면에서 여성적인 분위기를 농후하게 지니고 있다. 남성 작가가 창작했고, 주인공이 전형적인 바람둥이라는 점에서 남성적인 분위기의 소설이라 할 수 있을지도 모르겠다. 그러나 실제로 작품을 읽는 동안 우리는 섬세한 여성적 감각을 느낄 수 있다. 이 작품의 어디에서 그것을 발견할 수 있을까? 이런 숨바꼭질을 해 보는 것도 『구운몽』을 읽는 큰 재미다.

『구운몽』에 등장하는 여덟 명의 여성들은 하나같이 절세미인이며, 각기 다른 성향과 분위기를 지니고 있다. 첫째 부인 정경패는 정숙하고도 당돌하다. 철저하게 규방을 지켜 비록 친척들이라 하더라도 그녀의 얼굴을 본 사람이 많지 않을 정도로 당시 여성으로서의 윤리 규범에 충실한 여성이다. 그러나 양소유에게 속은 것을 분해하며 꼭 복수해야 직성이 풀리는 당돌한 여성이기도 했다. 둘째 부인 난양공주는 온순하고 상냥한 성격의 대명사이다. 공주라고 해서 권세를 부리지도 않았고, 양소유가 다른 처나 첩을 맞이하는 것을 거부하기는커녕 오히려 적극 주선할 정도였다. 진채봉은 자유분방하면서도 가련한 분위기를, 계섬월은 섬세하면서도 이지적인 분위기를, 적경홍은 명랑하면서도 낭만적인 분위기를 갖추었다. 가춘운은 온순하고 나약한 분위기를, 심요연은 대장부와 같은 용맹스러운 기질을 갖추었다. 백능파는 고답적이면도 신비스러운 분위기의 여성이다. 물론 꼭 이러한 성격으로 여덟 명의 여성을 규정할 수는 없다. 얼마든지 다른 방향에서 이들의 성격을 규명할 수 있다. 다만 이들을 통해서 여성이 지니고 있는 온갖 다양한 분위기와 성격을 맛볼 수 있다는 것이다.『구운몽』의 여성적 면모는 우선 여기에서 출발한다.

우리가 좀 더 세심하게 관찰할 필요가 있는 것은 양소유가 이 여덟 명의 여성을 만나는 과정이다. 양소유가 계섬월을 만났을 때 계섬월은 적경홍을 천거했다. 자신과 적경홍은 친한 벗이니 한 남자를 섬기겠다는 것이다. 정경패는 양소유와의 혼인이 거행되기도 전에 몸종인 가춘운을 양소유의 첩으로 들여보냈다. 난양공주는 정경패와 의자매를 맺고 정경패를 영양공주라 하여 같은 날 동시에 양소유와 혼인했다. 그리고 이때 진채봉은 난양공주를 모시고 있었는데, 난양공주가 추천하여 양소유의 첩이 되게 했다. 참으로 복잡하게 얽히는 관계이다. 양소유와 혼인하는 여성들 대부분이 혼인 이전에 이미 주인과 몸종, 친구, 의자매 등의 관계를 형성하고 있다. 그리고 평생 서로 떠나기 싫어서 한 남자와 혼인하는 길을 택했다. 비단『구운몽』뿐만이 아니다. 조선 시대 소설 중에서 사대부 여성들이 주로 읽었던 장편 대하소설에서 이러한 모습은 종종 발견된다.『구운몽』에서는 유난히도 이 현상이 두드러지게 설정되어 있다. 현실을 생각하면 참으로 이상한 일이다.

두 여자가 한 남자를 섬기는 이야기가 등장하는 중국의 고사가 있다. 아황과 여영에 얽힌 이야기이다. 아황과 여영은 요임금의 딸이었으니 자매지간이다. 나중에 순임금에게 함께 시집을 갔다. 이상한 일 같지만 후세에는 이 일을 두고 아름다운 일로 전한다. 아마 여성의 투기(妬忌)에 대한 경계에서 비롯된 평가였을 것이다. 일부다처를 받아들일 수밖에 없는 현실이었다면 친자매의 돈독한 우애처럼 처와 처 혹은 처와 첩 사이도 그렇게 되어야 한다는 것이다. 조선 시대 장편 대하소설이 당시의 여성들에게 윤리 교훈서의 역할을 일정 부분 담당하고 있었던 만큼 이러한 이야기를 설정함으로써 투기와 시기를 경계하는 의미를 드러냈다고 볼 수 있다. 그러나 이렇게만 해석하고 말 것은 아니다. 아무리 소설이 교훈적인 역할을 담당했다고 하지만 그 이면에는 당시 여성들이 겪었던 삶의 질곡을 심각하게 제기하고 있기 때문이다.『구운몽』도 예외는 아니다.

『구운몽』에 등장하는 여성들은 한결같이 솔직하고 당당한 성격의 소유자들이다. 굳이 윤리에 얽매여 자신의 속마음을 억압하며 살아가는 여성이 아니라는 말이다. 진채봉은 아버지의 허락도 구하지 않고 자신이 직접 나서 양소유에게 청혼했다. 적경홍은 천하 영웅을 만나기 위해 여러 남자들을 두루 만날 수 있는 기생의 길을 스스로 선택했다. 정경패와 난양공주를 제외한다면 다른 모든 여성들이 스스로 나서 양소유에 대한 애정을 고백하는 셈이다. 가춘운만은 예외일 수도 있다. 그러나 가춘운 역시 정경패와 같은 사람을 섬기고자 하는 속마음을 시를 통해 표현한 바 있다. 이들은 확실히 다른 소설에서는 찾아볼 수 없는 자유분방하고도 혁신적인 면을 보여준다. 이들에게서 오히려 남성적 분위기를 느끼는 이유가 여기에 있다.

"작년에 내 일찍이 화주를 지날 적에 우연히 진 씨 여자를 만나 보니 용모와 재기가 응당 그대와 더불어 형제 될 만하되 그 사람이 이미 없으니 어디 가서 또 숙녀를 구하라 하나뇨?"

섬월이 말하되,

"낭군의 말하는 바가 분명 진 어사의 딸이로다. 어사 이곳에서 벼슬하였으니 진 낭자는 첩과 매우 절친하였나이다. 낭자는 탁문군의 재모를 두었으니 낭군께서 정을 둠이 마땅하거니와 이미 허사가 되었으니 청컨대 다른 데를 구하소서."

양생이 말하되,

"예로부터 절색(絶色)은 한 시절에 나지 못하였으니 진 소저와 섬월이 동시에 있으니 천지의 신령한 기운이 이미 다하였는가 하노라."

섬월이 크게 웃고 말하되,

"낭군의 말이 우물 속 개구리 같도다. 첩이 우리 창기(娼妓) 중에 떠도는 말을 낭군께 아뢰리이다. 이제 천하에 청루삼절(靑樓三絶)이 있으니, 강남의 만옥연과 하북의 적경홍과 낙양의 계섬월이라. 섬월은 곧 첩이니 첩이 스스로 헛된 명성을 얻었거니와 경홍과 옥연은 당대의 절색이라. 어찌 천하에 미색이 없을 것이라 하시나뇨?"

(중략)

"청루 중에는 비록 허다한 인재가 있으나 규중에는 없는가 하노라."

섬월이 왈,

"첩의 눈으로 본 바는 진실로 낭군만 한 사람은 없으니 감히 낭군께 천거하지 못하거니와 항상 장안 사람의 말을 들으면 정 사도의 딸이 용모와 재덕이 당대 여자 중 제일이라 하니 낭군이 서울에 가면 모름지기 유의하여 듣보소서."

계섬월과 양소유의 대화이다. 계섬월이 양소유에게 천하에 이름난 여성들을 이야기하고 있다. 비록 서로 보지는 못했지만 명성을 익히 들어 알고 있다고 했다. 이러한 장면은 작품 곳곳에서 발견된다. 남성의 사회에서 흔히 볼 수 있는 장면이다. 사회 활동이 철저히 봉쇄되어 있었던 사회에서 여성들의 명성을 말하는 것은 예삿일이 아니다. 원천적으로 불가능하다고 볼 수 있다. 바로 그 일을 『구운몽』의 여성들은 이야기하고 있다. 그렇다면 이 여성들은 남성들이 사회 공간에서 지기(知己)를 구해 서로의 허물을 고쳐 주면서 평생의 동지로 삼는 일을 실천하고 있는 것은 아닐까? 사회 공간에서는 자유롭게 만날 수 없었던 까닭에 서로 존경하는 사람들끼리 한 가정에서나마 지기로 살 수 있는 방도를 모색한다는 말이다. 실제로 이들은 모여서 시를 짓고 해석하기도 하며 필법을 자랑하기도 한다. 그 공간이 사회가 아니고 그 행위의 주체가 여성이라는 것만 다르지 완연히 남성의 행위를 모방하고 있다.

　세심한 여성 독자라면 이러한 장면을 두고 엄청난 희비를 느낄 것이다. 혼인 전에는 깊은 규방에서 숨어 지내야 했고, 혼인한 후에는 남편을 따라 시집에서 살아야 하는 삶의 단절에 대한 비애를 느꼈을 것이다. 더 넓은 공적 공간, 사회 공간에서 살지 못하고 좁고 갑갑한 가정이나 가문의 틀 속에서만 살아야 하는 억압을 느꼈을 것이다. 다른 한편으로는 그러한 삶의 질곡을 과감하게 벗어던지고 살고자 하는 여덟 여인의 행적을 통해 대리 만족의 기쁨 또한 느꼈을 수도 있다. 서포의 어머니가 이 소설을 읽었다면 바로 이런 감정을 가졌을 것이고 그로 인해 피곤했던 평생을 잠시나마 위로받았을 것이다.

작가 연보

1637년(인조 15년)   병자호란으로 피난 가던 중 배 위에서 태어났
　　　　　　　　　다. 본관은 광산, 자는 중숙(重叔), 호는 서포
　　　　　　　　　(西浦).

1652년(효종 3년)   진사 초시 합격. 연안 이 씨와 혼인했다.

1665년(현종 6년)   정시(庭試) 장원 급제. 예조좌랑에 임명되었다.
　　　　　　　　　「단천절부시(端川節婦詩)」를 지었다.

1667년(현종 8년)   정오품 벼슬인 문학(文學)에 임명되었다.

1668년(현종 9년)   교리(敎理)에 임명되었다. 수찬(修撰)에 임명
　　　　　　　　　되었다.
　　　　　　　　　「의상질의(儀象質疑)」를 지었다.

1671년(현종 12년) 암행어사에 임명되었다. 5언 절구 「암행시작
　　　　　　　　　(暗行時作)」 8수를 지었다.

1674년(현종 15년) 1월 27일 금성(金城)에 유배되었다.

4월 1일에 풀려났다.

5언 고시 「기몽(記夢)」 외 여러 편의 시를 지었다.

1675년(숙종 1년)   호조참의, 동부승지에 임명되었다.

1679년(숙종 5년)   예조참의에 임명되었다.

1680년(숙종 6년)   우부승지에 임명되었다.

1681년(숙종 7년)   예조참판, 대사헌에 임명되었다.

1683년(숙종 9년)   도승지, 호조참판에 임명되었다.

1685년(숙종 11년) 예조판서, 지돈령부사, 좌참찬에 임명되었다.

1686년(숙종 12년) 우참찬, 판의금부사에 임명되었다.

1687년(숙종 13년) 선천(宣川)에 유배되었다.

1688년(숙종 14년) 유배에서 풀려났다.

1689년(숙종 15년) 남해(南海)에 유배되었다. 유배 기간 동안 『사씨남정기』, 『구운몽』, 『서포만필』을 지었다.

1690년(숙종 16년) 모친인 윤 씨의 행장(行狀) 「선비정경부인행장(先貞敬夫人行狀)」을 지었다.

1692년(숙종 18년) 남해 유배지에서 사망했다.

1702년(숙종 28년) 아들 진화(鎭華)가 목판본, 10권 2책으로 『서포집』을 편집하여 발표했다.

1706년(숙종 32년) 효행에 대한 정표가 내려졌고, 시호는 문효(文孝).

세계문학전집 **72**

구운몽

1판 1쇄 펴냄   2003년 1월 25일
1판 72쇄 펴냄   2024년 8월 12일

지은이   김만중
옮긴이   송성욱
발행인   박근섭, 박상준
펴낸곳   (주)민음사

출판등록   1966. 5. 19. (제 16-490호)
서울특별시 강남구 도산대로1길 62(신사동) 강남출판문화센터 5층 (우편번호 06027)
대표전화 02-515-2000   팩시밀리 02-515-2007
www.minumsa.com

ISBN 978-89-374-6072-2 04800
ISBN 978-89-374-6000-5 (세트)

* 잘못 만들어진 책은 구입처에서 교환해 드립니다.

세계문학전집 목록

세계문학전집은 계속 간행됩니다.